룩 헤이븐

2 저택의 침입자

룩헤이븐

2 저택의 침입자

파드라이그 케니 글 · 에드워드 베티슨 그림 · 김경희 옮김

 비룡소

파티장 한구석에서 속삭이기 기술에 대해

내가 아는 모든 것을 전수해 준 모나에게 이 책을 바칩니다.

당신이 그리워요, 모모 올림.

차례

미러벨

이넉 삼촌

일라이자 이모

오드

기디언

메이비스 이모

도티와 데이지

피글릿

1장
빌리와 기생충 부부

빌리

"빌리 캐치폴, 우리는 너 사랑해. 엄마 아빠는 너 사랑해. 너도 알지 그렇지?"

빌리는 지하실 가장 어두운 구석에 책상다리를 하고 앉아 있었다. 엄마. 그 여자는 그렇게 불리는 걸 좋아했다. 엄마는 낡고 곰팡이 핀 안락의자에 앉아 있었다. 빌리가 폭격으로 폐허가 된 집에서 건져 온 물건이었다. 한때 화사했던 꽃무늬는 노르스름한 회색 얼룩으로 변해 가고 있었다.

"우리는 빌리 사랑해요, 그렇죠? 아빠?"

여자가 맞은편의 똑같은 의자에 앉은 남자에게 눈길을 돌렸다. 남자는 고개를 젖힌 채 시선을 천장으로 향하고 있었다. 정신을 다른 곳에 팔고 있는 게 분명했다. 아예 이 공간에 존재하지 않는 듯했다. 남자의 비썩 마른 목에 울대뼈가 날카로운 모서리처럼 불쑥 튀어나와 있었다. 말을 하려는지 울대뼈가 위아래로 흔들렸다.

"그럼요, 엄마."

남자가 쉰 목소리로 대답했다. 초점 없는 희멀건 눈은 여전히 천장만 바라보고 있었다.

"우리는 빌리 사랑해요. 빌리의 여동생도 사랑해요."

빌리는 구석에 앉아 더러운 헝겊 인형을 가지고 놀고 있는 메그를 쳐다보았다. 이제 막 여섯 살 정도 되었을 듯 보이지만, 그들은 외모로 나이를 가늠할 수 있는 종족이 아니었다. 아마도 메그는 오랫동안, 빌리가 그 애를 발견하기 전부터 그 모습으로 살았으리라. 푸석푸석한 머리카락은 엉망으로 헝클어졌고, 동그란 얼굴은 먼지와 흙이 묻어 꾀죄죄하기 짝이 없지만, 두 눈만큼은 환하게 빛났다. 빌리는 메그의 눈동자를 들여다볼 때마다 마음이 사르르 녹아내리는 것 같았다.

엄마가 혀로 입술을 싹싹 핥더니 미소를 지으려는 듯 입가를 씰룩거렸다. 빌리는 이제부터 무슨 일이 일어날지 정확히 알고 있었고, 그 일을 생각하는 것만으로도 초조해졌다.

"아빠, 당신은 내가 무슨 생각하는지 알지요?"

엄마가 묻자, 아빠가 대답했다.

"아니요. 무슨 생각 하는데요?"

날아올 주먹을 기다리기라도 하듯 빌리의 목덜미와 어깨가 뻣뻣이 굳었다.

"맛난 음식이요. 간식거리 정도?"

엄마의 대답에 아빠가 인상을 찌푸렸다. 그러나 아빠의 얼굴

14

근육이 씰룩거리는가 싶더니 이내 표정에 한결 활기가 돌았다. 아빠가 비쩍 마른 목을 휙 돌리더니 엄마를 바라보았다.

"간식."

아빠가 낑낑거리며 의자 팔걸이를 꽉 부여잡았다.

"그냥…… 그냥 간단한 것이라도."

엄마가 다시 입술을 싹싹 핥더니 앙상한 손가락으로 의자 팔걸이를 두드리기 시작했다. 그러자 아빠가 짐짓 빌리 쪽으로 고개를 돌리며 말했다.

"간식 좋지."

아빠의 몸짓에서 기대와 간절함이 묻어났다.

빌리는 손에 든 책을 못내 아쉬운 듯 쳐다보며 자리에서 일어섰다. 요즘 그 책 읽는 재미가 쏠쏠했다. 해적과 신비한 섬에 숨겨진 보물을 다룬 이야기인데, 읽다 보면 마치 빌리도 그 섬에 있는 것 같았다. 이렇게 어둡고 축축한 지하실에 캐치폴 가족과 함께 있는 게 아니라. 해어져 너덜거리는 빨간 표지에 로버트 루이스 스티븐슨이란 작가 이름과 함께 해적이 그려져 있었다. 그림 속 해적은 피 묻은 검을 든 채 저 멀리 수평선을 바라보고 있고, 수평선 위에는 연기가 풀풀 피어오르는 배 한 척이 떠 있었다.

"뭘 먹고 싶어요?"

빌리는 한숨을 쉬며 물었다. 엄마 아빠 쪽은 제대로 쳐다보지도 않았다.

"간단한 거면 돼."

엄마가 비위를 맞추려는 듯 알랑거리자, 아빠도 한마디 했다.

"한 입 거리면 돼."

"그냥 조그만 것."

"대신 따뜻한 것."

"육즙 가득한 것."

"살아 있는 것."

말하는 아빠의 입가에서 침 한 가닥이 주르륵 흘러내렸다. 아빠는 손등으로 턱을 쓱 문질러 침을 닦았다.

엄마가 빌리 쪽으로 고개를 쓱 들이밀었다. 깡마른 몸이 덜덜 떨리고 있었다. 엄마는 흥이 오르는지 두 손을 짝 마주치며 말했다.

"도실도실한 새끼 돼지 어떨까?"

아빠가 열성적으로 고개를 끄덕여 답했다.

빌리는 엄마 아빠의 기대가 버겁기만 했다.

"노력해 볼게요."

엄마가 누렇고 날카로운 이빨을 드러내며 환하게 웃었다.

반면 아빠는 갑자기 풀이 확 꺾인 얼굴로 말했다.

"개는 말고. 난 개가 싫어. 너무 질겨. 맛도 고약해. 난 개가 싫어."

아빠가 버럭 소리를 지르며 팔걸이를 쾅 내리치자, 빌리는 담담히 대답했다.

"그래요. 개는 말고요."

아빠가 눈을 부릅떴다.

"약속하지?"

"약속해요."

엄마가 요란하게 손뼉을 짝 치더니 기쁜 듯이 발을 구르며 소리를 꺅 질렀다. 인형을 가지고 놀던 메그가 고개를 획 들더니 엄마를 향해 인상을 찌푸렸다.

"네가 나간 동안 우리 여기 꼼짝 않고 텔레비전 볼게."

엄마의 말에 빌리는 엄마 아빠 사이에 놓아둔 낡은 텔레비전으로 눈길을 돌렸다. 화면은 부서졌고, 상자는 긁히고 시커멓게 그을어 있었다. 그것 역시 빌리가 바깥 런던 거리의 어느 무너진 집 폐허 속에서 구해 온 물건이었다.

"그렇지, 텔레비전. 차 마시기 전에 텔레비전 봐야 해."

아빠가 웅얼거리고서 혀로 길고 뾰족한 앞니를 쓱 핥더니 다시 천장을 향해 눈길을 들었다.

이윽고 엄마와 아빠가 의자에 깊숙이 기대어 앉더니 겨울잠 비슷한 상태에 빠져들었다. 어둠 속에 둘의 헐떡이는 숨소리만 들렸다. 빌리는 잠시 그 모습을 지켜보았다. 내심 빌리는 그 둘을 기생충 부부라고 불렀다. 태양은 그들에게 죽음이나 다름없기에 오랜 세월 햇볕을 피해 지하에 숨어 지내느라 기생충 부부는 살갗이 표백되어 죽은 사람처럼 파리했다. 그 둘을 보고 있으면 빌리는 꿈틀꿈틀하는 허연 구더기 같은 형상이 떠올랐다. 겁에 질린 채, 주변 세상에는 아랑곳없이, 오직 다음에는 무엇을 먹을지에만 몰두하는, 눈먼 구더기. 그래도 빌리는 마음 한편으로 그들을 불쌍히 여겼다. 아주 오래도록 달리 아는 이 하나 없이 그들하고만 지내다 보면 그런 마음이 들기 마련이었다.

기생충 부부는 자신의 과거에 대해 말하려 하지 않았다. 그러나 빌리는 이따금 아빠가 잠결에 뇌까리는 소리를 들어 어느 정도는 알고 있었다. 그들은 오래전 인간을 사냥한 죄로 가문에서 추방당했으며 '언약'이라는 걸 깨트렸다. 이후 어느 시점부터 그들은 스스로 캐치폴이라는 성을 쓰기 시작했다. 세월이 흐르자, 캐치폴 부부는 시나브로 땅 위 세상에 사는 인간들의 생활 방식을 흉내 내게 되었다. 텔레비전이나 가구도 그런 시늉 중 하나였다. 이내 빌리는 그들을 엄마 아빠라고 부르게 되었다. 그편이 더 쉬우니까. 가족 행세를 하는 쪽이 남들처럼 버젓하게 사는 척하기 더 수월하니까. 마음만 먹었다면 벌써 일찌감치 그들을 떠났겠지만, 빌리한테는 아무도 없었다. 빌리는 혼자였다. 캐치폴 부부와 함께 살게 되었을 때도 처음 몇 년 동안은 여전히 혼자라고 느꼈다. 대신 자신이 좀 더 큰 어떤 것의 일부라고 상상할 수 있었다. 그의 가족은 소꿉장난에 불과할 뿐 진짜가 아니지만,

18

흉내라도 내는 쪽이 무엇도 없는 것보다는 나았다.

빌리가 자신의 작고 어두운 세상에서 진실로 유대감을 느끼는 상대는 오직 메그뿐이었다. 처음 마주쳤을 때 메그는 쓰레기장에 숨어 있었다. 빌리는 한눈에도 상대가 인간이 아니란 걸 알 수 있었다. 메그 역시 버림받은 처지가 분명해 보였다. 빌리가 버림받은 이유와 똑같은 이유였으리라. 빌리는 메그에게 음식을 주었지만, 메그는 전혀 관심을 보이지 않았다. 그리고 캐치폴 부부와 달리 빌리처럼 햇빛에 아무런 영향을 받지 않았다. 빌리는 그날 밤 당장 메그를 집으로 데려왔고, 그렇게 그들 '가족'이 완성되었다.

빌리는 메그 앞으로 가서 무릎을 꿇고 앉았다. 그러고는 두 손으로 메그의 얼굴을 다정하게 감쌌다.

"메그, 얌전히 굴어야 해. 여기 머물면서 엄마 아빠를 돌봐 드려. 빌리는 엄마 아빠가 먹을 음식을 구하러 나가 봐야 해. 돌아와서 책을 읽어 줄게."

메그가 자기 코를 벅벅 문지르자, 빌리는 빙그레 웃었다.

이윽고 빌리는 계단을 올랐다. 캐치폴 부부한테서 한 걸음씩 멀어질 때마다 기분이 한결 가벼워졌지만, 메그한테서 한 걸음씩 멀어지는 건 너무 힘들었다. 빌리한테는 그들이 전부였고, 땅 위 세상은 빌리에게 안전하지 않았다. 아니 가족 중 누구도 그곳에서는 안전할 수 없기에 그들은 지하에서 오랜 세월을 지냈다.

캐치폴 부부는 오래전 런던 대공습 때 파괴되어 버려진 어느 집 폐허 속에서 빌리를 발견했다. 모든 인간이 폭탄을 피해 피난처를 찾아 나선 통에 빌리도, 캐치폴 부부도 점점 숨을 곳을 찾기 어려운 처지에 놓여 있었다. 지낼 만한 지하 공간은 거의 대피소로 바뀌었기 때문에 그들 종족은 땅 위의 어둠 속을 뒤지며 지내야 했고 최악의 경우 햇빛에 노출되는 일도 벌어졌다.

하지만 이건 그들 중 '일부' 종족한테 해당하는 문제였다. 따지고 보면 빌리는 그들 종족이 아니니까. 엄마의 표현에 따르면 빌리는 '다른 어떤 것'이었다. 메그도 마찬가지고. 빌리는 달랐다. 무엇보다 빌리는 햇빛 속을 돌아다닐 수 있고, 인간 행세를 해도 들키지 않았다.

적어도 상대한테서 수상쩍은 면을 살피도록 훈련되지 않은 눈은 쉽게 속여 넘길 수 있었다.

빌리는 지하실 문을 빼꼼 열고서 뼈대만 남은 집의 검게 그은 잔해를 유심히 살폈다.

아무 움직임도 보이지 않았지만, 조심해서 나쁠 것이 없었다. 빌리는 위로 몸을 밀어 올려 출입구 가장자리로 나간 다음 문을 살며시 닫았다. 그러고는 집 뒤로 돌아가서 잡초가 무성한 정원으로 살금살금 나섰다.

저녁 하늘에 분홍빛을 머금은 회색 땅거미가 지고 있었다. 빌리는 코를 벌름거리며 공기를 들이마셨다. 차가우면서 약간 매캐한 내음이 났다. 오른쪽으로 세 집 건너 사는 인간 가족이 이야기 나누는 소리가 들렸다.

빌리는 정원 끝에 있는 쓰레기통을 향해 달려갔다. 그러고는 위로 풀쩍 몸을 날려 뚜껑을 밟더니 그 반동으로 곧장 담을 넘고서 잡초가 웃자란 좁다란 길에 사뿐히 내려섰다. 빌리는 그 자리에 쪼그리고 앉은 채 다시 공기 냄새를 맡고 주변 소리에 귀를 기울였다. 다시 그 가족의 말소리가 들렸다. 아이가 웃고, 어른 남자가 말하고, 이어 누군가가 차 마실 시간이라는 이야기를 하는 것 같았다.

빌리는 눈과 귀를 활짝 연 채 오른쪽으로 잽싸게 길을 따라 내려갔다. 말소리가 흘러나오는 집 앞을 지나자, 으레 그렇듯 가슴 한구석이 찌르르 저려 왔다. 빌리는 걸음을 멈추고서 그 집 뒤뜰로 이어지는 나무 문을 쳐다보았다. 안에서 아이가 기쁨에 차서 환성을 지르는 소리가 들려왔다.

'잠깐만, 아주 잠깐만 들렀다 가자. 슬쩍 보기만 할 거야.'

빌리는 열쇠 구멍에 눈을 갖다 댔다. 잘 다듬어진 정원 너머로 거실 창문이 보였다.

그 집 아버지가 안락의자 옆에 서서 빙그레 웃고 있었다. 이제 막 일터에서 돌아온 참인지 아직 기름때 묻은 갈색 작업복 차림이었다. 어린 남자아이가 금빛 회오리바람처럼 거실로 달려 들어오자, 아버지가 아이의 금발 고수머리를 장난스레 헝클었다.

이어 조금 더 나이가 들어 보이는 여자아이가 들어왔다. 일곱 살 또래로 보이는데, 동생보다 한결 차분한 아이였다. 남매는 이미 소파에 앉은 어머니 양쪽에 자리를 차지하고 앉았다.

빌리는 이 가족의 저녁 시간 절차를 세세히 알고 있었다.

남자가 회색 화면이 달린 네모난 나무 상자 쪽으로 몸을 숙였다. 그 상자가 바로, 모르는 사람이 없다는 가정용 텔레비전이었다. 빌리는 두 달 전 일이 떠올라서 빙그레 웃었다. 아이들 아버지가 현관 안으로 텔레비전을 끌고 들어왔을 때, 남매는 잔뜩 흥분해서 마구 소리를 질러 댔다. 마호가니 나무로 만든 상자 곳곳이 긁히고 닳았지만, 그 가족은 텔레비전을 무척 사랑하는 듯했다.

딸각하고 까만색 손잡이를 돌리는 익숙한 소리가 들리자, 화면에 네모난 작은 불빛이 들어오더니 이내 화면 전체를 채웠다. 이윽고 화면이 은은하게 빛나면서 무대 위에서 떠들고 있는 두 남자의 흑백 이미지가 나타났다. 잠시 후 열두어 명 정도의 사람들이 웃는 소리가 들리더니 소파에 모여 앉은 가족 모두가 따라 웃었다.

빌리는 잠시 인간 가족을 지켜보았다. 그들의 환하게 빛나는 눈동자, 편안한 미소와 함박웃음이 부쩍 눈에 들어왔다. 하지만 정작 빌리의 얼굴에서는 웃음기가 사라졌다. 지하실과 그곳에 사는 자신의 '가족', 그리고 이제부터 자신이 해야 할 일이 생각났기 때문이었다. 빌리는 마지못해 문에서 물러섰다. 걸음을 옮길수록 웃음소리가 희미해졌다. 빌리는 익숙한 갈망이 뱃속 깊숙한 곳에서부터 올라오는 걸 느꼈다.

담벼락을 끼고 돌자 큰 거리가 나왔다. 몇몇 집은 텅 비었지만, 조금 전 훔쳐보았던 집처럼 사람이 사는 곳도 있었다. 레이스 커튼 사이로 따뜻한 등불 빛과 텔레비전 화면의 깜박임이 새어 나왔다.

빌리는 지나가는 사람과 눈을 마주치지 않으려고 고개를 숙이고 걸었다. 거리에 인적이 드물었지만, 누구의 눈에도 띄고 싶지 않았다. 빌리는 리걸 영화관 앞을 지났다. 단추가 주르륵 달린 파란색 제복 차림에 나비넥타이를 매고, 동글납작한 모자를 쓴 젊은 영화관 직원이 대리석 계단을 쓸고 있었다. 직원은 입에 담배를 꼬나물고 있다가 빌리를 보더니 인상을 팍 찌푸렸다. 빌리는 얼른 눈길을 돌리고서 걸음을 재촉했다.

사실 빌리는 리걸 영화관에 몇 번 가본 적이 있지만, 입장료를 낸 적은 한 번도 없었다. 얼마 전 토요일 밤에 영화관에 몰래 들어갔더니 미어터질 정도로 사람이 많았다. 지독히도 운 없는 상점 직원에 대한 영화가 상영 중이었다. 중절모를 반대로 쓴 주인공은 늘 말썽에 휘말리거나 넘어지기 일쑤였다. 관객들의 웃음소리에 귀가 먹먹할 지경이었다. 사람들 얼굴에 눈물이 주룩주룩 흘러내렸다. 빌리 옆에 앉은 젊은 부부는 배를 잡고 웃어 댔다. 빌리는 의자에 깊숙이 기대앉아 화면을 향해 웃으며 잠깐이지만 셋이 일행인 척, 가족인 척해 보았다.

길모퉁이에서 차가운 돌풍이 몰려나왔다. 바람에 날린 신문지가 빌리의 정강이를 휘감았다. 빌리는 신문지를 떼어 내고서 리걸 영화관을 뒤로한 채 계속 걸었다.

문득 어디선가 낑낑대는 소리가 들렸다. 빌리는 걸음을 멈추고서 눈을 감은 채 귀를 기울였다. 이 근방에서 심장 하나가 겁먹은 듯 빠르게 쿵쿵 뛰고 있었다. 빌리는 고개를 주억이고서 소리를 따라갔다. 바람이 방향을 살짝 틀면서 냄새가 실려 왔다. 빌리는 걸음을 재촉했다.

가까운 어느 골목길에서 소리가 흘러나오고 있었다. 빌리는 습기 가득한 골목길 안으로 살금살금 걸어 들어갔다. 어둠 속에서 뭔가가 번득였다. 이내 빌리는 두 눈동자를 알아보았다.

개의 눈동자.

'난 개가 싫어.'

빌리는 한숨을 푹 쉬었다.

비쩍 마른 테리어 한 마리가 썩은 나뭇잎과 젖은 종이 뭉치 밑에서 뼈다귀를 끌어내고 있었다.

"뭐 하니?"

빌리의 목소리에 개가 고개를 휙 돌렸다. 겁에 질린 듯했다. 빌리는 허리를 숙이고서 손을 내밀었다.

"괜찮아?"

개가 경계하는 눈빛으로 빌리를 살피더니 주춤주춤 다가왔다. 그러고는 의심스럽다는 듯 빌리를 한 번 더 살피더니 손바닥을 핥았다. 빌리는 싱긋 웃음이 났다.

"착하네."

빌리는 캐치폴 부인의 목소리가 귀에 생생히 들리는 듯했다.

'빌리, 목을 부러뜨려. 나뭇가지처럼 꺾어 버리라고. 고통 같은 건 느끼지 않을 거야. 그 정도면 간식거리는 되겠어. 난 까탈스럽지 않단다.'

빌리의 얼굴에서 미소가 사라졌다. 욕지기가 치밀어 올랐다. 빌리는 자리에서 일어섰다.

"가. 어서 가. 착하지? 어서 달아나렴."

빌리는 옆으로 길을 비켜 주었다. 그런데 갑자기 개가 부들부들 떨더니 이빨을 드러내면서 으르렁거리기 시작했다. 두 눈은 골목길 입구를 향해 있었다.

빌리는 주의를 기울이지 않은 자신을 원망했다. 골목길이 한층 어두워졌다는 걸 알아차렸어야 했는데. 진즉 냄새를 맡았어야 했는데.

그물이 빌리를 덮쳤다. 두 남자 중 한 명이 골목길로 달려 들어오면서 그물을 단단히 조이려 했다. 빌리는 남자의 히죽대는 얼굴을 보았다. 하지만 빌리가 주먹을 내지른 순간, 남자의 얼굴에서 웃음기가 사라졌다. 남자가 벌러덩 나자빠지더니 배를 부여잡고서 컥컥거렸다. 개가 남자를 물려는 듯 잔뜩 위협하더니 골목길에서 달아났다. 빌리가 버둥대며 그물에서 겨우 벗어난 순간, 두 번째 남자가 빌리를 향해 뭔가 검고 묵직한 것을 던졌다. 빌리는 몸을 숙여 공격을 피하고서 잽싸게 몸을 날려 남자의 손을 붙잡았다. 한순간 둘의 눈이 마주쳤다.

빌리는 손에 힘을 주었다.

한껏.

우드득, 손가락뼈 부러지는 소리가 울렸다.

남자가 눈을 부릅뜨더니 고통에 찬 비명을 질렀다. 남자의 무기가 찰카당하며 바닥에 떨어졌다. 남자가 망가진 손을 움켜잡고서 뒤로 쓰러지더니 벽을 타고 주르륵 미끄러져 내렸다.

빌리는 달리기 시작했다.

등 뒤에서 숨을 쉬려고 썩썩대는 소리와 고통에 찬 신음이 계속 들리자, 빌리는 씩 웃었다.

하지만 그 웃음은 오래가지 못했다. 주차되어 있던 승합차 뒤에서 남자 둘이 튀어나오더니 길을 건너 빌리를 향해 들이닥쳤다.

빌리는 방향을 빙글 틀고서 하수관을 붙잡았다. 그러고는 몸을 휙 날려서 하수관을 타고 건물 위로 도망치기 시작했다. 두려우면서도 어쩐지 신나는 듯한 묘한 기분이 들었다. 공동 주택의 처마 끝에 다다르자, 빌리는 깃털처럼 가볍게 공중제비를 돌아서 지붕 위에 올라섰다.

"잡아! 저 짐승 같은 놈을 잡으라고!"

누군가가 고함을 질렀다. 빌리는 이미 공동 주택과 골목길 너머 건물 사이의 공간을 휙 뛰어 건너는 중이었다. 바람에 빌리의 머리칼이 사정없이 나부꼈다.

그때 뭔가가 빌리의 발목을 잡아챘다. 다음 순간 빌리는 아래로 데굴데굴 굴러떨어지기 시작했다. 순식간에 땅이 눈앞으로 훅 다가왔다.

빌리는 추락의 충격을 줄이려고 자세를 바로잡으려 했다. 그러다 밧줄이 두 발목을 조여서 뜻대로 움직일 수가 없었다. 얼른 내려다보니 양쪽 끝에 나무 공이 달린 사냥용 물매 같은 것이 다리를 휘감고 있었다.

이내 빌리는 물기 가득하고 단단한 바닥에 쾅 하고 떨어지고 말았다. 순간 눈앞이 하얘지면서 온 세상이 불타는 듯했다. 숨을 쉴 수가 없었다.

시간이 조금 흐른 후에야 빌리는 겨우 숨을 크게 들이마실 수 있었다. 칼날이 가슴을 쑤시고 드는 듯 고통스러웠다.

이어 분노가 찾아들었다.

빌리는 온몸의 피가 부글부글 끓는 걸 느꼈다. 호흡이 거칠어지면서 위협적인 소리로 변하고, 손가락이 길어지면서 날카로운 손톱이 솟아났다.

빌리는 으르렁대며 일어나 앉은 자세를 취했다. 그러고는 재빨리 발목에 감긴 물매를 풀어서 자신을 향해 달려드는 두 추격자 쪽으로 던졌다. 한 명이 "픽!" 소리와 함께 나무 공에 관자놀이를 얻어맞고서 인적 없는 도로 위에 대자로 뻗어 버렸다.

그러나 나머지 한 명이 빌리의 팔을 붙잡더니 등 뒤로 팔을 꺾으려 했다. 빌리는 고개를 힘껏 뒤로 젖혀 뒤통수로 박치기를 했다. 남자의 코뼈가 부러지면서 콰직 하고 기분 좋은 소리를 냈다. 남자가 고통에 신음하며 길바닥에 철퍼덕 쓰러지자, 그 틈에 빌리는 자리에서 벌떡 일어섰다.

"꼬맹이, 가만있는 게 좋을 거다."

빌리는 소리가 난 쪽으로 휙 뒤돌아섰다. 발목까지 오는 기다란 가죽 코트를 입은 남자가 저벅저벅 걸어오고 있었다. 큰 키와 길게 기른 검은 머리칼이 인상적이었다. 남자의 두 눈에서 희미한 즐거움과 멸시가 뒤섞인 듯한 감정이 번득였다. 그의 두 손은 문신으로 뒤덮여 있었다.

빌리는 목덜미의 털이 쭈뼛 서는 걸 느꼈다. 치아가 길어지면서 날카로워지고, 턱뼈가 쩍 소리를 내며 넓어졌다. 팔의 근육이 불거지면서 단단해지고, 으르렁대는 소리가 깊어지면서 점점 짐승의 소리에 가깝게 변했다. 빌리는 두 주먹을 꽉 쥐고서 다가올 테면 다가와 보라는 듯 상대를 향해 턱을 치켜들었다.

"이 녀석 보게. 멋진 모습을 이제야 드러내네."

남자가 감탄하는 듯한 목소리로 말했다.

"살면서 한 번이라도 배고픈 적 있었나?"

빌리는 예상 밖의 질문에 멈칫했다. 남자가 능글맞게 웃으며
말했다.

"아닐 줄 알았다. 너는 고기도 뼈다귀도 연골도 관심 없지. 너
희 종은 그래."

빌리는 혼란스러웠다. 저 남자는 어째서 빌리의 정체를 알고
있는 걸까? 빌리가 몸에 팽팽히 긴장을 불어넣자, 남자가 반걸음
뒤로 물러섰다.

"얘야, 나라면 그러지 않을 거다."

빌리는 상관하지 않고 허공으로 풀쩍 뛰어올랐다.

남자가 한 손으로 자기 입을 가리더니 빌리를 향해 노란색 고
운 가루를 뿌렸다. 빌리는 허공에 붕 뜬 채 얼굴에 노란 가루를
고스란히 뒤집어썼다. 누가 커다란 망치로 빌리를 내려치는 것만
같았다. 이내 빌리는 하루 만에 두 번씩이나 바닥에 쿵 떨어지
고 말았다. 몸을 일으키려고 애썼지만, 팔다리가 말을 듣지 않았
다. 납처럼 무겁기만 할 뿐 손가락 하나 까딱할 수가 없었다.

자신을 내려다보는 남자의 얼굴을 마지막으로 빌리는 어둠 속
으로 빨려들었다.

*

빌리는 화들짝 눈을 떴다.

고개를 축 늘어뜨린 채 깊이 잠들었던 모양이었다. 빌리는 재빨리 상황을 파악했다.

자신은 의자에 앉아 있고, 이곳은 아마도 버려진 창고 같았다. 회칠한 벽을 따라 좁다란 창문이 여럿 나 있는데, 모두 썩어 가는 판자로 막혀 있었다. 이어 빌리는 자신 앞에 놓여 있는 거대한 황동 기계를 발견했다. 번쩍번쩍 빛나는 톱니바퀴와 각종 조작 장치가 잔뜩 달려 있고, 가운데에는 두툼한 노란색 유리를 끼운 둥근 창이 커다랗게 나 있었다. 기계 오른쪽으로 몇 걸음 떨어진 곳에 긴 머리 남자가 보였다. 남자는 그동안 빌리를 관찰하고 있었는지 바로 말을 꺼냈다.

"깨어났네요."

한쪽에서 실험복 차림의 남자 둘이 기계 다이얼을 살피고 있었다. 한 명은 앳되어 보이는 청년이고, 다른 한 명은 검은 머리칼이 희끗희끗해지기 시작한 중년인데, 반달 모양의 안경 너머 파란 눈동자가 날카롭고 차갑기 그지없었다.

"그런가요, 쏘온 씨?"

중년 남자가 클립보드를 들고 뭔가를 끼적이며 대답했다.

"그렇다니까요, 애스피널 씨."

애스피널이 쏘온을 날카롭게 노려보며 대꾸했다.

"애스피널 박사님이라고 부르시오."

쏘온은 콧방귀를 뀌며 애스피널에게 비웃음을 날렸다.

빌리는 자리에서 일어서려 했다. 그러자 갑자기 욕지기가 나면서 눈앞이 흐릿해졌다. 빌리는 의자에 도로 털썩 주저앉아 숨을 헐떡였다. 다시 시야가 돌아오자, 손목에 채워진 수갑이 보였다. 언뜻 보기에는 팔찌처럼 생겼는데 표면에 룬 문자가 잔뜩 새겨져 있었다.

쏘온이 수갑을 가리키며 말했다.

"그걸 차고 있는 한 움직이지 않는 게 좋을 거야. 내 작품 중에서도 최고로 손꼽히는 물건이거든. 몸에 그게 붙어 있는 한 빨리 움직이지도 멀리 가지도 못해."

빌리는 수갑을 뜯어내려고 손을 뻗었다. 그러나 손가락이 금속 가장자리에 닿는 순간, 곧장 욕지기가 몰려 올라왔다.

쏘온이 풋 하고 웃음을 터뜨리며 말했다.

"뺄 생각도 하지 마. 머리가 잘려 나가는 것 같은 느낌을 기꺼이 경험해 볼 작정이 아니라면 말이지."

왼쪽 벽에 달린 문이 열리더니 남자 둘이 중년 신사를 호위하며 안으로 들어왔다. 신사는 회색 정장에 검은색 외투를 입었고, 마호가니 나무로 만든 지팡이를 짚고 걸었다. 오동통한 볼과 들창코 때문인지 나이에 비해 소년 같은 느낌이 물씬 풍겼다. 부

하 중 한 명이 의자를 가져다주자, 신사가 빌리한테서 몇 걸음 떨어진 곳에 자리를 잡고 앉더니 지팡이 위에 두 손을 얹고서 빙그레 웃었다.

"이렇게 만나게 되어 정말 반갑구나, 빌리."

남자의 목소리는 부드럽고 정중했다.

"코드니 씨께 인사드려야지."

쏘온이 빌리가 앉은 의자를 걷어차며 윽박질렀다. 코트니가 그만하라는 듯 손을 들더니 안타까워하는 눈으로 쏘온을 바라보았다.

"쏘온 씨, 그럴 필요 없어요."

쏘온이 도끼눈을 뜨며 뒤로 물러섰다.

코트니는 미소를 잃지 않은 채 말을 이었다.

"빌리, 내 소개를 하마. 나는 로버트 코트니라고 한단다. 너도

나에 대한 소문을 들어 봤겠지?"

코트니가 짐짓 한쪽 눈썹을 추켜올리며 물었다. 빌리가 고개를 가로젓자, 코트니는 흥미롭다는 표정으로 고개를 끄덕였다.

"흠, 못 들어 본 모양이로구나."

코트니는 지팡이 끝으로 나무 바닥에 박힌 옹이를 쿡쿡 찌르며 말을 이었다.

"내 아버지 조슈아 코트니는 이름난 기업가셨지. 나는 아버지 회사를 물려받았고, 지금은 전쟁의 공포가 쓸고 간 런던을 다시 세우는 일을 우리 가문의 재산으로 돕고 있단다."

빌리는 이를 악물었다. 이곳에서 벗어나고 싶었지만, 코트니란 남자는 묘하게 빌리의 주의를 끄는 면이 있었다.

"나도 전쟁통에 고생 꽤 했지."

코트니는 자기 다리를 톡톡 두드리며 말을 이었다.

"파편에 맞아서 지팡이 신세가 됐단다."

코트니는 고개를 주억거리며 서글프게 웃었다.

"그래도 여기 이렇게 살아 있지."

이어 코트니는 빌리를 가리켰다.

"너도 이렇게 살아 있고 말이야."

빌리는 방 안의 모든 이가 자신을 지켜보고 있음을 알아차렸다. 애스피널 박사는 연필로 클립보드를 신경질적으로 톡톡 두드려 댔다.

"왜 날 여기 끌고 온 거예요?"

빌리가 묻자, 코트니가 고개를 들이밀며 대답했다.

"그야 네가 특별하니까 그렇지. 빌리 너는 남다른 재능과 재주를 지녔어. 그래서 나는 네 도움이 필요하단다."

빌리는 입을 앙다물고서 눈살을 찌푸리더니 새된 목소리로 물었다.

"내가 뭣 하러 당신을 도와요?"

코트니가 함께 들어왔던 부하 둘에게 고갯짓하며 말했다.

"자네들, 부탁 좀 하세나."

두 남자가 문밖으로 저벅저벅 걸어 나가자, 코트니는 겸연쩍게 웃으며 말을 이었다.

"빌리 캐치폴이라. 너희도 이름에 성을 붙이기로 했다니 참으로 기발하면서도 매력적이지 뭐냐."

이윽고 코트니의 부하들이 캐치폴 부부를 방 안으로 데리고 들어오자, 빌리는 찬물을 뒤집어쓰는 느낌이었다. 선득한 깨달음은 이내 진땀 흐르는 뜨거운 공포로 바뀌었다. 코트니의 부하들은 밧줄에 손이 묶인 캐치폴 부부를 소몰이용 막대로 쿡쿡 찌르며 앞으로 몰았다. 캐치폴 부부는 불안한 듯 눈을 굴리며 상황을 파악하려 애썼다. 아빠가 소리쳐 물었다.

"엄마, 여기 어디? 우리 어디 있지?"

엄마가 갑자기 울음을 터뜨렸다.

"빌리 있어. 우리 빌리 여기 있어!"

아빠가 냄새를 킁킁 맡더니 대답했다.

"다행이다. 빌리 있구나. 빌리 여기 있어."

아빠가 방향을 틀더니 빌리 쪽으로 어기적어기적 걸어왔다.

"아마 빌리 나갔다가 토실한 새끼 돼지 잡아 왔……."

소몰이 막대가 아빠의 등을 강타했다. 풀썩 쓰러진 아빠는 장어처럼 꿈틀꿈틀 요동치며 고통에 찬 비명을 질렀다. 빌리는 저도 모르게 아빠에게 달려가려 애쓰는 자신에게 놀랐다. 그리고 눈가에 눈물이 고이는 걸 느끼고서 더더욱 놀랐다.

코트니의 부하들이 아빠를 강제로 일으켜 세우더니 엄마와 함께 기계 쪽으로 떠밀었다. 쏘온이 밸브를 돌려서 기계 옆에 달린 뚜껑을 열자, 코트니의 부하들은 캐치폴 부부를 기계 안으로 몰았다. 유리창 너머로 당황한 캐치폴 부부가 서로에게 매달린 채, 보이지 않는 눈으로 주위를 휘휘 살피고, 무슨 말을 하려는지 입을 뻐끔뻐끔하는 모습이 보였다. 쏘온이 밸브를 돌리자, 철컹하고 문이 잠겼다. 빌리는 두려움에 휩싸였다.

"두 분한테 무슨 짓을 하려는 거예요?"

코트니가 고갯짓으로 신호를 보내자, 애스피널이 몇 가지 조작 버튼을 누르더니 핸들을 아래로 잡아당겼다. 우우웅 하며 기계가 작동하기 시작했다. 진동이 바닥을 타고서 빌리의 발에도 전해졌다. 코트니는 눈앞에 펼쳐지는 광경을 마치 굶주린 사람이 음식 보듯 간절한 눈으로 지켜보았다. 코트니의 이마가 땀으로 번들거렸다. 빌리는 그의 심장 뛰는 소리가 점점 더 빨라지는 걸 들을 수 있었다.

웅웅 하는 작동음이 점점 커지더니 "쉬쿵, 쉬쿵" 하는 크고 일정한 소음으로 바뀌어 빌리의 두개골을 파고들었다. 이윽고 캐치폴 부부를 둘러싼 공기가 연보라색으로 빛나기 시작했다. 겁에 질린 부부가 서로를 꽉 끌어안았다. 빌리는 극도로 긴장한 나머지 혀끝에 시큼한 피 맛이 느껴졌다.

이내 쉬쿵, 쉬쿵 하는 소리가 파도치듯 퍼져 나가면서 캐치폴 부부 주변의 보랏빛이 더 선명해졌다. 둘은 보이지 않는 눈을 그저 끔벅거릴 뿐이었다.

그렇게 빌리가 경악하며 지켜보는 앞에서 캐치폴 부부의 몸이 바스러지더니 고운 가루가 되어 기계 안에 소용돌이쳤다.

코트니는 신경질적으로 지팡이 끝을 잡았다가 놓기를 반복했다. 그러면서도 눈길은 한순간도 기계 유리창을 떠나지 않았다. 코트니는 거의 울먹이며 말했다.

"놀랍군. 정말 놀라워."

애스피널 박사가 핸들을 다시 위로 올리고서 조작 버튼을 누르자, 기계음이 멈추고 기계 안의 보라색 빛도 사라졌다. 방 안이 고요해졌다. 기계 제어판에 삽입된 유리관에 형광 초록색 수증기가 주입되는 소리만 쉿쉿, 하고 나직이 들릴 뿐이었다.

애스피널이 기계에서 유리관을 떼어 내더니 코트니에게 가져다주었다. 코트니는 덜덜 떨리는 손으로 유리관을 받아 들고서 공포와 희망이 뒤섞인 눈으로 찬찬히 살폈다.

"코트니 씨, 솔직히 말해서 자신 없습니다. 재료가 늙고 쇠약한 편이었어요. 추출액의 품질이 아주 낮을 겁니다."

코트니는 그 말이 귀에 안 들리는지 혼자 빙그레 웃었다. 그러나 유리관 속의 초록색 수증기가 검게 변하기 시작하자 코트니의 미소도 따라서 사라졌다.

애스피널이 고개를 주억이며 말했다.

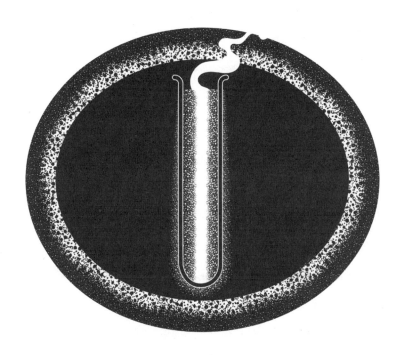

"말했잖아요. 품질 저하는 상당히 자주……."

분노한 코트니가 외마디 소리를 지르며 유리관을 바닥에 던져 박살내 버렸다. 검은 수증기가 허공으로 퍼져 나갔다. 코트니는 눈앞으로 쏟아진 머리칼을 부르르 떨리는 손으로 벅벅 쓸어 넘겼다.

빌리는 숨을 헐떡이며 검은 수증기가 스러지는 광경을 지켜보았다.

'엄마 아빠의 흔적마저 사라져 버렸어.'

코트니가 다시 빌리를 향해 미소를 지었다. 그러나 이번에는 벼랑 끝에 선 인간의 긴장을 감추지 못했다.

"빌리, 말했다시피 나는 네 도움이 필요하단다."

빌리는 코로 숨을 깊이 들이마시고 내쉬었다. 분노와 슬픔을 억누르기 위해서였다.

'이 감정이 슬픔일까?'

그런 것 같았다. 빌리는 그 사실에 놀라지 않을 수 없었다. 비록 '피붙이'는 아니지만 빌리는 혐오스러운 캐치폴 부부에게 남다른 감정을 느꼈다. 긴 세월을 함께 지냈는데 어떻게 아무 감정도 없을 수 있겠는가?

빌리는 새된 목소리로 대답했다.

"당신과 관련된 일은 어떤 것도 돕지 않을 거야."

"오, 빌리. 넌 나를 도울 거란다. 그것도 아주 열심히 도울 거야. 난 돈이 너무 많아서 주체를 못 하는 사람이거든. 원하는 건 뭐든 할 수 있단다. 반면 너는 아무것도 없는 가난뱅이 신세잖아. 집도 없고, 제대로 된 가족도 없지. 난 네게 집을 마련해 줄 수 있어, 너만의 집을. 너희 둘이 안전하게 지낼 수 있는 곳 말이다."

'너희 둘?'

또다시 공포가 빌리를 엄습해 왔다.

"아니면 그 애가 저 기계에 들어가게 될 거다."

코트니가 지팡이로 바닥을 톡톡 두드리자, 캐치폴 부부를 데려왔던 부하 중 한 명이 밖으로 나가더니 한 손으로 메그의 어깨를 부여잡고서 방 안으로 데리고 들어왔다. 빌리는 얼음물을 양동이째 콸콸 뒤집어쓰는 기분이었다. 자리에서 일어서려 했지만, 어김없이 욕지기가 올라오고, 머릿속에 날카로운 유리 조각이 들어차기라도 한 듯 극심한 고통이 몰려들었다. 야생 본능을 불러일으키려 해도 몸에 힘이 들어가지 않았다. 마치 마법 수갑의 힘이 빌리의 야생성을 목 졸라 죽여 버리기라도 한 것 같았다. 메그는 빌리를 보더니 곁으로 달려오려고 버둥거렸다. 하지만 코트니의 부하가 메그의 목에 팔을 단단히 감고서 놓아주지 않자, 메그는 울음을 터뜨렸다. 마침내 욕지기가 가라앉자, 빌리는 천장을 향해 고개를 쳐들고서 목이 쉴 때까지 마구 울부짖었다. 결국 빌리는 포기하고서 숨을 헐떡이며 의자에 축 늘어졌다. 눈물이 볼을 타고 하염없이 흘러내렸다.

"그 애를 보내 줘."

빌리는 꺽꺽 울며 사정했다. 그러나 코트니는 고개를 가로저었다.

"어림없는 소리. 내가 시키는 대로 하겠다고 약속하지 않으면 저 애는 기계행이야."

기계 옆에 서 있던 애스피널이 무자비한 눈빛으로 빌리를 바라보며 중얼거렸다.

"그것참 흥미로운 실험이 되겠군요."

빌리는 고개를 푹 떨어뜨리고서 바닥만 내려다보았다. 어찌할 도리가 없다는 좌절감에 눈물이 앞을 가렸다.

"나더러 뭘 하라는 거예요?"

빌리가 흐느끼며 묻자, 코트니는 빌리가 가엾다는 듯이 애처롭게 웃으며 대답했다.

"아주 간단한 일이야. 너는 남들 눈에 띄지 않고 다니는 재주가 있고, 꾀도 많잖니? 그걸 잘 써서 뭔가를 훔쳐 내게 가져오면 된단다."

코트니가 쏘온 쪽으로 고개를 돌렸다.

"쏘온 씨. 우리 손님을 이제 그만 풀어 주시죠."

쏘온이 빌리에게 다가오더니 두 손으로 수갑 잠금장치를 찰카닥 소리가 날 때까지 거칠게 눌렀다. 수갑을 풀자마자 빌리는 머릿속이 한결 맑아졌다. 메그가 흐느끼는 소리에 빌리는 얼른 그쪽으로 눈길을 돌렸다. 메그와 눈을 마주치자, 빌리는 살짝 고개를 끄덕여 보였다. 메그는 조용히 해야 한다는 메시지를 바로 알아듣고서 입술을 꽉 깨물며 울음을 참았다.

"쏘온 씨, 그 장치를 가지고 있습니까?"

코트니가 묻자, 쏘온이 호주머니에서 주먹만 한 크기의, 은도금이 된 둥근 물체를 꺼냈다. 쏘온이 코트니에게 은색 구슬을 건네주자, 코트니는 빌리 앞에 그 물건을 내밀었다.

"네 임무를 도와줄 물건이다."

빌리는 아무 대꾸도 하지 않았다.

애스피널이 콧방귀를 뀌더니 입을 열었다.

"꼬맹이, 이걸 받든지 기계에 들어가든지 둘 중 하나를 골라. 잘 고르면 너도 저 부랑아 계집애도 풀려나서 너희들 좋을 대로 살 수 있어. 혹시라도 우리를 배반했다간 여기 쏘온 씨가 너를 찾아낼 거고, 너희 둘 다 기계행이야. 어떤 결과가 나올지 정말 궁금하단 말이지. 너희는 둘 다 절반은 짐승이고, 절반은 인간이니까."

애스피널이 히죽거리며 한마디를 덧붙였다.

"참으로 흥미로운 실험이 될 거야."

그러자 코트니가 애스피널에게 눈을 부라렸다.

"적당히 하시게."

애스피널이 입술을 비죽거리더니 알겠다는 듯이 공손히 고개를 숙였다. 빌리는 그자의 눈빛에서 분노를 읽을 수 있었다.

빌리는 천천히 자리에서 일어섰다. 자신을 사로잡은 자들을 똑바로 바라보기 위해서였다. 머리가 어깨 위에 납덩이를 올려놓은 듯 무거웠다.

코트니도 자리에서 일어서더니 빌리에게 은빛 구슬을 내밀었다. 빌리를 구속하던 장치처럼 표면에 낯선 룬 문자가 가득했다. 빌리는 구슬을 받아 들었다. 그만한 크기의 물건치고는 예상보다 훨씬 묵직하고 단단했다.

코트니가 빌리의 어깨에 손을 얹으며 말했다.

"이걸 써서 뭘 좀 찾아오너라. 아주 귀한 거야."

"어디로 가야 하는데요?"

빌리가 묻자, 코트니가 빙그레 웃으며 대답했다.

"룩헤이븐이란 곳으로 가렴."

2장

천출

미러벨

미러벨은 포털에서 마차가 나타나는 광경을 지켜보았다. 이내 마차는 꽃길을 지나 정문으로 들어섰다. 흔들리는 마차에 달빛이 닿자, 검고 매끈한 표면이 은은하게 빛났다.

"그냥 남들처럼 마차를 두고 오실 순 없었던 걸까요?"

미러벨이 묻자, 이넉 삼촌은 미러벨을 힐끗 내려다보고는 대답했다.

"메이비스 이모는 늘 화려한 등장을 즐기지. '뭘 해도 우아해야 한다'가 좌우명이거든."

미러벨은 고개를 절레절레 흔들었다. 갑자기 대기가 소용돌이치면서 혀끝에 비릿한 금속성 맛이 느껴졌다. 이어 삼촌과 미러벨 사이에 작은 포털이 열리더니 오드가 허둥지둥하며 빠져나왔다. 오드는 숨을 약하게 헐떡이며 말했다.

"휴, 거참 즐거운 만남이었달까."

미러벨이 다정하게 말을 걸었다.

"오드, 이번에는 오래 걸렸네."

"메이비스 이모가 어느 마차를 탈지 한참 고민했거든."

"마차를 탈 필요가 전혀 없다고 말씀드렸어?"

오드가 고개를 끄덕였다.

"여러 번 말씀드렸지. 이왕 그렇게 된 거 나는 이모가 고민하는 동안 총회에 필요한 물건을 구하러 다녔어."

오드는 짐짓 이넉 삼촌에게 비난하는 눈초리를 날리며 덧붙였다.

"어쩔 수 없잖아. 각 저택으로 가서 모든 가족을 모셔 오겠다고 내가 '자원'했으니까."

이넉 삼촌은 마차에서 눈길을 떼지 않은 채 대꾸했다.

"그래서 그 일을 아주 잘 해내지 않았니."

오드는 한숨을 푹 쉬더니 말했다.

"모두 걸어서 오던 시절이 그리워요. 100년 뒤면 또 모두를 위해 일일이 포털을 열어야 한다니, 너무 금방이잖아요."

일주일 내내 손님들이 룩헤이븐 저택에 속속 도착했다. 새로운 손님이 올 때마다 미러벨은 점점 더 기대에 부풀었다. 이넉 삼촌의 설명에 따르면 총회는 전 세계의 안식처에 지내는 모든 일가친지가 모이는 행사로서 100년에 딱 한 번, 빛의 방에서만 열렸다. 오랜 세월을 산 이넉 삼촌은 총회에 여러 차례 참석했지만, 미러벨이 총회가 정확히 무엇인지 설명해 달라고 부탁하자 눈빛이 묘하게 아득해지면서 적당한 말을 찾지 못하는 듯했다.

이넉 삼촌뿐 아니라 미러벨이 총회에 관해 물어본 모든 상대가 비슷한 반응을 보였다.

"뭐랄까, 다른 세상에 온 것 같지."

일라이자 이모는 그 말만 할 뿐 자세한 이야기는 하려 하지 않았다. 총회라는 주제를 언급하는 것만으로도 행복에 겨워 눈물을 터뜨릴 것처럼 보였다. 나머지 가족은 미러벨과 막내 기디언이 어떤 사전 지식도 없이 온전히 총회를 경험할 수 있도록 아무 말도 해 주지 않기로 뜻을 모은 모양이었다. 가족들이 너도나도 대답을 얼버무리면 얼버무릴수록 미러벨은 어서 빨리 총회에 참석하고 싶어 안달이 났다.

"메이비스는 그렇게 고약한 사람은 아니란다. 주변 평판은 다소 다르지만 말이야."

이넉 삼촌은 짐짓 말끝을 흐렸다. 그러자 오드가 입 모양으로 미러벨에게 말했다.

'고약해.'

"버넌과 바이런도 오랜만에 만나겠구나."

오드가 싸늘하게 대꾸했다.

"예. 둘 다 어찌나 사랑스러운지요."

마차가 저택 앞에 도착하자, 미러벨 일행은 손님을 맞으러 계단을 내려갔다. 땅딸막한 체구에, 진회색 망토에 달린 모자를 깊숙이 눌러쓴 마부가 천천히 뒤돌아서더니 미러벨을 쳐다보았다.

모자 안의 짙은 어둠 속에서 은빛 눈동자가 번득였다. 마부는 잠시 미러벨을 뜯어보다가, 말이 히힝 울며 차가운 공기 속으로 뜨거운 입김을 뿜어내자 뒤돌아서서 말의 머리 너머 먼 곳으로 눈길을 돌렸다.

이넉 삼촌이 마차 문을 열자, 안에서 "오.오.오.오.오, 이게 누구야!" 하고 요란한 외침 소리가 울려 퍼지더니 허옇고 커다란 얼굴이 나타났다. 이넉 삼촌이 정중하게 인사를 건넸다.

"메이비스 이모님, 오랜만입니다. 정말 반가워요."

메이비스 디블이 육중한 몸을 일으키자, 양쪽에 앉은 두 아들이 어머니가 완전히 설 수 있도록 팔을 부축했다. 활짝 웃고 있는 메이비스의 커다란 입안에는 면도칼처럼 날카로운 이빨이 가득했다. 원뿔처럼 불룩 솟은 정수리 위에 돌돌 말아 올린 금발은 나이가 들어 희끗희끗하게 세어 가고 있었다. 디블스 가족은 얼굴에 삐뚜름한 콧구멍만 있을 뿐 눈이 없었다. 그렇다고 그들이 시력이 없는 것은 아니었다. 오드한테 이미 이야기를 들어서 미러벨은 셋 다 눈 없이도 앞을 멀쩡히 아주 잘 본다는 사실을 알고 있었다. 그때 오드는 못마땅한 목소리로 이렇게 덧붙였었다.

"디블스 가족이 주변에 있으면 조심해야 할 이유 중 하나야."

"이넉, 오, 이넉. 정말 오랜만이군요. 도대체 얼마 만에 보는 거지요?"

50

"75년 정도 되었을 겁니다."

옆에서 오드가 끼어들었다.

"정확히는 77년 만이에요. 제가 세어 봤어요. 그때 고맙게도 깜짝 방문을 해 주셨죠."

메이비스가 꺄악 소리를 지르는 바람에 미러벨은 이대로 고막이 터져 버리는 게 아닐까 하는 생각마저 들었다.

"오드! 오, 우리 귀여운 오드."

메이비스는 카랑카랑한 목소리로 탄성을 질러 댔다.

"네 포털을 쓰게 해 줘서 얼마나 고마운지 모른단다."

마부가 접이식 계단을 펴는 동안, 메이비스는 신이 나서 두 손을 흔들어 댔다.

"윈스럽, 고마워."

메이비스는 마부가 내민 기다란 손톱 달린 손을 잡고서 조심조심 계단을 내려왔다. 우람한 덩치에 비해 믿을 수 없을 정도로 몸놀림이 섬세했다. 메이비스는 땅에 내려서자마자 대뜸 오드에게 다가가더니 오드의 볼을 꼬집으며 다시 고맙다는 인사를 했다. 그러고는 '가끔 해외 여행 나갈 때' 오드의 포털을 써도 될지 대놓고 물었다.

오드가 장하게도 메이비스의 지나친 관심을 꾹 참아 넘기는 동안, 버넌 디블스와 바이런 디블스는 오드가 시달리는 꼴을 싱글거리며 구경했다. 디블스 쌍둥이는 둘 다 키가 아주 컸다. 한쪽은 남색 바탕에 파란 줄무늬, 다른 한쪽은 어두운 갈색 바탕에 주황 줄무늬가 든 정장을 입었고, 둘 다 발목까지 올라오는 정장용 구두를 신고 있었다. 두 쌍둥이는 길고 가느다란 손가락을 마치 말미잘의 촉수처럼 한들한들 움직이며 어머니가 오드에게 요란스럽게 애정을 퍼붓는 광경을 지켜보았다.

"곧 내게 뭔가 근사한 걸 가져다줄 거지? 그렇지?"

메이비스가 오드의 한쪽 볼을 유난히 세게 쥐고 흔들면서 물었다.

"물론이죠. 이모님이 원하시는 건 뭐든지요."

오드는 입꼬리를 올리며 웃어 보였지만, 두 눈에는 전혀 웃음기가 없었다.

메이비스가 손뼉을 짝 치며 탄성을 터뜨렸다.

"오오오오, 정말 사랑스러운 녀석이라니까."

이어 메이비스는 미라벨 쪽으로 고개를 돌리더니 콧구멍을 벌렁거리며 대기의 냄새를 맡았다.

"이쪽은 누구지?"

이넉이 먼저 대답했다.

"미러벨이라고 합니다."

메이비스가 또 꺅 소리를 질렀다.

"아아아, 미러벨! 그 유명한 미러벨 말이지. 이렇게 만나는구나."

메이비스는 미러벨에게 먼저 다가가려고 두 아들을 떠밀기까지 했다. 미러벨 앞에 서자 메이비스는 마치 감사 기도를 드리듯 두 손을 깍지 끼고서 미러벨 쪽으로 몸을 숙였다. 두 아들이 뒤에 와서 서자, 메이비스는 경탄해 마지않는 목소리로 속삭였다.

"오, 미러벨."

메이비스가 다시 콧구멍을 벌름거렸다. 미러벨은 그 모습을 계속 지켜보고 있기가 조금 거북했다. 이어 메이비스가 미러벨의 손을 덥석 잡았다.

"드디어 만나게 되어 정말 너무나 기쁘구나."

"너무나 기뻐."

쌍둥이 중 남색 정장을 입은 쪽이 어머니의 오른 어깨 너머로 고개를 내밀며 말했다. 그러자 갈색 정장을 입은 쪽이 거들었다.

"흥미로워."

메이비스가 고개를 끄덕였다.

"아, 그래, 그렇지. 아주 흥미롭지."

미러벨은 어쩐지 혼란스러웠다. 눈이 없는 상대를 마주하려니 무척 어색한데, 자신을 쳐다보는 메이비스의 날카로운 시선이 생생히 느껴져서 온몸에 소름이 쫙 돋았다.

메이비스가 미러벨의 손을 놓더니 분홍색 레이스 손수건으로 손을 싹싹 닦았다. 미러벨이 보기에는 그 또한 낯선 행동이었다. 메이비스가 고갯짓으로 먼저 오른쪽에 선 아들을 이어 왼쪽에 선 아들을 가리키며 말했다.

"얘가 버넌이고, 얘는 바이런이란다."

"네 이야기 많이 들었어."

바이런이 말하자, 버넌이 같은 말을 되풀이했다.

"많이 들었지."

"네 덕분에 우리가 벗어날 수 있었어. 그……, 그……."

메이비스가 입에 담기조차 역겹다는 듯 입술을 앙다물자, 버넌이 대신 말을 맺었다.

"흉악한 것한테서."

바이런이 고개를 끄덕이며 덧붙였다.

"추악한 것한테서."

미러벨은 디블스 가족이 자기 앞에 모여 서자 멋쩍어서 얼굴이 빨개졌다. 메이비스는 미러벨을 찬찬히 '살펴보면서' 자신의 손수건을 엄지와 검지로만 살짝 집어 버넌에게 건넸다. 그러자 버넌은 손수건을 조심스럽게 재킷 안주머니에 챙겨 넣었다.

메이비스가 손가락을 파드닥거리며 물었다.

"참, 네 친구들은 어디에 있니?"

기다렸다는 듯이 하늘에서 외눈 까마귀 루키우스가 매끄럽게 날아 내려와 미러벨의 오른 어깨에 올라앉았다. 루키우스는 보이는 눈으로 디블스 가족을 하나하나 살펴더니 무시해도 상관없는 상대라는 듯 날개 밑에 부리를 쓱쓱 비볐다. 미러벨은 갑자기 한결 자신감이 솟았다.

"이 친구는 루키우스라고 해요."

"그 까마귀가 널 도와줬다지?"

메이비스가 물었다.

"네."

미러벨은 갑자기 루키우스에 대해 강렬한 애착을 느꼈고, 더는 자세한 이야기를 하고 싶지 않았다.

"그게 언제 일이지?"

메이비스가 묻자, 오드가 대신 대답했다.

"5년 전이요."

"맙소사, 5년이라니. 내가 어쩌다 그걸 잊었지? 아들들아, 그때부터 우리는 하루도 빠짐없이 날짜를 계산해 왔잖아. 안 그래?"

버넌과 바이런이 번갈아 가며 대답했다.

"매일같이요."

"하루하루가 선물이죠."

"축복이고요."

"진정한 은총이죠."

루키우스가 일부러 디블스 가족 쪽을 피하며 까악 하고 울었다. 디블스 가족이 계속 미러벨을 말똥말똥 쳐다보자 길고 어색한 침묵이 흘렀다. 다들 더 무슨 말을 해야 할지 모르는 듯했다.

버넌과 바이런이 짐짓 예의 바른 미소를 지으며 고개를 끄덕이자, 메이비스는 적당한 말을 찾지 못해 애를 먹는 듯 입술을 실룩이더니 한참 만에 입을 열었다.

"자, 미러벨, 만나서 반가웠다. 너는 훌륭한 아가씨 같구나. 그리고 정말 너무나……, 정말 너무나……."

메이비스가 인상을 찌푸렸다. 쌍둥이는 의아한 듯 서로를 바라보았다. 메이비스가 고개를 갸웃하더니 미간을 찌푸리며 생각에 잠겼다.

잠시 후 메이비스가 고개를 주억이며 다시 입을 열었다.

"달라."

그때부터 갑자기 디블스 가족이 동요하기 시작했다. 버넌은 짐짓 셔츠 깃을 잡아당기고, 바이런은 신경질적으로 목을 가다듬었다.

루키우스가 몸단장을 멈추더니 디블스 가족을 매섭게 노려보았다.

이넉 삼촌이 앞으로 나서며 물었다.

"이모님, 묵으실 방으로 안내해 드릴까요?"

"오, 그래요."

메이비스는 갑자기 활기를 되찾았다.

"하지만 그 전에 손님들을 모아 놓고 인사부터 해야죠."

메이비스는 바삐 드레스 매무새를 매만지고, 삐져나온 머리칼을 귀 뒤로 쓸어 넘겼다. 그러자 오드가 말했다.

"아직 다 안 왔는데요."

미러벨은 만약 메이비스한테 눈이 있었다면 도저히 믿을 수 없다는 듯이 끔벅끔벅했을 거라고 확신했다.

"다 안 왔다고?"

메이비스가 식식대며 되물었다.

"내가 마지막으로 도착한 손님이 아니라는 거니?"

오드는 최대한 안타까워하는 척하며 대답했다.

"하아, 어쩌죠? 아닌데요."

"초대 과정에 혼선이 있었나 봅니다."

이넉 삼촌이 오드에게 눈총을 날리며 말했다. 오드는 미러벨에게 살짝 윙크를 해 보였다.

"혼선?"

메이비스가 콧구멍을 벌렁거리며 날카롭게 소리쳤다.

"내가 오기 전에 모두 미리 와 있어야지요. 그게 상식이에요. 그게 예의고. 뭘 해도 우아해야 하는 법이라고요."

메이비스는 믿을 수 없다는 듯이 고개를 절레절레 흔들며 덧붙였다.

"품위 있는 등장만큼 우아한 게 없는데 말이야."

이넉 삼촌이 고개를 숙이더니 계단을 가리켰다.

"이모님, 가시지요."

메이비스는 잠시 그 자리에 선 채 몽니를 부리다가 머리를 다시 매만지고서 고개를 당당히 쳐들고 계단으로 향했다. 그러나 첫 번째 계단에서 발을 헛디디는 바람에 하마터면 쾅당 쓰러질 뻔했다. 두 아들이 어머니를 도우려고 달려가자, 메이비스는 아들들에게 소리를 지르고 손찌검을 해 댔다. 그래도 결국은 아들들의 부축을 받고서 계단을 올랐다.

"무엇보다 우아해야 하는 법이지."

오드가 미러벨에게 속삭였다.

"윈스럽!"

메이비스가 고개를 돌리고서 소리치자, 마부가 마차에서 커다란 여행 가방 두 개를 내렸다. 덩치가 오드나 미러벨보다 그리 크지 않은데도 윈스럽은 가방을 가뿐히 들고 메이비스를 따라 계단을 잽싸게 올랐다. 계단 꼭대기에 다다르자, 윈스럽이 멈칫하더니 뒤를 돌아보았다. 은색 눈동자가 한동안 미러벨에게 머물렀다. 이윽고 윈스럽이 다시 돌아서너니 니블스 가족을 따라 저택으로 들어갔다. 언짢아진 미러벨은 인상을 찌푸렸다. 오드가 다독이듯 말했다.

"신경 쓰지 마. 저 윈스럽이라는 집사, 원래 좀 이상해."

이녁 삼촌이 뒷짐을 지고 서서 상황을 지켜보다가 디블스 가족이 저택 안으로 들어가자 길게 한숨을 쉬었다.

"메이비스가 화를 낼 만도 하지."

이녁 삼촌은 오드를 바라보며 말을 이었다.

"아무래도 네가 가서 기분을 풀어 드려야 할 것 같구나."

오드는 터무니없다는 반응을 보였다.

"내가요? 삼촌, 난 지금 해야 할 일이 너무 많아요. 신경 쓸 일이 널렸다고요."

미러벨은 얼른 오드의 팔을 붙잡았다.

"삼촌, 오드는 절 도와주기로 했어요."

이넉 삼촌은 눈도 까딱하지 않았다.

"진짜예요. 도와주겠다고 약속했어요."

이넉이 고개를 끄덕이며 대답했다.

"알겠다. 오드, 그럼 네가 해야 할 일을 하려무나."

삼촌은 저택으로 걸음을 옮기며 말을 이었다.

"그래도 축제가 시작되기 전에 메이비스 이모를 도와야 할 거다. 메이비스는 널 가장 좋아하잖니. 이모를 실망하게 해서야 되겠니?"

오드는 이넉 삼촌의 등에 대고 소리쳤다.

"그럼요, 삼촌. 기꺼이 할게요."

이어 오드는 싱글거리며 미러벨에게 눈길을 돌렸다.

"고마워. 이제 난 그만 가 봐야겠어. 할 일……."

미러벨이 팔을 꽉 붙잡자 오드는 끙 하고 앓는 소리를 냈다.

"미러벨, 안돼."

"오드, 부탁이야. 한참이나 못 만났단 말이야."

"이틀 전에 만났거든."

"잠깐만 들를게."

"난 해야 할 일이 너무 많아. 신경……."

"그래. 신경 쓸 일이 널렸다는 거 나도 알아. 넌 모두에게 계속 그 소리를 하잖아."

오드는 아이처럼 토라져서 투덜거렸다.

"윈스럽더러 마차로 데려다 달라고 해."

미러벨은 물러서지 않을 작정이었다.

"오드, 잠깐이면 돼."

미러벨은 오드의 팔을 토닥이며 말했다.

"네 친구이기도 하잖아."

그 말에 오드의 얼굴에 서글픈 표정이 어렸다. 죄책감도 조금 엿보였다. 이윽고 오드가 허공에 새끼손가락으로 원을 그리자 미러벨은 가슴이 쿵쾅거렸다.

"정말 잠깐만 들르는 거야."

오드가 다짐을 받으려 하자, 미러벨은 환한 미소로 답했다.

순식간에 둘은 마을 의사인 엘런비 선생님의 집 앞에 도착했다. 서재 커튼 사이로 따뜻한 주황색 불빛이 새어 나왔다.

"일하시는 중인가 봐."

미러벨은 기대에 부풀었다. 어깨에 앉은 루키우스가 대답하듯 까악 하고 울었다.

미러벨은 현관문을 똑똑 두드리고서, 문이 열리기 전에 오드에게 인상을 찌푸리며 물었다.

"같이 들어갈 거지?"

오드가 입술을 앙다물더니 고개를 끄덕였다.

"물론이지."

미러벨이 뭔가 대꾸하려는 순간, 문이 열렸다. 문간에 대븐포트 의사 선생님이 서 있었다.

의사 선생님. 미러벨은 그 직함이 아직 이 남자한테 어울리지 않는다고 여겼다. 일단 너무 젊었다. 어려 보이는 얼굴이 딱 봐도 의대를 갓 졸업한 티가 났다. 머리칼은 앞가르마를 타고서 크림을 발라 뒤로 쫙 빗어 넘겼는데, 나이 들어 보이려고 일부러 그런 머리 모양을 한 듯했다. 그러나 미러벨의 눈에는 오히려 더 학생 같은 인상을 줄 뿐이었다. 대븐포트 선생님은 셔츠 첫 단추를 풀고, 소매는 걷어붙이고, 갈색 트위드 조끼는 단추를 아예 잠그지 않고 있었다. 무엇보다 미러벨의 기분을 거스르는 건 손에 엘런비 선생님의 담배 파이프를 들고 있다는 점이었다. 엘런비 선생님은 건강이 예전 같지 않아지자 일을 줄이려고 자신의 조카인 대븐포트를 고용했다. 미러벨이 보기에 대븐포트 선생님은 엘런비 선생님과는 많이 다른 사람이었고, 실력도 삼촌과 비교해 한참 못 미치는 듯했다. 그러면서 삼촌의 담배 파이프를 쓰다니, 주제넘은 행동이라고 여겨졌다.

미러벨은 대븐포트 선생님 옆을 쓱 지나 현관으로 들어섰다. 긴장한 대븐포트 선생님이 어색하게 웃으며 말을 걸었다.

"잠시 쉬던 참이에요."

미러벨은 담배 파이프를 의아스레 바라보며 물었다.

"그거 허락받고 쓰는 거예요?"

대븐포트 선생님이 대답하려는 듯 입을 벙긋거리더니 오드와 미러벨을 차례로 쳐다보면서 쿡쿡 웃었다.

"미러벨, 난 스물일곱 살이에요."

"난 그보다 나이를 더 먹었지만, 허락 없이 삼촌의 담배 파이프를 쓰지 않아요."

오드가 불쑥 끼어들었다.

"이녁 삼촌은 담배 안 피워."

미러벨은 오드에게 눈총을 날리고서 다시 대븐포트 선생님에게 눈길을 돌렸다. 바짝 긴장한 모습을 보니 고소하면서도 못되게 구는 스스로가 창피했다. 미러벨은 대븐포트 선생님을 좀 더 부드럽게 대하기로 마음먹었다.

"환자는 좀 어때요?"

대븐포트 선생님은 별일 없다는 듯 짐짓 밝은 표정을 지으며 최대한 쾌활해 보이려 애썼다.

"아, 괜찮으세요."

대답 소리가 썩 미덥지 않았다.

잠시 셋 다 아무 말이 없었다. 미러벨은 오드가 당장이라도 도망치려는 듯 문간에 발만 겨우 들이고 있다는 걸 알아차렸다.

"오드, 뭐 해?"

오드가 서재 문을 가리키며 대답했다.

"난 저기서 기다릴게. 폴이랑 이야기 좀 나눠 봐야 할 것 같아."

'폴? 아니, 언제부터 이름을 부를 정도로 둘이 친해졌대?'

미러벨은 화가 치밀었지만, 최선을 다해서 미소를 지어 보였다. 웃으면 이 어색한 분위기를 깰 수 있을지도 몰랐다. 갑자기 대기가 어둡고 무거워지면서 비좁은 현관 안에 선 세 사람이 서로에게서 한없이 멀어지도록 짓누르는 것 같아도, 웃으면 견디어 낼 수 있을 것 같았다.

대븐포트 선생님이 집 안쪽을 가리키며 말했다.

"거실에 계시……."

"어디 계신지 알아요."

벌써 복도를 걷고 있던 미러벨이 어깨 너머로 소리쳤다.

"담배 파이프는 원래 자리에 되돌려 놓는 게 좋을 거예요."

이윽고 미러벨은 살며시 문을 여닫고서 거실에 들어섰다. 언제나처럼 난롯가 앞에 엘런비 선생님의 안락의자가 놓여 있었다. 타닥타닥 난롯불 타는 소리가 거실 안을 나직이 맴돌았다. 미러

63

벨은 요즘 그 의자에 다가설 때마다 늘 같은 긴장과 두려움을 느꼈다. 미러벨은 잠시 그 자리에 얼어붙은 듯이 서서 꼼짝하지 않았다. 난로 불빛과 안락의자 옆에 놓인 은은한 등불이 닿는 자리를 제외하고, 어둠이 온 방 안을 에워싸고 있었다. 미러벨은 숨을 최대한 참았다. 스스로도 이유를 알지 못했다. 루키우스도 소리 없이 고개를 이리저리 돌리며 주위를 살필 뿐 침묵을 지켰다. 루키우스의 성한 눈이 불빛을 받아 번득였다.

"도둑이라면 실력이 썩 좋은 편은 아니군요. 더군다나 이 집에는 가져갈 만한 물건이 없답니다."

미러벨은 안락의자 곁으로 다가섰다. 갑자기 안도감이 몰려들었다. 어째서 그런지는 생각하고 싶지 않았다. 루키우스가 푸드덕 날아서 책 선반에 올라앉았다.

엘런비 선생님은 보라색 양모 가운을 걸치고, 체크무늬 무릎 담요를 덮고서 다리 위에 책 한 권을 펼쳐 놓고 있었다. 미러벨을 보자 엘런비 선생님이 빙그레 웃었다. 미러벨도 따라 미소를 지었다. 눈가에 늘어진 주름 때문에 엘런비 선생님의 눈이 더 크고 눈물에 젖은 듯 보였다. 마치 어린아이의 눈을 보는 것 같았다. 엘런비 선생님의 얼굴은 몹시 파리했고, 머릿결이 더 가늘어져 하얀 민들레 솜털 같았다.

"엘런비 선생님, 몸은 좀 어떠세요?"

"미러벨, 널 만나니 한결 좋아지는구나. 그런데 집에서 총회 준비를 해야 하는 거 아니냐?"

미러벨은 고개를 가로저었다.

"거의 다 마무리되었어요. 손님들이 속속 도착하고 있고요. 오드가 무척 바빴죠."

"오드는 어떠니? 못 본 지 꽤 되었는데."

미러벨은 사실 오드도 여기 같이 왔다고 털어놓을지 고민했다. 하지만 말이 나오지 않았다. 미러벨은 방긋 웃으며 대답했다.

"할 일이 너무 많다고 투덜대긴 하지만 잘 지내요."

엘런비 선생님이 고개를 끄덕였다. 선생님의 눈길이 난롯불을 향했다.

"룩헤이븐에 많은 가문이 모이니 정말 신나겠구나."

"그런 것 같아요."

"아주 드문 행사잖니. 100년에 한 번 열린다고 들은 것 같은데. 총회가 열리는 시대에 살고 있다니 내가 복이 많다 싶구나. 그런 행사를 지켜볼 수 있다는 건 대단한 일일 거야."

"저는 처음 참가하는 거예요."

"넌 앞으로도 여러 번 참가하게 될 거다. 하지만 나는……."

"그런 말씀 마세요."

미러벨이 말을 막자, 엘런비 선생님은 한숨을 푹 쉬며 말했다.

"인간이 언젠가 죽는다는 건 너무나 분명한 진실이잖니."

"나도 언젠가 죽는걸요."

그 사실을 고백할 생각은 전혀 없었다. 하지만 엘런비 선생님의 눈길을 마주하고 있으니 미러벨은 어쩐지 속마음을 털어놓고 싶어졌고, 일단 말을 뱉은 이상 도로 주워 담을 수는 없었다.

엘런비 선생님이 깜짝 놀라 되물었다.

"정말이냐?"

"네. 이닉 삼촌이 말해 줬어요. 내가 인간의 특성을 물려받았기 때문이래요. 반은 인간이고, 반은 룩헤이븐 혈통이라서 보통 사람보다 더 천천히 나이 든다네요. 훨씬 더 느리게요. 하지만 결국은 죽는대요."

엘런비 선생님이 미러벨의 얼굴을 찬찬히 살폈다. 미러벨은 어쩐지 죄책감이 들었다. 그 사실을 쇠약한 엘런비 선생님에게 털어놓고, 병문안하러 왔다면서 이야기 주제를 자신 쪽으로 돌리다니 이기적인 행동을 한 것 같았다.

"이닉한테서 그 이야기를 들었을 때 기분이 어땠니?"

미러벨은 서재에서 삼촌과 이야기 나누던 날을 떠올려 보았다. 단짝 젬이 떠난 직후였다. 이닉 삼촌은 미러벨이 앞으로 나이를 먹으면서 마주하게 될 일에 대해 들려주었다. '유한한 삶'이라는 말을 할 때 삼촌은 무척 괴로워 보였다. 미러벨의 기운을 북돋아 주려고 최선을 다했지만 정작 그의 두 눈에는 슬픔이 가득했다. 미러벨은 그날 느꼈던 감정을 떠올려 보았다. 가슴이 철렁 내려앉는 느낌, 두려움, 슬픔. 하지만 묘하게 안도감도 들었다. 삼촌의 말이 사실이라면, 미러벨과 젬은 같은 존재일 테고, 둘이 같은 존재라면, 어쩌면…….

미러벨은 도리질을 치며 거짓말을 했다.

"모르겠어요."

엘런비 선생님이 고개를 주억거렸다.

"그렇구나."

미러벨은 벽난로 쪽으로 눈길을 돌리고서 두 손을 내밀어 불을 쬤다. 방안에 바작바작 장작 타는 소리만 들릴 뿐 정적이 흘렀다.

"미러벨, 무엇 때문에 그러니? 마음에 걸리는 일이라도 있는 거냐?"

미러벨은 그 말투를 너무도 잘 알았다. 따뜻하고, 부드럽고, 배려가 가득한 목소리. 그 목소리에 대답하지 않기란 불가능했다.

"6개월이나 됐어요."

"뭐가 말이냐?"

미러벨은 고개를 돌리고서 엘런비 선생님을 바라보았다.

"젬이 마지막 편지를 보낸 뒤로 소식이 없어요."

엘런비 선생님이 고개를 끄덕였다.

"그렇구나."

미러벨은 불가로 가까이 옮겨 섰다.

"오랫동안 편지를 쓰지 않는 게 정상이에요? 제 말은, 일반적인 인간들 사이에서 말이에요. 오드가 그러는데, 인간은 우리랑 사는 방식이 다르대요."

"그건 맞는 말이야. 우리는 많은 점에서 다르지."

엘런비 선생님은 미러벨의 눈을 가만히 들여다본 채 말을 이었다.

"우리는 변한단다. 우리는 자라고, 점점 다른 사람이 된단다."

미러벨이 고개를 끄덕였다.

"젬도 그래서 떠난 거죠? 젬은 여기 머물 수 없었던 거예요. 이미 변했으니까."

"젬한테는 그 애만의 인생길이 있는 거야. 우리 모두 저마다의 인생길이 있는 거란다. 젬은 성장했어. 인간은 성장하면 삶에서 새로운 단계로 나아가야 한단다. 홀로서기를 하고, 예전 삶을 뒤로하고 떠나야만 해."

미러벨은 고개를 주억이며 대답했다.

"일라이자 이모도 그렇게 말했어요."

엘런버 선생님은 무릎에 올려놓은 책으로 눈길을 돌리더니 펼쳐 놓은 페이지를 손가락으로 톡톡 두드렸다. 미러벨은 엘런비 선생님의 손이 바르르 떨리는 걸 알아차렸다.

"시집을 읽는 중이었단다. 많은 시가 변화와 나아감을 다루고 있지."

엘런비 선생님은 코로 숨을 깊이 들이쉬고서 말을 이었다.

"시를 읽으면 마음이 상쾌해진단다."

이어 선생님은 주먹으로 자기 가슴을 툭툭 쳤다.

"한결 강해진 기분이 들어."

"저 사람이 잘 돌봐 주나요?"

엘런비 선생님은 기분이 조금 상한 눈치였다.

"미러벨."

"아니면 다른 사람을 구할게요. 더 실력 있는 의사로요. 나이가 좀 더 있는 사람으로 말이에요. 솔직히 이제 갓 애송이 티를 벗은 정도잖아요. 의사 교육을 받긴 받은 거예요?"

"폴은 아주 훌륭한 의사란다. 많은 면에서 그 나이 때 나보다

69

훨씬 낫지."

미러벨은 발끈해서 엘런비 선생님 앞으로 성큼성큼 걸어갔다.

"난 그 말을 믿지 않아요. 전혀 믿지 않는다고요. 마을 사람 모두 선생님이 최고라고 입을 모으는걸요."

엘런비 선생님은 손을 내밀어 미러벨의 두 손을 마주 잡았다. 미러벨이 선생님 앞에 무릎을 꿇고 앉자, 엘런비 선생님은 거칠고 앙상한 손으로 미러벨의 두 손을 꼭 쥐었다. 자신이 지닌 모든 힘을 미러벨에게 전해 주려는 것 같았다.

"나는 내 작은 삶에서 내가 할 수 있는 일을 다 했단다."

미러벨도 엘런비 선생님의 두 손을 꽉 잡으며 대답했다.

"'다 했다'가 아니라 '하는 중'이겠죠."

엘런비 선생님이 쿡쿡 웃더니 벽난로 위 선반으로 눈길을 들었다. 두 눈에 아득한 빛이 어렸다.

"인생은 예상치 못한 방향으로 우리를 이끌어 가지. 우리는 인생에서 여러 결정을 내리고, 그 결정은 우리를 전혀 계획에 없던 목적지로 데려간단다. 젊었을 때 나는 결혼하려 했었어. 레베카라는 여인이었지. 그 사람이 콘월 지방 출신이라서 우리는 그곳에서 살 작정이었단다."

미러벨은 처음 듣는 사실이라 깜짝 놀랐다.

"그럼 왜 결혼하지 않았어요?"

엘런비 선생님이 눈길을 떨구더니 무릎에 올려놓은 책을 내려다보았다.

"그게 말이다. 레베카가 병에 걸렸거든. 많이 아팠지. 그래서……."

엘런비 선생님은 차마 말을 맺지 못했다. 할 수 있는 게 없었다는 뜻으로 손만 휘휘 저어 보일 뿐이었다.

"안타깝네요."

둘은 한동안 말없이 앉아 있었다.

"그 뒤 나는 의사가 되었어. 왜 그 길을 택했는지는 쉽게 짐작할 수 있겠지? 그래도 과감히 결심하고 그 길에 전념하기까지는 꽤 시간이 걸렸단다."

엘런비 선생님의 얼굴이 갑자기 환해졌다.

"내가 어떻게 결심을 굳히게 되었는지 들려준 적이 있던가?"

"아니요."

"오랫동안 고민하긴 했지만, 난 여전히 아주 약간의 자극이 필요했던 모양이야. 그러던 어느 날 밤……."

엘런비 선생님이 갑자기 옆으로 몸을 숙이더니 얼굴을 찡그리며 미러벨의 손을 꽉 움켜쥐었다.

"통증이 몰려오나 봐요. 쉬셔야 해요. 그 이야기는 다음에 들려주세요."

미러벨의 말에 엘런비 선생님은 고개를 끄덕여 답했다. 미러벨이 자리에서 일어나자, 엘런비 선생님은 움켜쥔 손의 힘을 풀며

힘내라는 듯이 빙그레 웃었다.

"젬이 곧 편지를 보내올 거야. 나는 자신한단다. 미러벨, 너는 젬을 다시 만나게 될 거야. 물론 젬이 예전 같지 않을 수 있겠지. 하지만 너도 달라질 거야. 산다는 건 그런 거란다. 너는 네 길이, 젬은 젬의 길이 있는 거야. 언제가 둘의 길이 다시 만날 수도 있겠지. 누가 알겠니? 그래도 내가 하나는 확실히 안다. 상황은 변하기 마련이야. 하지만 대체로 더 나은 쪽으로 변한단다. 내 말 믿으렴."

미러벨은 몸을 숙이고서 엘런비 선생님을 끌어안았다. 선생님도 미러벨을 다정하게 안아 주었다. 이제 엘런비 선생님의 몸은 껍데기만 남은 듯 연약하게 느껴졌지만, 미러벨은 그 안에 강한 힘이 담겨 있음을 알고 있었다. 엘런비 선생님은 늘 단단한 내면의 힘을 지닌 분이었다.

미러벨은 몸을 일으키고서 짐짓 짓궂게 씩 웃어 보였다. 그러자 엘런비 선생님도 장난기 어린 의심의 눈초리로 미러벨을 바라보며 물었다.

"흠, 뭐지?"

"곧 드릴 게 있어요. 깜짝 선물이요."

"룩헤이븐 가문의 미러벨. 무슨 꿍꿍이를 꾸미고 있는 게냐?"

"지금은 가지고 있지 않아요. 하지만 다음번에 올 때 가져올게요."

"깜짝 선물이라고?"

"네."

미러벨은 생각만 해도 좋아서 웃음이 났다.

"최고의 깜짝 선물이 될 거예요. 벌써 몇 달 전부터 준비해 왔거든요."

"흐으음."

엘런비 선생님이 곰곰이 생각해 보더니 입을 열었다.

"그렇다면 잔뜩 기대해 보도록 하마. 벌써 다음번 방문이 기다려지는구나."

"잘 돌봐 드리고 있는 거 맞죠?"

미러벨이 서재 한가운데에 서서 대븐포트 선생님을 의심스러운 눈초리로 바라보며 물었다. 서재에 들어왔더니 대븐포트 선생님과 오드가 수다를 떨며 웃고 있었다. 미러벨은 대븐포트 선생님의 웃음소리가 마음에 들지 않았다. 어쩐지 경박하게 느껴졌다.

"그, 그럼요. 당연하죠."

대븐포트 선생님이 당황해서 대답했다.

"식사도 제때 하시고, 푹 쉬시도록 챙겨 드리는 거죠?"

대븐포트 선생님은 무서운 상대의 비위를 맞추려고 무진장 애쓰는 사람처럼 열심히 고개를 끄덕였다. 미러벨은 대븐포트 선생님의 눈빛을 마주 바라보며 죄책감에 가슴이 뜨끔했다. 하지만 그가 엘런비 선생님을 온 정성을 다해 돌봐 드리는지 확인하고 싶은 충동이 더 컸다.

미러벨은 책상 위에서 담배 파이프를 발견했다. 대븐포트 선생님이 미러벨의 시선을 가리려고 책상 옆으로 슬금슬금 움직였다.

"엘런비 선생님의 파이프를 제자리에 안전하게 되돌려 놓아 주세요. 오랫동안 쓰시던 물건이에요."

미러벨을 거들 듯이 어깨 위의 루키우스가 대븐포트 선생님을 향해 까악 하고 울었다.

이어 미러벨은 오드를 향해 눈길을 돌렸다.

"가야 할 시간이야. 거실에 가서 선생님을 만나 볼 생각은 없어?"

오드는 마른침을 꼴깍 삼키더니 대븐포트 선생님을 보았다.

"조금만 무리해도 쉽게 지치죠? 그렇죠?"

"그렇죠. 하지만 잠깐 정도는……."

"시간이 늦었는데 괜히 부담을 줄 필요 없죠. 다음에 보면 되니까."

오드의 태도는 지나치게 서두르는 감이 없지 않았다. 오드는 벌써 손가락을 빙글빙글 돌리며 허공에 포털을 열고 있었다. 미러벨은 잠잠히 대답했다.

"그래. 다음에."

오드와 미러벨이 포털 안으로 들어서자, 대븐포트 선생님이 손을 흔들며 작별 인사를 건넸다.

다음 순간, 오드와 미러벨은 룩헤이븐 저택 앞에 서 있었다. 미러벨은 차가운 밤공기를 깊숙이 들이마셨다.

오드가 눈길을 떨군 채 물었다.

"어때?"

"엘런비 선생님은 괜찮아. 좀 피곤해 보이긴 했지만."

미러벨은 한숨을 푹 쉬고서 말을 이었다.

"오드, 가서 선생님을 만나 봐."

오드는 짐짓 미러벨의 눈길을 피하며 대답했다.

"그럴 거야. 그럴 거라고."

잠시 침묵이 흘렀다. 오드가 어색하게 웃으며 말했다.

"이제 그만 총회 준비를 도우러 가야겠어."

오드가 포털을 열고 사라지자, 미러벨은 고개를 절레절레 흔들며 한숨을 푹 쉬었다.

"오드는 맨날 너무 바빠. 그렇지, 루키우스?"

루키우스가 맞장단을 치듯 까악 하고 울었다. 미러벨은 무심히 루키우스의 부리 밑을 쓰다듬었다.

"실례합니다."

미러벨은 화들짝 놀라서 뒤돌아섰다. 루키우스도 놀라서 날개를 퍼덕였다.

몇 걸음 떨어진 저택 진입로에 밤색 머리칼을 지닌 소년이 서 있었다. 낯선 소년은 깡마른 몸에 얼룩진 흰색 셔츠와 진회색 니트 조끼를 걸쳤고, 어깨에 작은 책가방을 메고 있었다. 뭔가에 쫓기기라도 하는 듯 지쳐 보이는 얼굴에서 초조한 기색이 묻어났다.

미러벨은 너무 놀라서 잠시 멍하니 서 있었다. 오래전 젬과 톰 남매가 처음 이곳에 나타났던 때가 선명하게 떠올랐다. 좀먹은 카디건을 걸친 채 같은 자리에 서 있던 젬은 너무나 연약해 보였고, 잔뜩 겁에 질려 있었다.

"여기가 룩헤이븐 저택 맞아?"

소년이 고갯짓으로 저택을 가리키며 묻자, 미러벨은 옛 생각에 빙그레 웃음이 났다.

"그래, 맞아. 총회에 참석하러 왔어?"

소년이 고개를 끄덕였다.

미러벨은 소년에게 다가서며 손을 내밀었다.

"난 미러벨이라고 해."

소년이 머뭇머뭇 손을 마주 잡더니 악수를 하는 둥 마는 둥 대충 흔들었다. 그러고는 물릴까 봐 두려워하기라도 하듯 얼른 손을 다시 뺐다.

미러벨은 고개를 갸웃하며 물었다.

"넌 이름이 뭐야?"

"빌리. 빌리 캐치폴."

"빌리, 룩헤이븐에 온 걸 환영해."

미러벨은 저택을 가리키며 말을 이었다.

"들어가자. 네 집이라 생각하고 편히 지내도 돼."

빌리가 눈을 끔벅이더니 조끼 자락을 꽉 움켜쥐었다. 미러벨은 빌리의 반응이 염려스러웠다.

"괜찮아?"

빌리가 마른침을 꼴깍 삼키더니 고개를 끄덕였다. 미러벨은 부담 내려놓으라는 듯이 먼저 한 계단을 올랐다.

"어서 들어가자. 넌 어디서 왔어?"

"런던."

빌리가 주춤주춤 걸음을 옮겼다. 미러벨은 어서 올라오라고 손짓하며 잔뜩 움츠러든 빌리를 부드럽게 격려해 주었다.

"여기까지 어떻게 왔어?"

미러벨이 묻자, 빌리가 대답했다.

"걸어왔어."

빌리

그들은 빌리에게 지도 한 장을 건넸다. 사실 빌리는 그딴 것이 필요하지 않았다. 하지만 코트나나 그의 부하들에게 그 사실을 알리지도 않았다. 군이 그들과 맞설 이유가 없을뿐더러, 솔직히 캐치폴 부부가 사라지자 싸울 의지도 함께 동나 버렸다.

빌리는 런던을 벗어나 남쪽으로 향했다. 도시를 떠날 때 지도를 대충 한번 보기는 했지만, 시골에 들어서면서부터는 자신의 감각에만 의존해서 방향을 잡았다. 빌리와 같은 존재가 앞서 길을 가며 남긴 냄새와 흔적이 대기에 가득했다. 그들은 늘 한밤중에 움직였다. 빌리는 그들 모두가 한 지점으로 향하고 있음을 알아차렸다. 비슷한 흔적이 열 개도 넘어서 빌리는 내심 놀랐다. 런던에서 사는 내내 캐치폴 부부와 메그 외에 다른 존재와 마주친 적이 없기 때문이었다. 간혹 비슷한 종족이 지나가면서 남긴 냄새 흔적이나 공기의 떨림이 느껴지긴 했지만, 그뿐이었다. 이제 보니 가문에 소속된 자들은 인간 세상을 멀리해서 마주친 적이 없는 모양이었다.

숲에 도착하기까지 꼬박 나흘이 걸렸다. 이제 나무 사이로 은은한 빛이 뿜어져 나오는 게 보였다. 인간의 눈에는 보이지 않을 테지만, 빌리는 얇은 망사 같은 것이 보였다. 아주 얇은 장막이 두 세계를 갈라놓고 있었다. 장막을 통과하자, 높다란 담에 둘러싸인 저택이 보였다. 빌리는 새하얀 진입로를 따라 저택으로 향했다.

길가에 처음 보는 꽃이 줄지어 심겨 있었다. 키가 2미터는 너끈히 넘는 듯했다. 빌리가 길을 따라 올라가자, 꽃들이 서서히 봉오리를 펼치더니 쿵쿵 냄새를 맡았다. 꽃들은 빌리가 이곳에 들어올 자격이 있는 자임을 곧장 알아차리고서 절을 하듯 고개를 숙였다. 꽃 무리 중 하나가 고개를 들이밀자, 빌리는 걸음을 멈추고서 꽃잎을 어루만져 주었다. 꽃은 기분 좋은 듯 콧소리를

내며 빌리의 얼굴에 봉오리 끝을 비벼 댔다. 빌리는 말로 표현할
수 없는 감정에 휩싸였다. 마음이 편안해지면서 동시에 너무나
도 허전했다. 빌리는 꽃을 쓰다듬으며 그 자리에 한참 머물렀다.

저택으로 이어지는 진입로를 중간 정도 올라갔을 때, 빌리는
목덜미의 털이 곤두서는 걸 느꼈다. 눈에 보이는 위협은 없었다.
하지만 오랜 세월 숨어 지낸 본능으로 빌리는 공격에 대비해 자
세를 낮추었다. 이내 빌리는 본능이 발동한 이유를 알 수 있었
다. 허공에 포털이 열리더니 어떤 여자아이와 남자아이가 포털
밖으로 걸어 나왔다. 남자아이는 옛날 교복처럼 보이는 옷을 입
었고, 여자아이는 검은색 원피스 차림이었다. 여자아이는 마른
체격에 낯빛이 창백했지만, 반듯하게 선 자세에서 권위와 위엄이
풍겼다. 둘이 잠시 이야기를 나누는가 싶더니 이내 남자아이가
새로운 포털 속으로 사라졌다.

빌리는 마음을 난난히 먹었다. 그러고는 옆구리에 멘 가방을
단단히 붙잡고서 숨어 있던 곳에서 걸어 나와 여자아이에게 말
을 걸었다.

이야기를 나눠 보니 여자아이는 상냥한 성격 같았지만, 빌리
는 마음을 놓지 않고 계속 상황을 살폈다. 이제 이렇게 자신을
드러낸 이상 앞으로 어찌 될지 알 수 없는 일이었다. 마법 장벽
이 있든 없든, 지하실 밖에서 코트니 일당 외에 누군가와 이야
기를 나누는 것 자체가 정말 오랜만이었다.

빌리는 미러벨을 따라 계단을 올라 저택으로 들어갔다.

현관이 엄청나게 넓었다. 빌리는 그 사실이 마음에 들지 않았다. 바깥에 있을 때보다 더 불안했다.

미러벨이 빌리를 손짓해 불렀다.

"어서 가자. 인사 나눠야지."

빌리는 걸음을 멈추고서 쿵쿵 냄새를 맡았다. 갑자기 낯선 냄새가 느껴지더니 키득대는 소리가 들렸다. 빌리는 소리의 근원지를 찾아 빙글 뒤돌아섰다. 그러자 누군가 빌리의 어깨를 톡톡 두드렸다. 키득대는 웃음소리가 더 커졌다.

"기디언!"

미러벨이 소리쳤다.

이제 냄새가 코앞에서 느껴졌다.

"이건 누구야?"

형체 없는 목소리가 물었다.

빌리는 생각할 겨를이 없었다. 몸이 먼저 움직였다. 두 손을 뻗어 허공을 꽉 움켜쥐자, 손가락에 뭔가 따뜻하면서도 마디진 것이 느껴졌다.

"야! 놔줘!"

짜증 가득한 외침과 함께 빌리의 눈앞에 한 남자아이가 모습을 드러냈다. 마른 몸은 회색 비늘로 덮여 있고, 이마 한가운데에 커다란 외눈이 달려 있었다. 남자아이가 빌리의 손아귀에서 팔을 확 빼냈다.

"예의가 없어."

남자아이가 팔을 문지르며 으르렁대자, 미러벨이 아이를 나무랐다.

"기디언, 너야말로 예의범절을 좀 배워야겠어."

기디언은 손에 들고 있던 뼈다귀를 빠각빠각 갈아 먹으며 짜증이 가득한 눈빛으로 빌리를 위아래로 훑어보았다.

"시궁창에서 지금 막 기어 나오기라도 한 거야?"

빌리는 얼굴이 화끈거렸다. 기디언은 빌리 주위를 돌아다니며 계속해서 빌리를 이리저리 뜯어보았다. 넘치는 에너지를 감당하지 못하는 듯 안절부절 잠시도 가만히 있는 법이 없었다.

"빌리는 런던에서 왔어."

미러벨의 말에 기디언은 코웃음을 치며 대꾸했다.

"그세 그거시 뭐."

"빌리는 총회에 참석하러 왔어."

미러벨의 목소리가 한층 엄해졌다.

"그러니 기디언, 좀 더 예의를 차리는 게 좋을 거야."

기디언은 콧방귀를 흥 뀌며 이빨 사이에 낀 뼈다귀를 빼냈다. 빌리는 주먹을 꽉 움켜쥐었다.

"그 가방에는 뭐가 들었어?"

기디언이 빌리의 가방으로 손을 뻗자, 빌리는 뒤로 성큼 물러

서며 가방을 꽉 잡
았다.

"아무것도 안
들었어."

기디언이
외눈을 반
짝이며 싱글싱글
웃었다.

"정말? 분명 뭔가 든 것 같은데. 이리 줘 봐."

"기디언!"

미러벨이 윽박지르며 기디언을 막아서더니 빌리에게 말했다.

"미안해. 우리 가족 막내라서 아직 예의를 더 배워야 해."

"나도 예의 지킬 줄 알아."

기디언이 발끈하자, 미러벨이 한쪽 눈썹을 추켜올렸다.

"정말?"

기디언이 대뜸 허리를 넙죽 숙이며 외쳤다.

"부탁드립니다 정말 감사합니다 참으로 고맙습니다 실례합니
다. 봤지? 예의 있잖아. 엄청."

이어 기디언은 고개를 홱 돌리더니 빌리에게 물었다.

"어때? 예의 지킬 줄 알아?"

기디언이 말을 너무 빨리해서 빌리는 제대로 알아들을 수가

없었다.

"뭐라고?"

"뭐라고가 뭐야? '다시 한번 말씀해 주시겠습니까?'라는 말 몰라? 그럼 더 대답할 것도 없네 뭐."

빌리가 한마디 하려고 입을 열었지만 기디언은 말할 틈을 주지 않았다.

"얼마나 살았어?"

"뭐라고?"

"나이 말이야. 얼마나 됐냐고?"

"어, 난⋯⋯."

"몇 년 살았냐고. 아니면 혹시 몇백 년 정도 산 거야? 미러벨은 그렇게 오래 살지 않았어. 나도 그렇고."

기디언은 자기 관자놀이를 톡톡 치며 말을 이었다.

"그래도 난 지혜로워. 난 빨리 자라. 이 안에 답이 다 들어 있어. 다들 내가 나이에 비해 훨씬 지혜롭다고 해."

그러자 미러벨이 눈을 빙글 굴리며 대꾸했다.

"아무도 그런 말 한 적 없거든?"

"그런데 빌리 넌 어때? 너에 대해서 말해 봐. 얼굴에 귀만 달렸다고 생각하고 집중해서 들을 테니까. 우리는 그렇게 생각만 하지만, 세드릭 삼촌은 진짜 온몸에 귀가 달렸어. 그래서 세드릭 삼촌이 곁에 있을 때는 조용조용히 말해야 해. 목소리가 조금만

커도 머리가 지끈지끈하대."

빌리는 무슨 대답이든 하려 했지만, 아무 말도 나오지 않았다.

기디언이 미러벨에게 눈길을 돌리더니 빌리 쪽으로 뼈다귀를 까딱이며 말을 이었다.

"빌리는 가르침이 필요해. 제대로 된 예의범절을 배워야 한다고. 질문에 대답하는 법도 배우고……."

미러벨은 기디언의 목깃을 부여잡고서 계단으로 떠밀었다.

"가. 빨리 가. 가서 다른 사람이나 괴롭혀. 디블스 형제 중 하나를 물고 늘어지든지 빅터 삼촌한테 지분대든지 해."

기디언은 고개를 이쪽저쪽으로 돌리며 미러벨의 어깨너머로 빌리를 보려고 기를 썼다.

"어디서 왔는지 물어봐. 마지막으로 옷을 갈아입은 게 언제인지 물어봐. 딱 봐도 좀 씻어야 할 것 같은데. 바깥세상은 어떤 곳인지도 물어봐 봐."

"기디언!"

참다 못한 미러벨이 버럭 소리를 질렀다.

다음 순간, 기디언이 휙 사라졌다. 계단에서 누군가 후닥닥 올라가는 발소리가 들렸다. 드디어 조용해졌나 싶은 순간, 층계참에서 기디언의 고함 소리가 울려 퍼졌다.

"왜 저렇게 꼴이 엉망인지 물어봐!"

다시 기디언의 발소리가 울리더니 빠르게 멀어져 갔다.

미러벨은 빌리를 향해 돌아섰다.

"미안해. 손이 좀 많이 가는 애야."

"괜찮아."

빌리는 미러벨의 눈길이 자신의 가방으로 향하는 걸 알아차리고서 본능적으로 가방을 등 뒤로 감추었다.

"네가 묵을 방을 마련할게. 하지만 그 전에 다른 가문 사람도 만나 봐야지. 아, 모두 다 모인 건 아니야. 총회까지는 아직 며칠 남았으니까 손님이 더 올 거야. 메이비스 이모는 꽤 화난……."

"다른 가문?"

빌리는 되물어 놓고서 속으로 짜증을 북북 냈다. 자신이 듣기에도 목소리에 당황한 티가 너무 났다.

미러벨이 고개를 끄덕였다.

"응. 이곳까지 여행할 수 있는 가문은 거의 다 모였어."

미러벨이 잠시 빌리를 가만히 쳐나보았다. 빌리는 가만히 있으려니 머쓱했지만, 무슨 말을 해야 할지 알 수가 없었다. 그래서 열심히 고개를 끄덕이며 알아들을 수 없는 말을 중얼거리면서, 적당히 넘어갈 수 있기를 바랐다.

"빌리, 너 괜찮아?"

진심으로 걱정하는 미러벨의 눈빛을 보고서 빌리는 내심 깜짝 놀랐다.

"너무 오래 걸어서 피곤하구나."

빌리는 고개를 가로저었다.

"아니야. 난 잘 걸어. 그러니까, 쉽게 지치지 않는 편이야."

빌리는 인상을 쓰며 말을 덧붙였다.

"거의 안 그래. 난 그냥……."

빌리가 어물대는 사이, 미러벨이 다정하게 빌리의 팔짱을 꼈다. 빌리는 어색해서 팔을 빼내지 않으려고 갖은 애를 써야 했다.

"그럼 가서 인사 나누자."

*

커다란 여닫이문을 열고 안으로 들어선 순간, 빌리는 곧바로 달아나고픈 강렬한 충동에 사로잡혔다. 식은땀 나는 뜨거운 공포가 빌리를 에워쌌다. 방안에는 손님 수십 명이 모여 이야기를 나누고 있었다. 허공에는 다양한 색깔의 둥근 물체들이 빛을 발하며 둥둥 떠 있고, 벽에는 수많은 초상화가 끝도 없이 걸려 있었다. 계속 위를 올려다보았더니 속이 메스껍고 현기증이 나서 빌리는 하는 수 없이 자신과 미러벨 중간 즈음을 쳐다보기로 했다.

"이곳은 빛의 방이야. 이미 알겠지만."

빌리는 고개를 주억이며 아는 척을 했다.

"손님 중에 너도 아는 얼굴이 꽤 있을 거야."

갑자기 허공에서 뭔가가 휙 내려오더니 빌리와 미러벨 사이에 멈춰 섰다. 거대한 사람 머리였다. 두 눈은 갈색이고, 커다란 얼굴에 비해 코와 입이 아주 작았으며, 표정이 슬퍼 보였다.

"안녕."

믿을 수 없을 정도로 길고 자유롭게 휘어지는 목을 따라 눈길을 쭉 돌리자, 방 가운데에 선 머리 주인의 몸이 보였다.

"빌리, 인사드려. 에드거 삼촌이셔."

"만나서 반갑구나."

에드거는 거대한 머리를 끄덕이며 빌리를 찬찬히 뜯어보았다.

이어 덩치가 커다란 대머리 남자가 빌리 쪽으로 어슬렁어슬렁 걸어왔다. 가까이서 보니 대머리가 아니라 얼굴이 아예 돌덩이였다. 남자의 작은 두 눈은 석탄처럼 새카맸다. 그때 어디선가 코맹맹이 목소리가 징징댔다.

"시그프리드, 보여 줘! 나도 볼래!"

시그프리드의 허리띠에 조그만 유리병이 달려 있는데, 아무래도 거기서 소리가 난 듯했다. 유리병 안에 짙은 파란색 액체가 세차게 소용돌이치고 있었다. 그리고 그 소용돌이 가운데에 눈알 한 쌍이 보였다.

"으허그 삼촌이셔."

미러벨이 유리병을 가리키더니 이어 바위 같은 사나이를 손짓했다.

"이쪽은 시그프리드."

시그프리드가 고개를 까딱이며 인사하는 동안, 으허그가 조바심치며 물었다.

"이쪽은 누구냐?"

미러벨이 대답했다.

"빌리래요. 빌리 캐치폴."

"어디서 왔지?"

"저 멀리 어딘가에서요. 룩헤이븐은 확실히 아니에요."

한 여자가 빌리의 어깨 쪽으로 고개를 들이밀며 대답했다. 그사이 에드거가 무례하다 싶을 만큼 강한 관심을 드러내며 빌리의 얼굴을 살폈다.

"이쪽은 일라이자 이모야."

미러벨의 소개를 받은 일라이자가 빌리를 향해 환하게 웃으며 말했다.

"빌리, 잘 왔어."

"머들린이나 와이번 출신일까?"

에드거가 모여든 어른들에게 물었다. 빌리를 보는 눈빛이 꼭 실험실의 표본을 관찰하는 것 같았다.

갑자기 한쪽에서 돌덩이를 마주 대고 문지르는 듯한 소리가 났다. 시그프리드가 고개를 가로젓고 있었다. 유리병 속의 으허그가 말했다.

"머들린은 아닐세. 거기 출신이라면 내가 알았을 거야."

빌리는 이마에 송골송골 맺힌 땀을 문질러 닦았다. 포위된 기분이었다. 공기가 점점 뜨거워지기라도 하듯 숨이 턱턱 막혔다. 방 안의 손님들이 자꾸 빌리 쪽으로 모여들었다. 윤기 흐르는 빨강 머리로 얼굴을 다 가린 여자, 목에 팔딱이는 아가미가 달린 어린 소녀. 빌리를 향한 수많은 눈. 너무 많은 눈. 빌리는 주춤 뒤로 물러섰다.

미러벨이 빌리를 진정시키려는 듯 어깨에 가만히 손을 올렸다. 그러고는 모여든 손님들을 향해 방긋 웃으며 말했다.

"빌리는 좀 쉬어야 할 모양이에요. 긴 여정이었잖아요."

손님들은 미러벨이 말리거나 말거나 계속 모여들었다. 빌리는 사람들의 얼굴을 이리저리 살폈다. 가슴 속에 불안감이 뭉게뭉게 피어올랐다. 빌리는 거친 심장 박동을 진정시키려 애썼다. 사람들 눈에 담긴 감정이 보였다. 호기심 이상의 어떤 것이 남겨 있었다.

'알고 있어. 내가 다르다는 걸 저들은 아는 거야.'

빌리는 확신했다.

사람들 틈에서 밀지 말라며 불평하는 소리가 들렸다. 이윽고 에드거가 누군가에게 머리를 쿵 부딪치고서 버럭 소리 질렀다.

"아, 거참. 조심 좀 해요!"

기다렸다는 듯이 사람들이 와자지껄 떠들기 시작했다. 문득 빌리는 목덜미의 털이 쭈뼛 서는 걸 느꼈다. 공기 중에 찌르르 전기 현상이 일어나는 것도 알아차렸다. 무언가가 다가오고 있었다. 확실히 느껴졌다. 빌리는 몸을 휙 웅크리면서 오른쪽으로 돌아섰다. 미러벨이 뭐라고 물어본 것 같은데 귀에 들리지 않았다. 너무 강렬한 느낌이 몰려들어 감당하기 버거웠다.

다음 순간, 빌리의 눈앞에서 포털이 열렸다. 아까 저택 밖에서 보았던 소년이 고개를 숙인 채 포털 밖으로 걸어 나왔다. 소년은 손에 든 커다란 알을 쳐다보고 있었다. 소년이 눈길을 든 순간, 빌리는 본능을 따랐다.

빌리의 주먹이 소년을 강타했다.

얼마나 힘이 셌는지 소년이 뒤로 벌러덩 쓰러지더니 그대로 바닥을 쭉 미끄러져 나갔다. 현장에 있던 모두가 헉하고 순간적으로 숨을 멈추었다. 잠시 침묵이 흐르더니 댐이 무너지기라도 한 듯 아우성이 일어났다.

일라이자가 서둘러 소년을 일으켜 세웠다. 부서진 알껍데기와 노른자로 범벅이 된 소년은 오물을 털어 내려 머리를 세차게 흔들었다. 아직 충격에서 헤어나지 못한 듯 표정이 멍했다. 미러벨이 휙 돌아서더니 입을 앙다물고서 빌리를 물끄러미 쳐다보았다. 죄책감이 빌리의 가슴을 꿰뚫고 지나갔다.

"왜 그랬어?"

미러벨이 물었다. 빌리는 아무 해명도 할 수 없었다. 무슨 말을 할 수 있을까? 하고픈 말이 있어도 이곳에 온 진짜 목적이 드러날까 봐 두려워서 입이 떨어지지 않았다.

미러벨이 소년에게 다가서더니 일라이자와 함께 양쪽에서 소년을 부축하고서 빌리 앞으로 질질 끌다시피 데려왔다. 수많은 눈동자가 잔뜩 비난하는 눈초리로 그 광경을 지켜보았다.

"오드한테 사과해."

미러벨이 말했다.

빌리는 오드에게 눈길을 돌렸다. 오드는 아직 정신이 몽롱한지 빌리를 똑바로 바라보려고 미간을 찌푸려가며 애를 썼다. 미러벨과 일라이자가 잡고 있던 오드의 팔을 살며시 놓았다.

미러벨이 눈빛으로 빌리를 재촉했다. 빌리는 입술을 쓱 핥았다. 온 방 안이 부자연스러울 정도로 고요해졌고, 모든 눈동자가 자신을 향해 있다는 사실을 빌리는 날카롭게 감지했다.

"어, 그게…… 때려서 미안."

오드가 고개를 끄덕이며 대답했다.

"사과를 받아들일게."

오드는 미소를 지었지만, 오른 다리가 풀려 휘청하며 옆으로 쓰러졌다. 다행히 미러벨이 제때 오드를 붙잡았다.

빌리는 미러벨을 쳐다보며 말했다.

"내가 오해했어."

미러벨은 한숨을 푹 쉬었다. 그래도 마음을 풀고 빌리의 사과를 받아들이는 듯했다.

"흠, 구경 한번 잘했네."

에드거의 머리가 그 말을 남기고 몸쪽으로 돌아가자, 나머지 구경꾼도 뿔뿔이 흩어졌다.

어기적어기적 걸어가는 시그프리드 등 뒤로 으허그 삼촌의 목소리가 흘러나왔다.

"아마 손우드 출신일 거야. 저택도 근사하고, 사람들도 참 좋은 곳이지. 아닐 수도 있고. 그곳 출신이라기엔 좀 예의가 없는 듯해서 말이야. 게다가 거긴 드나들 길이 거의 없다시피 하거든. 아주 폐쇄적이지. 여기랑은 달라."

시그프리드가 자기인들 답을 알겠냐는 듯 어깨를 들썩이자 먼지가 구름처럼 일어났다.

"총회 때문에 다들 좀 지나치게 흥분해 있어."

미러벨이 말하자, 일라이자가 오드의 팔을 놓으며 한마디 거들었다.

"참견도 심하고 말이야."

반짝이는 보라색 드레스를 입고, 머리카락을 구불구불 말아 멋지게 틀어 올린 일라이자는 참으로 우아했다. 그러나 빌리는 일라이자의 살결이 잔물결처럼 떨리는 걸 놓치지 않았다.

"빌리는 총회에 참석하러 왔어."

미러벨이 말하자, 오드가 대꾸했다.

"그냥 사람을 치고 다니려고 온 건 아니라는 거지? 다행이네."

빌리는 고개를 떨구고서 스스로를 타일렀다. 자신은 중요한 임무 때문에 이곳에 왔고, 남의 관심을 끄는 행동은 피해야 하며, 무엇보다 이 사람들이 자신을 사냥하러 이곳에 온 게 아니라는 사실을 명심해야 했다. 이곳은 런던의 길거리가 아니다. 오드가 빙그레 웃자, 빌리는 그렇게 마음씨 좋은 오드를 때렸다는 사실에 더욱 죄책감이 들었다.

"좀 씻어야겠네."

오드가 손에서 찐득거리는 노른자를 닦아 내며 중얼거렸다. 그러자 미러벨이 빌리에게 말했다.

"묵을 방으로 데려다줄게."

빌리는 자신의 왼쪽에서 어떤 존재를 감지했다. 나머지 가족은 모두 방 안 곳곳으로 흩어졌는데, 유독 한 사람만 빌리한테서 몇 걸음 떨어진 곳에 꼼짝하지 않고 서 있었다. 상대는 덩치가 작은 데다 두건을 깊이 눌러쓰고 있어서 얼굴이 전혀 보이지 않았다. 두건의 어둠 속에서 은색 별처럼 이글거리는 두 눈동자만 보일 뿐이었다.

오드가 빌리에게 속삭였다.

"메이비스 이모네 집사인 윈스럽이야. 너처럼 별로 말이 없는 편이지. 둘이 아주 잘 지낼 것 같네."

윈스럽은 호기심이 돋기라도 하듯 고개를 갸웃하며 빌리를 쳐다보았다. 이윽고 윈스럽이 천천히 뒤돌아서서 자리를 떴다. 빌리는 온몸에 소름이 쫙 돋았다. 가족의 일원이 빤히 쳐다볼 때는 숨이 콱 막혔다면, 윈스럽의 눈길을 마주하게 되자 등골이 서늘해지면서 자신의 모든 것이 드러나는 느낌을 떨칠 수가 없었다.

미러벨은 빌리를 저택 꼭대기 층으로 데리고 갔다. 총회 때문에 방이 이미 많이 찼다며 미러벨이 미안해하자, 빌리는 무슨 말인지 알아듣는 척 고개를 끄덕여 보였다.

미러벨이 데려다준 방은 비좁고 우중충한 공간에 일인용 침대와 작은 서랍장, 세숫대야와 주전자가 각각 하나씩 마련되어 있었다. 두툼한 커튼으로 창을 가려서 빛이 들지 않았지만, 빌리는 환한 대낮처럼 모든 것을 잘 볼 수 있었다. 미러벨은 빌리를 위해 서랍장 위에 초 한 자루를 켜 주었다.

"네 방이라 여기고 편하게 지내."

빌리는 고개를 끄덕여 보였다.

"원하면 언제든지 아래층에 내려와도 돼."

빌리는 다시 고개를 끄덕였다.

"설마 방이 마음에 안 들어서 말을 잃어버린 건 아니지?"

빌리가 고개를 가로저었다.

미러벨은 풋 하고 웃음을 터뜨렸다가 얼른 두 손으로 입을 틀어막았다.

"미안. 내가 무례했어."

빌리는 귀밑이 발그스름해졌다.

"그런데 말이야, 빌리 넌 어디서 온 거니?"

빌리는 쏘온이 주입해 준 정보를 떠올리며 서둘러 대답했다.

"에테르."

"그야 그렇지. 우리 모두……."

미러벨은 순간 움찔하며 말을 바꾸었다.

"거의 모두가 그곳에서 왔지. 내 말은, 어느 가문에서 왔냐고.
스토클리? 머들린? 이닉 삼촌이 그러는데 어딘가에 동굴이 있
대. 하지만 거기서 온 사람은 별로 없다고, 대부분 여기를 통해
서 온다고 했어."

미러벨은 문설주를 문지르며 빙그레 웃었다.

"하긴 툭헤이븐은 특별한 곳이니까."

빌리는 지하실과 캐치폴 부부를 떠올렸다. 그 전 일은 가맣게
아무런 기억이 없었다. 빌리는 당장 모든 것을 털어놓고 싶은 마
음이 들었다. 미러벨은 좋은 사람인 듯했다. 하지만 가방에 든
물건의 무게가 어깨에 묵직이 느껴졌고, 메그의 겁먹은 눈동자
와 자신이 이곳에 온 목적이 떠올랐다. 빌리는 쏘온이 알려 준
안식처의 이름을 기억해 내고서 우물우물 대답했다.

"오스릭."

쏘온이 '하급 가문'이라며 알려 준 이름이었다. 빌리는 그 말이 무슨 뜻인지 알지 못했지만, 쏘온은 그 이름을 대면 구태여 자세히 물어보는 사람이 없을 거라고 장담했다.

미러벨은 만족스러운 표정으로 고개를 끄덕였다.

"오스릭에 대해서는 별로 아는 게 없어. 얘기 좀 해 줄래?"

빌리의 얼굴에 당황한 표정이 역력했는지, 미러벨이 급히 덧붙였다.

"미안. 너무 꼬치꼬치 캐물었지. 예의 없이 굴고 말았네."

미러벨이 돌아서서 방을 나가려 하기에 빌리는 마음이 훅 놓였다. 그런데 미러벨이 문간에 서서 고개를 돌리더니 인상을 찌푸리며 물었다.

"오드는 왜 때린 거야?"

빌리는 마른침을 꼴깍 삼켰다.

"나도 모르겠어……. 나는……."

"사람들과 잘 어울리지 못하는 편이구나?"

미러벨이 빌리의 두 눈을 가만히 들여다보았다. 빌리는 무슨 말을 해야 할지 알 수가 없었다. 미러벨이 고개를 까딱여 인사를 하더니 문을 닫고 떠났다.

빌리는 비좁고 우중충한 방 안을 쓱 둘러보았다. 먼저 침대가, 이어서 서랍장이, 그리고 그 위에 올려놓은 가방이 눈에 들어왔다. 빌리는 문 쪽을 힐끗 살피고서 가방 안에서 은빛 구슬을 꺼내어 서랍장 위에 올려놓았다. 일렁이는 촛불 빛에 비춰자 은색 구슬 표면이 따뜻한 황금색으로 빛났다. 빌리는 구슬 표면에 새겨진 룬 문자를 손가락을 쓸어 보았다. 그러고는 쏘온의 지시 사항을 소리 없이 중얼거리며 꼼꼼히 되짚었다.

잠시 후 빌리는 다시 침대로 눈길을 돌렸다. 빌리는 침대 곁으로 가서 매트리스를 조심스럽게 쿡쿡 눌러 본 다음, 그 위에 누웠다.

예전에 빌리는 런던의 어느 가구점 창문 너머로 한 남자가 침대에 시험 삼아 누워 보는 모습을 지켜본 적이 있었다. 남자가 뒤통수에 손 베개를 베고서 누워 있는 동안 상점 직원이 열심히 뭐라고 떠들었다.

빌리도 뒤통수에 손 베개를 베어 보았다. 뭔가 어색했다. 하는 수 없이 빌리는 차렷 자세를 하고서 뻣뻣이 누웠다. 이리저리 몸을 돌려 보기도 했다. 하지만 매트리스 안에 푹 파묻혀 버릴 듯한 불안감에서 벗어날 수가 없었다. 어떻게 해도 불편하기만 했다. 결국 빌리는 침대에서 내려와 마룻바닥에 누웠다.

빌리의 눈길이 천장에 닿았다. 옹이가 박힌 서까래 표면에 촛불 빛이 닿으며 다양한 형체와 그림자를 만들어 냈다. 빌리는 임무에 성공할 경우 주어질 보상에 대해 생각해 보았다. 집. 땅 위 어딘가의, 메그와 빌리를 위한 집. 둘이 안전하게 느낄 수 있는 곳. 과연 그 꿈이 이루어질 수 있을지 알 수 없지만, 설사 이루어질 수 있다 해도 마음이 놓이지 않았다.

그때도 빌리와 메그는 여전히 버림받은 외톨이라는 서글픈 예감을 떨칠 수 없기 때문이었다.

미러벨

미러벨은 곧장 저택 깊숙한 지하로 걸음을 옮겼다. 내내 빌리 생각이 머리를 떠나지 않았다. 어째서 그런 행동을 하는지 궁금했다. 빌리가 오드에게 주먹을 내질렀을 때도 미러벨은 그다지 놀라지 않았다. 빌리는 마치 누군가에게 쫓기기라도 하듯 안절부절못했다. 미러벨은 다시금 젬과 톰이 처음 이곳에 왔을 때, 특히 불안해서 어쩔 줄 모르던 젬의 태도를 떠올리지 않을 수 없었다.

그것 말고도 딱 꼬집어 말할 수 없는 무언가가 너 있었다. 그러다가 불쑥 머릿속에 낱말 하나가 떠올랐다.

'다르다.'

최근 몇 주 동안 미러벨은 그 말을 부쩍 자주 들었다. 첫 번째 손님들이 도착했을 때, 미러벨이 인사를 드리자 손님들은 그 말을 소곤거렸다. 손님들은 미러벨이 말리스를 무찔러 준 데 대해 고마워하면서도 (그들 입으로 계속 그 소리를 하니까) 미러벨이 방에 들어설 때마다 의심스러운 눈초리로 힐끗거리고며 자기들끼리 뭐라고 쑥덕였다. 미러벨은 오드에게 푸념을 해 보았지만, 오드는 별일 아니라는 반응을 보였다.

미러벨은 깊이 한숨을 쉬고서 그 문제를 마음 깊숙이 밀어 넣었다. 지금은 챙겨야 할 중요한 일이 많았다. 이윽고 미러벨은 피글릿의 방문 앞에 섰다.

피글릿

목소리에 귀를 기울인다. 피글릿은 이야기를 듣는 게 좋다.

수많은 목소리. 저마다 다 다르다. 아는 목소리. 모르는 목소리. 모두 기대에 들떠 있다. 대기에 마법이 가득하다. 뭔가 근사한 일이 다가오고 있는 것 같다. 피글릿은 이 느낌을 알고 있다. 이미 여러 번 느껴 보았다. 전에도 이 일에 대해 흥분해서 이야기 나누는 목소리를 들어 본 적이 있다. 강력하고 신비한, 오래된 마법이다. 피글릿만큼 오래된 마법.

어쩌면 더 오래되었을 수도 있다.

목소리들이 행복해하는 것 같다. 공기가 빛으로 가득 찬 느낌이다. 그래서 피글릿도 행복하다.

행복. 그렇다. 피글릿은 행복해지는 게 좋다.

문이 열리고 미러벨이 방 안으로 들어오자, 피글릿은 더 행복해진다. 피글릿은 미러벨의 이야기하는 방식이 좋다. 입으로 소리 내어 말하는 방식. 피글릿은 고개를 갸웃하며 미러벨의 소통 방식을 찬찬히 살핀다. 느리지만 매력적이고 재미있어 보인다. 피글릿은 이 방식이 좋지만, 피글릿 자신이 그런 식으로 말하는 건 상상할 수도 없다. 이 방식은 얼마 되지 않는 생각을 표현하는 데도 시간이 너무 많이 걸린다.

미러벨이 피글릿에게 손가락을 까딱이며 이맛살을 찌푸린다. 그리고 엄한 표정으로 말한다. 지난 몇 달간 반복해 온 이야기다.

피글릿은 고개를 끄덕인다. 이제 피글릿은 아주 심각하다. 깊게 주의를 기울인다.

그때 바깥 어딘가에서 부엉이가 부엉부엉 운다. 피글릿은 그 소리를 듣는다. 밤공기가 부엉이의 깃털 사이로 퍼져 나간다. 피글릿은 부엉이와 함께 있고 싶다는 생각을 잠깐 한다.

그리고 다른 어떤 것이 있다. 문이 열린 순간 피글릿은 그 사실을 느꼈다. 새로운 향기. 진한 냄새. 공포, 슬픔, 절망이 강렬히 뒤섞인 혼합물. 피글릿은 인상을 찌푸린다. 이것은 새롭다. 아주 새롭지만 동시에 익숙하다. 묘하게 익숙하다. 마치……

미러벨이 이제 목소리를 높인다. 피글릿은 다시 주의를 기울이려 한다. 피글릿은…….

"……주의를 기울여야 해요."

미러벨이 자기 방식으로 같은 말을 한다. 피글릿은 빙그레 웃는다. 고개를 끄덕인다. 귀를 기울인다.

하지만 마음 한구석으로는 여전히 그 작고 슬픈 새로운 존재에 대해 생각한다.

수많은 빛 속에 작디작은 어둠 한 조각이 보인다.

빌리

빌리는 침실 창문으로 태양이 떠오르는 광경을 지켜보았다.

밤사이에도 침대 가장자리에 앉아서 저택 사람들이 돌아다니는 소리, 이야기 나누는 소리를 들었다. 한번은 누가 노래를 부르려 하는 듯한 끔찍한 소음이 들렸다. 새되고 높은 목소리로 미루어 범인은 빛의 방에서 만났던 유리병 속의 삼촌인 듯했다. 또 언젠가는 전혀 다른 소리, 멀리서 울리는 포효 소리가 들렸다. 맹세하건대 그 순간 모두가 같은 소리에 귀를 기울이기라도 하듯, 저택에서 벌어지던 모든 활동이 멈춰 섰다. 빌리는 금방이라도 무언가가 문을 부수고 들어올 것 같아서 바짝 긴장한 채 문을 지켜보았다. 정적이 흐른 뒤, 부산한 움직임과 소음이 다시 시작되었다. 모두가 휴 하고 마음을 놓는 눈치였다. 자정이 지나자 상황이 더 활기를 띠더니 동틀 녘이 되자 현저히 활동이 줄었다.

빌리는 가방에서 돌 펜던트를 꺼냈다. 쏘온이 준 물건이었다. 빌리는 햇빛 아래 나갈 때 반드시 그 펜던트를 착용하라는 지시를 받았다. 쏘온은 사납게 을러 댔다.

"너 같은 부류는 튀지 않도록 조심해야 해. 그들처럼 햇빛 아
래 나갈 수 없는 척해
야 한다 이 말이야."

빌리는 쏘온의 이글
거리는 눈빛이 마음에 들
지 않았다. 그자의 두 눈에
는 분노에 가까운 멸시가 가득
했다. 빌리는 메그를 떠올리고서
부아가 치밀었다. 메그의 머리카락
하나라도 상하게 했다가는 쏘온을
절대 가만두지 않을 작정이었다. 빌리
는 손에 움켜쥔 펜던트를 내려다보았

다. 표면에 해와 달, 그리고 그 둘을 사이를 가르는 검이 거칠게
새겨져 있고, 목에 걸 수 있도록 가는 노끈이 달려 있었다.

빌리는 목걸이를 침대 위에 내려놓았다. 그때 누군가 문을 똑
똑 두드렸다. 빌리는 바짝 긴장했다.

다시 똑똑 소리와 함께 나직한 목소리가 들렸다.

"들어가도 돼?"

빌리가 대답하기도 전에 키 작은 소녀가 잠긴 문을 통과해서
방 안으로 들어왔다. 놀란 빌리는 가방을 끌어안고서 벌떡 일어

섰다. 가방 안에 든 물체의 무게가 팔에 묵직하게 느껴졌다.

소녀는 곱슬곱슬한 금발을 어깨 위에 늘어뜨리고, 파란 격자무늬 원피스 위에 하얀 앞치마를 겹쳐 입고 있었다. 빌리는 생글거리는 소녀의 두 눈 깊숙한 곳에서 약간의 악의가 반득이는 걸 놓치지 않았다.

"안녕, 난 데이지라고 해. 안 자고 뭐 해?"

빌리는 툭 쏘아붙였다.

"그러는 넌 왜 안 자는데?"

"우리는 호기심이 많거든."

난데없이 오른쪽에서 사람 목소리가 들려 눈길을 돌렸더니 똑같이 생긴 아이가 벽에 머리를 들이밀고 있었다. 데이지가 그쪽을 가리키며 말했다.

"쟤는 도티. 우리는 쌍둥이야."

"만나서 반가워."

도티가 벽을 완전히 빠져나와 방 안에 섰다. 머리부터 옷까지 데이지와 모든 게 똑같았다.

쌍둥이 자매가 빌리 쪽으로 성큼 다가서자, 빌리는 가방을 더 꽉 끌어안았다.

"넌 이름이 뭐니?"

도티가 물었다. 데이지와 달리 도티의 눈에는 다른 속셈이 보이지 않았다.

"빌리."

데이지가 환하게 웃으며 말했다.

"빌리라, 평범하고도 믿음직한 이름이네."

빌리는 뭐라고 대답해야 할지 몰라 멀거니 서 있었다. 그러자 데이지가 귀족을 대하기라도 하듯 장난스레 무릎을 굽혀 절을 하며 말했다.

"빌리 님, 만나 뵙게 되어 진심으로 기쁘옵니다."

빌리는 고갯짓으로 문을 가리켰다.

"됐고, 그만 나가 줄래?"

데이지가 푸핫 하고 웃음을 터뜨리자, 빌리는 분노가 확 치밀었다. 도티가 삐죽거리며 말했다.

"너무한 거 아냐? 우리는 그냥 대화를 나누려는 것뿐이야."

그때 누군가가 방문을 벌컥 열어젖혔다. 미러벨이 문간에 서서 매서운 눈초리로 쌍둥이를 노려보고 있었다.

"너희들이 또 뭔가 일을 꾸미고 있을 줄 알았지. 왜 안 자는 거야?"

데이지가 도도하게 받아쳤다.

"흥미로운 손님이 새로 왔는데 잠이 오겠어?"

미러벨은 고개를 절레절레 흔들며 방으로 들어섰다.

"빌리, 미안해. 저 둘은 정말이지 예의를 몰라."

데이지가 입을 삐죽이더니 허리에 손을 턱 올리며 소리쳤다.

"뭐? 예의를 몰라?"

"그건 빌리도 마찬가지 아닌가? 흥미진진해지네."

문에서 새로운 목소리가 들렸다.

빌리가 냄새를 알아차리자마자, 외눈 소년이 모습을 드러냈다. 소년은 팔짱을 낀 채 싱글거리며 문간에 기대어 서 있었다. 외눈에 장난기가 가득했다.

미러벨은 끙 하고 앓는 소리를 했다.

"기디언, 너까지 그럴 거야?"

기디언은 빌리를 위아래로 훑으며 어슬렁어슬렁 방 안으로 걸어 들어왔다. 빌리는 바짝 긴장한 채 가방을 품에 꽉 끌어안았다.

미러벨이 경고하듯 눈총을 날렸지만, 기디언은 모른 척 빌리한테만 눈길을 고정한 채 빌리 주위를 빙글 돌기 시작했다. 빌리도 눈을 부라리며 기디언을 마주 쏘아보았다. 누군가를 한 방 먹여도 된다면 이 꼬맹이 녀석이야말로 기꺼이 혼을 내 주고 싶은 마음이었다. 그것도 아주 호되게.

빌리는 이제 데이지가 자기를 의심스러운 눈으로 보고 있는 걸 알아차렸다.

"너 말이야, 뭔가 좀 이상해. 어디 출신이라고 했지?"

빌리는 다시 화가 치밀었지만 억지로 가라앉히고서 도와 달라는 듯이 미러벨을 쳐다보았다. 미러벨은 진심으로 미안해하는 것 같았다.

"기디언, 데이지. 빌리는 손님이야. 성가시게 굴지 마."

기디언이 빌리의 머리 냄새를 킁킁 맡더니 말했다.

"흠, 그냥 손님이 아닌 것 같은데 뭔가 좀 이상……."

빌리는 더 참을 수가 없었다. 가방을 한 손으로 잡고 기디언을 향해 휘두르자, 기디언은 얼른 고개를 숙였다. 가방이 기디언의 정수리를 아슬아슬하게 비껴간 순간, 기디언이 휙 모습을 감추었다.

빌리는 으르렁대며 다시 팔을 휘둘렀다. 동시에 무언가가 빌리의 다리를 걸어찼다.

"기디언!"

미러벨의 외침이 들리더니, 빌리의 손에서 가방이 휙 떨어져 나갔다. 극도로 당황한 빌리는 머리 위에 둥실 떠 있는 가방을 낚아채려고 허둥지둥 팔을 뻗었다. 그러나 빌리의 손끝에서 가방이 다시 빠져나가더니 기니언이 창문 근처에서 모습을 드러냈다. 기디언은 곧장 가방 자물쇠를 풀기 시작했다.

"가방을 되찾으려고 그렇게 아등바등하는 거 보니 아주 중요한 게 들었나 보지? 뭔지 궁금한……."

빌리는 힘껏 몸을 날렸다. 가방을 되찾고, 기디언을 단단히 혼쭐내 줄 작정이었다. 기디언이 눈을 휘둥그레 뜨더니 옆으로 비켜섰다. 그 순간 빌리는 럭비 선수처럼 가방을 낚아채고서 가슴팍에 꽉 끌어안았다. 놀라서 눈만 끔벅이는 기디언의 모습이 순간적으로 옆을 스쳐 지나갔다. '젠장, 망했다' 하는 생각이 들었다. 가속도가 너무 붙어서 멈출 수가 없었다.

다음 순간, 빌리는 커튼을 뚫고 창문 밖으로 튕겨 나갔다. 나뭇조각과 유리 조각이 산산이 흩어졌다. 빌리는 가방을 안은 채 공중제비를 돌다가 물받이 홈통의 날카로운 모서리에 오른쪽 옆구리를 찔리고 말았다. 극심한 고통 때문에 순간적으로 숨을 쉴 수가 없었다. 제때 착지 준비를 하지 못한 빌리는 쾅 소리를 내며 슬레이트 지붕에 머리를 부딪치고 말았다. 깨진 슬레이트 조각이 흩날렸다. 빌리는 그대로 지붕을 주르륵 미끄러져 내려갔다. 햇살 때문에 눈을 제대로 뜰 수가 없었다. 빌리는 뭔가 붙잡을 것을 찾아 손을 허우적거렸다.

뜨거운 분노가 빌리를 사로잡았다. 이제 빌리는 분노를 힘입어 모든 것을 생생히 볼 수 있었다. 본능이 작동하기 시작했다. 빌리는 장식용 탑의 모서리를 붙잡고서 몸을 휙 틀어 방향을 확인하고는 다시 공중제비를 돌았다. 이번에도 낡은 홈통에 몸을 부딪쳤지만, 다행히 모서리가 아니라 다치지 않았다. 빌리는 추락하면서 몸을 두 번 회전했다. 땅이 빠른 속도로 다가왔다.

언뜻 떠오르는 생각이 있었다. 런던에서 코트니 일당에게 잡힐 때와는 다르리라. 이번에는 빌리도 단단히 준비되어 있었다.

이윽고 빌리는 추락의 충격을 줄이기 위해 몸을 웅크린 채 자갈길 위에 내려섰다. 오른쪽 옆구리에 날카로운 통증이 밀려왔다. 빌리는 으르렁거리며 통증을 잠재우기 위해 애썼다. 손에 든 가방 안에 불룩한 것이 잡혔다. 안도감이 빌리를 에워쌌다. 다행히 빼앗기지 않았다. 무사했다.

빌리는 자리에서 일어나 몸을 더듬어 보았다. 눈에 띄는 상처나 멍은 없지만, 오른쪽 옆구리가 여전히 쓰라렸다. 어서 통증이 가시기를 바랄 뿐이었다.

빌리가 내려선 곳은 저택 정문 앞이었다. 이윽고 문이 휙 열리더니 미러벨이 모습을 드러냈다. 잔뜩 놀란 얼굴로 손에 무언가를 들고 있었다. 미러벨은 곧장 빌리를 향해 성큼성큼 걸음을 뗐다.

그제야 빌리는 어떤 사실을 기억해 냈다.

아침 햇볕이 따갑게 내리쬐고 있었다.

당황한 빌리는 얼른 손을 목에 가져다 댔다. 당연히 아무것도 없었다. 침대 위에 두고 왔으니까.

미러벨이 빌리 앞에 멈춰 서더니 펜던트를 들어 보였다.

미러벨

미러벨은 이넉 삼촌의 책상에 놓아둔 펜던트를 바라보았다. 이넉 삼촌이 펜던트를 들고서 무게를 가늠해 보더니 인상을 찌푸렸다.

"솜씨가 투박하군."

빌리는 이넉 삼촌의 맞은편에 앉아 가방을 무릎에 올려놓은 채 고개를 푹 숙이고 있었다. 삼촌의 왼쪽에는 일라이자 이모가, 오른쪽에는 메이비스 이모가 앉아 있었다.

빌리가 창문에서 떨어지자, 데이지 도티 쌍둥이는 목청이 터지도록 외마디 소리를 질러 댔다. 온 집이 다 깨어났고, 메이비스 이모가 가장 먼저 사건 현장에 도착했다. 쌍둥이는 남자아이가 창밖으로 떨어졌다는 소식을 숨 가쁘게 전했다. 그사이 몇몇 가족이 복도에 모여 서서 소동을 지켜보더니 빌리에 대해 숙덕였다. 몇 명은 미러벨을 경계하는 눈빛으로 쳐다보기도 했다. 미러벨이 빌리를 다시 저택 안으로 데리고 들어왔을 때 메이비스 이모는 윈스럽과 뭔가를 의논하고 있었다. 미러벨과 빌리가 호기심에 찬 손님들 앞을 지나가자, 메이비스 이모는 대놓고 불쾌하기 짝이 없다는 표정을 지었다.

메이비스 이모는 이 자리에 함께 있겠다고 바득바득 고집을 피웠다. 전체 가문에서도 손꼽히는 연장자로서 당연한 권리라고 주장했지만, 미러벨이 보기에는 순전히 남의 일을 캐고 다니기 좋아하는 성미 때문이었다. 이넉 삼촌이 메이비스 이모의 요구를 받아 준 이유도 끝없는 불평불만에 시달리고 싶지 않아서라는 걸 미러벨은 알고 있었다. 그런데 고통스러운 표정을 보니 이넉 삼촌은 벌써 자신의 결정을 후회하는 듯했다.

한편, 한쪽 구석에는 윈스럽이 나지막한 의자에 다리를 꼬고 앉아, 가죽으로 싼 작은 공책을 획획 넘기고 있었다. 무슨 이유에서인지 메이비스 이모는 윈스럽도 함께 있게 해 달라고 요구했다. 윈스럽은 이따금 미러벨 일행 쪽을 살폈고 미러벨은 그의 눈길을 애써 피하려 했다. 그러나 굳이 윈스럽 쪽으로 고개를 돌리지 않아도 두건 아래 어둠 속에서 은색 눈동자가 자신을 부담스러울 정도로 빤히 바라보는 걸 느낄 수 있다.

미러벨은 빌리 옆에 서 있었다. 이넉 삼촌의 부름에 미러벨은 빌리와 함께 가야 한다는 의무감 같은 것을 느꼈다. 펜던트를 보여 주었을 때 충격에 사로잡힌 빌리의 표정 때문에 안쓰러운 마음이 한층 커진 면도 있었다. 가장 먼저 이넉 삼촌한테 쪼르르 달려와서 '햇볕에 불타지 않은 소년'에 대한 이야기를 떠들어

114

댄 건 물론 데이지였다. 미러벨은 공포와 즐거움이 뒤섞인 데이지의 반응이 역겨웠다. 그래서 더더욱 빌리의 편을 들기로 마음 먹었다.

"빌리, 그게 네 진짜 이름은 맞니?"

이넉 삼촌이 묻자, 빌리는 고개를 들지 못한 채 끄덕이는 시늉을 했다.

이넉 삼촌이 나직이 한마디 했다.

"말이 많은 편은 아니로구나."

그러자 메이비스 이모가 손가락 마디로 책상을 탁탁 두드리며 말했다.

"글쎄, 빨리 입을 여는 게 좋을 텐데. 신분을 속이고 이곳에 들어오는 자가 있다니 생각만 해도 저속한 일이로군."

미러벨은 그 말에 발끈했다.

"가짜 신분으로 들어온 거 아니에요. 빌리는 글래머를 통과했고 꽃길도 안전하게 지났잖아요. 글래머를 아무 문제 없이 통과했다는 건 우리 가족이라는 뜻 아닌가요?"

메이비스 이모가 분한지 어깨를 씰룩이며 말했다.

"글쎄다, 아마도……."

"메이비스, 고정하세요. 지금 누구를 재판하려는 게 아니잖습니까?"

이넉 삼촌이 말리자, 메이비스 이모는 입을 삐죽이며 팔짱을 턱 꼈다.

일라이자 이모가 고개를 내밀며 물었다.

"빌리, 넌 어디서 왔니?"

빌리는 일라이자 이모를 흘끗 쳐다보고서 나직이 대답했다.

"런던, 오스럭이요."

그때 구석에서 윈스럽이 무심히 공책을 획획 넘기는 소리가 들렸다. 모두가 동시에 윈스럽을 쳐다보았지만, 윈스럽은 사람들 시선을 모른 척했다. 미러벨은 윈스럽의 태도에 슬며시 짜증이 났다.

이넉 삼촌이 까만 두 눈으로 빌리를 찬찬히 살피며 물었다.

"정말이냐? 정말 거기서 왔어?"

일라이자 이모가 부드럽게 물었다.

"에테르에서 왔니?"

그러자 메이비스 이모가 콧방귀를 뀌더니 말도 안 된다는 듯 손을 흔들었다.

"저 애가? 에테르에서?"

미러벨은 메이비스 이모를 쏘아보았다. 이넉 삼촌이 다시 메이비스 이모를 말렸다.

"메이비스, 잠깐 조용히 해 주시겠습니까?"

말을 들을 메이비스 이모가 아니었다. 메이비스가 한마디 할 때마다 미러벨은 분노로 얼굴이 점점 벌겋게 달아올랐다.

"아니, 저 애를 좀 봐요. 몸가짐부터가 그렇잖아요. 멋도, 우아함도 찾아볼 수가 없어요. 절대 에테르에서 온 게 아니에요. 터놓고 말해 봅시다. 햇볕을 받아도 불타지 않는데, 글래머는 통과했다. 그게 의미하는 건 하나뿐이잖아요."

메이비스 이모는 미러벨을 손짓하며 말을 이었다.

"'저 애'도 불타지 않죠. '왜' 그런지 우리 모두 알잖아요?"

한순간 일라이자 이모와 미러벨의 눈길이 마주쳤다. 일라이자 이모는 미러벨의 두 눈에 짜증이 번득이는 걸 바로 알아차리고서 먼저 말을 꺼내려 했다. 그러나 미러벨이 선수를 쳤다.

"메이비스 이모, 말씀해 주세요. 왜 그런 건데요?"

메이비스 이모가 어깨를 들썩이며 대답했다.

"우리는 다 알아. 상식이거든."

미러벨은 실실 웃어 보였다.

"상식이든 아니든, 이모님이 무슨 말씀 하시려는 건지 듣고 싶네요."

메이비스 이모가 손가락을 까딱이며 대답했다.

"분명히 말하는데 내가 은혜를 몰라서 이러는 게 아니야. 룩혜 이븐에서부터 그 너머 지역까지 우리 모두는 정말로 고마워하고 있어. 네 전설은 널리 널리 퍼졌고……."

이녁 삼촌이 다시 끼어들었다.

"메이비스, 그냥……."

"그래도 사실은 사실인 걸 어쩌겠니."

메이비스는 점점 이야기에 열을 올렸다.

"엄격히 따지자면 넌 가문의 일원이 아니야. 넌 에테르에서 오지 않았잖아. 저 애도 마찬가지고. 저 애는 아마 태생적 신분이 너랑 비슷할 거야. 절반은 인간이라서 햇빛을 받아도 문제 될 게 없지. 저 애는, 흠, 난 이 말을 굳이 쓰고 싶지는 않은데……."

한쪽에서 일라이자 이모가 낮은 소리로 비아냥거렸다.

"왜 난 저 말이 안 믿기나 몰라."

메이비스 이모는 극적인 효과를 더하려고 메스꺼운 표정을 짓고 몸을 부르르 떨며 말했다.

"저 애는 '천출'이야."

이넉 삼촌이 눈을 감고서 머리를 절레절레 흔들었다. 일라이자 이모는 역겹다는 듯이 고개를 돌렸다. 메이비스는 의자에 푹 기대어 앉으며 만족스러운 듯 숨을 길게 내쉬었다. 빌리는 무릎에 올려놓은 두 손을 쳐다볼 뿐이었다.

"메이비스 이모, 그게 무슨 말인지 설명해 주셔야겠는데요. 처음 들어 보는 말이에요."

미러벨의 목소리가 날카로웠다. 그러나 메이비스 이모는 미러벨의 가슴속에 분노가 부글부글 끓어오르는 걸 알아차리지 못하는 듯했다.

"아니, 그걸 몰라서야 쓰나?"

메이비스 이모는 고개를 휙 돌려 이넉 삼촌을 쳐다보았다.

"네 후견인이 그 문제에 대해서 교육했을 줄 알았는데."

이넉 삼촌이 도끼눈을 뜨고서 메이비스 이모를 노려보았다.

"메이비스, 이 집에서는 그 말을 쓰지 않습니다."

메이비스 이모는 기가 막힌다는 듯한 반응을 보였다.

"왜요? 써야 마땅하죠."

메이비스 이모는 손가락으로 탁자를 톡톡 치며 말을 이었다.

"가문 출신과 천출은 별개고, 구별되어야죠. 1532년 와이번 회의 때 내려진 결정이에요. 내가 그 현장에 있었죠."

이어 메이비스는 미러벨을 바라보며 두 손을 들어 보였다.

"애야, 말했다시피 난 네가 해낸 일에 대해 고마워하지 않아서 이러는 게 아니야. 하지만 네 교육은 중요한 문제이고, 네 위치에 맞는 대우를 받아야지. 난 말이다, 네가 다르다는 점을 깨닫고 그에 맞추어 살았으면 한단다. 네가 문명사회 안에서 실제로는 어떤 신분인지 알기를 바라."

일라이자 이모가 한숨을 푹 쉬더니 매섭게 쏘아붙였다.

"오, 제발 한 번만이라도 조용히 해 봐요. 이 멍청하고, 어리석고, 무식한 여자야."

메이비스 이모는 어안이 벙벙한지 말을 제대로 하지 못했다.

"뭐, 뭐, 어……."

일라이자 이모가 메이비스 이모 쪽으로 고개를 내밀더니 또 박또박 힘주어 말했다.

"조용히 하라고요."

갑자기 메이비스 이모의 얼굴에 눈동자가 불쑥 나타났다. 마치 이힝 수면에 죽은 물고기 두 마리가 둥둥 떠오르는 것 같았다. 메이비스 이모는 경악한 표정으로 이녁 삼촌을 쳐다보았다. 두 눈동자가 빠르게 깜박이더니 이내 사라졌다.

"어떻게 감히 나한테 저런 소리를 하는 거지?"

오랜 세월을 자만에 빠져 제멋대로 살아온 사람답게 목소리에서 분노가 쩌렁쩌렁 뿜어져 나왔다.

어른들이 말다툼을 벌이는 사이, 문득 미러벨의 시야에 어떤 움직임이 보였다. 윈스럽이 공책을 한쪽에 치우더니 천천히 허벅

지에 팔꿈치를 대고서 손톱이 기다랗게 자란 두 손을 깍지 꼈다. 그러고는 은빛 눈동자를 굴리며 미러벨과 빌리를 흥미롭다는 듯이 지켜보았다.

빌리는 여전히 바닥만 내려다보고 있었다. 반면 미러벨은 콧김을 내뿜으며 도전적인 눈빛으로 윈스럽을 노려보았다. 하지만 딱히 맞붙을 구실이 없었다. 미러벨은 결국 분노를 다른 이들에게 뿜어냈다.

"천출이라……. 삼촌, 그게 무슨 뜻이죠?"

메이비스 이모가 어디 뭐라고 대답하는지 보자는 듯이 팔짱을 턱 꼈다. 이넉 삼촌은 그 주제에 대해 이야기하기를 꺼리는지 좀처럼 말을 꺼내지 못했다.

"그건……. 어떤 용어인데……."

"네가 반은 인간이라서 이 가문의 '정식' 일원이 아니라는 뜻이야. 진짜 가족이 아니라는 거지."

메이비스 이모는 "흥!" 하고 콧방귀를 흥 뀌며 턱짓으로 빌리를 가리켰다.

"저 애도 마찬가지고."

그 말에 빌리가 고개를 들더니 이내 다시 눈길을 내렸다.

"그렇다면 내가…… 우리가 어떤 면에서는 열등하다는 건가요?"

미러벨이 묻자, 메이비스가 냉큼 대답했다.

"그래."

미러벨은 이넉 삼촌과 일라이자 이모를 바라보았다.

"다른 가족들도 그렇게 생각하는 건가요?"

"이 집에서 너는 우리의 미러벨이고, 우리 가족이야."

일라이자 이모가 딱 잘라 말했다. 미러벨은 무표정하게 중얼거렸다.

"이 집에서는 그렇다. 그러면 그 테두리 너머에서는요?"

이넉 삼촌은 차마 미러벨과 눈을 마주치지 못하고 대답했다.

"밖에서는 가문의 완전한 일원으로 여기지 않을 거다."

일라이자 이모가 탁자를 탕 내리치며 분통을 터뜨렸다.

"정말 터무니없는 일이지!"

메이비스 이모는 우쭐해서 거 보란 듯이 입을 삐죽였다. 미러벨은 메이비스 이모를 노려보며 물었다.

"그런데도 제가 한 일은 고맙게 여긴다는 거죠?"

"오, 얘야, 당연하지."

"그 일을 한 게 후회되려 하네요."

메이비스 이모는 미러벨의 말을 못 들은 척 괜히 방안을 휘휘 둘러보며 말했다.

"저 소년의 신분을 확인하는 문제가 아직 남아 있어요."

이넉 삼촌은 고개를 가로저으며 대답했다.

"제 생각에는……."

"윈스럽!"

메이비스 이모가 쳇소리를 지르자, 윈스럽이 자리에서 일어나 빌리와 미러벨 쪽으로 걸어왔다.

"윈스럽, 부탁하네. 부디 수고해 주게나."

메이비스 이모가 특유의 번드르르하니 겉치레만 가득한 말투로 말했다.

윈스럽이 미러벨에게 한 걸음 성큼 다가섰다. 미러벨은 바짝 긴장했다가 다음 순간 소스라치게 놀랐다. 윈스럽이 미러벨의 몸 가까이 코를 들이밀더니 냄새를 쿵쿵 맡는 게 아닌가? 이어 윈스럽은 빌리한테 다가서서 냄새를 맡더니 몸을 곧추세우고서 메이비스 이모를 쳐다보았다.

"어떤가?"

메이비스 이모가 묻자, 윈스럽이 보일 듯 말 듯 하게 고개를 까딱이고서 자리로 돌아갔다.

메이비스 이모가 이넉 삼촌과 일라이자 이모를 향해 의기양양하게 웃었다.

"봤죠? 윈스럽은 족집게처럼 천출을 알아맞힌답니다. 그쪽으로 능력이 얼마나 탁월한지는 이미 여러 차례 증명된 사실이에요. 자, 이제 결론으로 넘어가서 우리가 이 소년을 어떻게 처리하면 좋을지 결정하도록 하죠."

"우리요?"

이넉 삼촌이 되물었다.

"네, 당연하죠."

"우리라."

이넉 삼촌은 덤덤하게 그 말을 되풀이하더니 일라이자 이모와 눈길을 주고받았다. 일라이자 이모가 희미하게 웃었다. 이넉 삼촌이 메이비스 이모를 돌아보더니 물었다.

"그쪽은 누구시죠?"

메이비스 이모가 화들짝 놀라더니 화가 치미는지 씩씩대며 대답했다.

"왜 그래요? 그야 난 메이비스 디블이죠."

이번에는 일라이자 이모가 물었다.

"그리고?"

"그리고라니? 난데없이 그게 무슨 소리예요?"

미러벨은 메이비스 이모가 당황해하는 꼴이 너무나 고소했다.

"메이비스 이모님, 일라이자 이모는 이모님이 어디 출신이냐고 묻는 거예요."

"혹시 룩헤이븐 출신이시던가요?"

이넉 삼촌의 부드러운 말투에 미러벨은 내심 감탄을 터뜨렸다.

"그야 아니죠. 난 몬트포스 출신이에요."

메이비스 이모의 볼이 빨갛게 물들었다. 이넉 삼촌이 고개를 끄덕이며 중얼거렸다.

"아름다운 곳이죠. 음울하지만 아름답지요."

"내 기억이 맞는다면 바닷가였던 거 같아요. 비바람 때문에 칙칙하고 깐깐하고 또 까칠한 곳이죠."

"참으로 시적인 표현이군요."

이녁 삼촌의 말에 일라이자 이모가 방긋 웃어 보였다.

"어머나, 말씀 감사해요."

메이비스 이모는 얼굴이 시뻘게진 채 분해서 몸을 바들바들 떨었다.

미러벨은 웃지 않으려고 애쓰며 입을 열었다.

"여기는 룩헤이븐이에요."

이녁 삼촌이 고개를 끄덕였다.

"그렇지."

일라이자 이모가 한마디를 거들었다.

"여기는 몬트포스가 아니라 룩헤이븐이야."

미러벨이 힘주어 말했다.

"'우리'는 룩헤이븐 가문이고요."

이녁 삼촌이 눈길을 들어 미러벨을 바라보았다.

"이곳은 천출이라 불리는 자들을 언제나 환영한다."

방 안에 있는 모두의 눈길이 메이비스 이모를 향했다. 메이비스 이모는 폭발하기 일보 직전인 것 같았다.

이녁 삼촌의 눈이 반짝하고 빛났다.

"저 아이는 이곳에 머물 겁니다."

이넉 삼촌이 결정을 선포하자, 메이비스 이모는 꽥액 하고 낮게 소리를 질렀다. 윈스럽은 계속 아득바득 항의하는 메이비스 이모를 달래어 방에서 데리고 나가느라 꽤나 애를 먹었다.

미러벨은 방을 나서는 두 사람의 뒷모습을 흐뭇하게 지켜보았다. 이넉 삼촌이 미러벨에게 빌리를 방에 데려다주라고 지시하자, 일라이자 이모가 나서더니 기꺼이 그 일을 맡겠다고 했다. 일라이자 이모는 다 안다는 듯 미러벨에게 고개를 까딱이고서 빌리를 데리고 방을 나섰다. 미러벨은 이모의 마음 씀씀이가 고마웠다. 일라이자 이모는 미러벨이 이넉 삼촌과 이야기 나누고 싶어 한다는 걸 알고 있었다.

미러벨이 이넉 삼촌 앞에 자리를 잡고 앉자, 이넉 삼촌이 손깍지를 끼었다.

"미러벨, 묻고 싶은 게 있나 보구나."

미러벨은 한숨을 푹 쉬었다. 그러고는 차분하고 흔들림 없는 눈빛으로 삼촌을 바라보았다.

"삼촌, 난 늘 묻고 싶은 게 있는 것 같네요. 이번에는 솔직히 대답해 주시면 좋겠어요."

빌리

빌리는 일라이자와 함께 계단을 오르는 내내 앞만 쳐다보고 있었다. 하지만 자신을 바라보는 일라이자의 눈길을 느낄 수 있었다.

"빌리 캐치폴, 이곳에는 왜 온 거니?"

빌리는 도리질을 치며 대답했다.

"그게…… 달리 갈 곳이 없어요."

"정말?"

빌리는 말을 하려다가 마는 듯한 일라이자의 말투가 마음에 들지 않았다.

"나는 집이 없어요. 늘 이곳저곳 돌아다니면서 살다가 룩헤 이븐 이야기를 들었죠. 총회 소식도 알게 되었고요. 들어 보니까……"

둘은 충계참에 다다랐다. 일라이자가 걸음을 멈추는 바람에 빌리도 하는 수 없이 멈춰 섰다. 일라이자는 빌리를 빤히 쳐다보았다. 빌리는 질문보다 침묵이 더 버거웠다. 눈길을 어디에 두면 좋을지 알 수가 없었다.

"들어 보니까?"

빌리는 이마에 솟은 땀을 문질러 닦고 싶은 충동을 억눌렀다.

"따뜻하게 맞아 줄 것 같았어요."

한편으로는 사실이었다. 하지만 그건 순전히 미러벨이 자신을 따뜻이 대해 주었기 때문이었다.

일라이자가 고개를 주억거렸다. 일단은 빌리의 대답에 만족하는 듯했다.

"이제 난 어떻게 되나요?"

빌리가 묻자, 일라이자는 인상을 찌푸렸다.

"그게 무슨 소리니?"

"그러니까 날……."

빌리는 차마 말을 맺지 못했다. 일라이자가 빌리의 어깨에 손을 얹으며 빌리를 멈춰 세웠다.

"넌 우리가 널 내쫓을 거라고 생각하는 거니?"

빌리는 일라이자와 눈을 마주치지 못했다.

"모르겠어요. 나는 신분이……."

빌리는 발끝만 빤히 내려다보았다.

"빌리, 우리는 널 환영해. 오래전에 우리 룩헤이븐 가족은 이곳을 찾아온 사람들을 모른 척하지 말아야 한다는 사실을 배웠단다."

일리이자가 갑자기 허공으로 팔을 쭉 뻗으며 말했다.

"그렇지 않니, 기디언?"

빌리의 눈앞에서 일라이자의 팔이 몸에서 쑥 떨어져 나갔다.
팔을 이루고 있던 거미 수천 마리가 훅 흩어지더니 허공에 달린
듯한 어떤 투명하고 둥그런 물체를 휘감았다. 거미 떼가 새카맣

게 뒤덮자 외눈 달린 머리의 윤곽이 드러났다. 눈에 익은 얼굴
을 마주하자, 빌리는 화가 부글부글 끓어올랐다.

"또 스파이 노릇 하고 있는 거니?"

일라이자가 묻자, 기디언은 투명한 손으로 얼굴에서 거미를 털

어 내며 대꾸했다.

"스파이 같은 거 안 해요."

일라이자는 기디언을 향해 손가락을 까딱이며 말했다.

"기디언, 너 사과할 일이 있지 않니?"

이윽고 일라이자와 빌리 곁에 기디언이 온전히 모습을 드러냈다. 기디언의 얼굴을 뒤덮었던 거미 떼가 일라이자에게 돌아와서 다시 팔을 이루었다. 빌리는 부드럽게 출렁이는 거미 떼의 움직임을 홀린 듯 바라보았다.

"내가 왜요?"

기디언이 툴툴거렸다.

"손님 대접을 제대로 안 했으니까."

기디언은 빌리를 힐끗 쳐다보더니 한숨을 푹 쉬었다. 그러고는 땅을 쳐다보며 한마디 툭 던졌다.

"미안."

"제대로 사과해!"

일라이자가 꾸지람하자, 기디언은 짜증을 북북 내며 고개를 들고 자세를 똑바로 했다.

"그런 행동을 해서 미안해."

"다시는 그러지 않을게."

일라이자가 거들자, 기디언은 눈알을 빙글 굴리며 마지못해 다시 입을 열었다.

"다시는 그러지 않을게."

일라이자가 방긋 웃었다.

"좋아. 잘했어."

"미라벨이랑 비슷하다는 거 정말이야?"

기디언이 불쑥 물었다. 빌리는 뭐라고 대답해야 할지 몰랐다.

"그럼 너도 반은 인간이야?"

일리이자가 정색했다.

"기디언, 네가 그걸 어떻게 알아? 그 방에 줄곧 숨어서 듣고 있었던 거야?"

기디언은 히죽거리며 웃었지만, 얼굴 근육이 씰룩씰룩 경련을 일으키고 있었다.

"네. 아니요. 줄곧 있지는 않았으니까요. 그런데 진짜예요?"

일라이자가 빌리의 팔을 살며시 잡더니 앞으로 이끌었다.

"기디언, 가서 다른 놀거리를 찾으렴."

일라이자가 고개를 돌려 가디언에게 말하고는, 빌리 쪽으로 고개를 숙이며 말을 이었다.

"절대로 나쁜 애는 아니야. 그래도 충동적인 행동을 조절하는 법을 좀 더 배워야 하기는 해."

일라이자는 빌리를 방으로 데리고 갔다. 빌리는 아직 위기에서 완전히 벗어나지는 못했다는 걸 알고 있었다. 아무 의심도 하지 않는다면 일라이자가 굳이 동행하겠다고 나서지 않았으리라.

방에 도착한 순간, 빌리의 의심은 사실로 굳어졌다. 일라이자가 말했다.

"이녁이 몇 가지를 더 물어보려 할 거야."

일라이자는 반응을 살펴려는 듯 빌리를 가만히 바라보았다. 빌리는 갖은 애를 써서 일라이자의 눈을 마주 보았다. 빌리는 아래층에서 똑딱거리는 시계 소리, 일라이자가 고개를 갸웃하자 거미 떼가 일으키는 나직한 소음을 똑똑히 들을 수 있었다. 그대로 시간이 영원히 멈춰 버린 것 같았다.

"아마 조만간 널 다시 부를 거야. 네가 아무것도 숨기는 게 없다는 거 알아. 미러벨은 사람을 잘 보는 편이거든."

일라이자가 방긋 웃으며 말을 이었다.

"일단은 내 집처럼 여기고 편히 쉬렴."

일라이자가 자리를 뜨자, 빌리는 속으로 안도의 한숨을 내쉬었다.

방으로 들어간 빌리는 문 뒤에 서서 멀어지는 일라이자의 발소리를 확인했다. 그러고는 침대 위에 가방을 내려놓고서 무릎을 꿇고 침대 밑으로 팔을 뻗었다. 손끝에 담요가 잡혔다. 빌리는 얼른 담요를 꺼내어 활짝 펼쳤다. 구슬이 안에 그대로 들어 있었다. 빌리는 그제야 마음을 놓으며 다시 구슬을 담요로 잘 싸서 침대 밑에 밀어 넣었다.

깨어진 창문은 이미 판자로 다시 막혀 있었다. 하지만 어둠은

빌리를 막지 못했다.

　빌리는 침대 위에 책상다리를 하고 앉아서 가방에서 소중한 『보물섬』을 꺼냈다.

　이야기가 고팠던 빌리는 곧장 책을 펼치고서 상상 속 세계로 모험 여행을 떠났다.

오드

오드는 언덕 위에 앉아서 작은 갯마을 위로 떠오르는 달을 바라보았다.

총회에 필요한 물건을 구한다는 핑계로 떠나왔지만, 솔직히 그저 한동안 저택에서 벗어나 있고 싶었다. 너무 바쁘고 어수선한 분위기도 질색이고, 친척들이 머무는 내내 온갖 잡다한 부탁을 해 대는 통에 수천 가지 방향으로 끌려다니는 느낌이었다.

오드는 단지 숨 쉴 공간과 신선한 공기가 필요했다. 그뿐이었다.

오드는 눈을 감고서 들려오는 소리에 귀를 기울였다. 쿵, 찰캉하고 항구에 정박한 배와 배를 매어 둔 사슬이 내는 나직한 소리, 쏴 하고 바다에서 불어오는 밤바람 소리, 철썩하고 방파제에 파도 부딪치는 소리가 들렸다.

'담배'.

오드는 불쑥 그 단어를 떠올렸다. 요즘 들어 부쩍 이렇게 단어가 난데없이 생각나는 일이 잦았다. 아예 문장이 통째로 떠오를 때도 있었다.

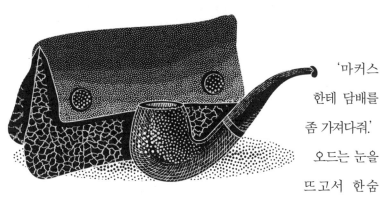

'마커스
한테 담배를
좀 가져다줘.'
오드는 눈을
뜨고서 한숨

을 푹 쉬었다. 그래, 그 정도는 할 수 있을 것 같았다. 생각해 보
니 마커스가 푹 쉬는 동안 자신은 담배를 장만하러 다니면 좋
을 것 같았다. 마커스가 완전히 기력을 회복할 즈음, 옆에 좋아
하는 담배가 한 상자가 기다리고 있으리라.

푹 쉬다.

오드는 마커스의 상태를 말할 때 그 표현을 즐겨 썼다. 그게
합리적이니까. 마커스는 곧 다시 자리를 떨치고 일어나서 활기
찬 모습으로 예전처럼 환자를 돌보게 될 거니까.

푹 쉬다.

"극진히 보살핌받고 있잖아."

오드는 스스로를 다독였다.

이윽고 오드는 자리에서 벌떡 일어나 다리를 쭉쭉 폈다. 움직
일 시간이 된 것 같았다. 마음이 좀 어수선한데, 오드는 이럴 때
마다 어디론가 움직여 갔다. 오드는 앞에 펼쳐진 어두운 바다를
바라보았다. 까만 수면에 달빛이 비치자 윤슬이 부드럽게 반짝
였다. 오드는 밤공기를 깊이 들이마시며 마음을 다잡았다.

'가서 그를 만나 봐야 해.'

오드는 머릿속의 목소리에게 퉁명스럽게 대꾸했다.

"알았어. 곧 갈게, 간다고."

오드는 룩헤이븐 저택의 중앙 홀을 떠올리며 집게손가락으로 동그라미를 그리고서 포털 안으로 걸어 들어갔다.

다행히 중앙 홀은 텅 비어 있었다. 마음을 놓으려는 순간, 머리 위에서 목소리가 들렸다.

"여기야."

오드는 그럴 줄 알았다는 듯이 눈을 굴리고서 위를 올려다보았다. 기디언이 샹들리에에 발을 감고서 거꾸로 매달려 있었다.

"미러벨이 알게 됐어."

기디언은 천출 폭로 사실을 비롯해 회의에서 있었던 일을 자세히 들려주었다. 오드는 소년의 정체를 듣고 진심으로 놀랐다. 빌리는 남을 속일 인물처럼 보이지는 않았다. 기디언이 전해 준 이야기에 따르면, 미러벨은 자신이 천출 신분일 뿐 아니라 가족들이 그 사실을 철저히 비밀에 부쳤다는 걸 알게 되자 불같이 화를 냈다고 했다. 오드는 그 소식을 듣자 마음이 조마조마해졌다.

'문제의 주인공이 다름 아닌 미러벨이잖아. 분명히 뭔가 반항적인 행동을 저지르려 할 거야.'

기디언이 열심히 떠들어 대는 사이, 오드는 곁눈으로 메이비스 이모와 디블스 쌍둥이가 다가오는 걸 보았다. 오드는 곧장 포털을 열고서, 화난 기디언이 꽥꽥대는 소리를 못 들은 척 안으로 걸어 들어갔다.

자기 방 앞에 도착한 오드는 자신을 기다리고 있는 미러벨과 정통으로 마주쳤다. 미러벨의 두 눈에 도전적인 빛이 가득했다. 오드는 고개를 절레절레 흔들었다. 이제부터 무슨 일이 벌어질지 오드는 잘 알고 있었다.

"오늘 밤에 할 거야."

"계획은 그게 아니잖아. 시간이 더 필요해. 위험할 수도 있다고."

미러벨은 이미 저벅저벅 걸어가고 있었다.

오드는 돌아오지 말아야 했다는 후회를 쓸쓸히 곱씹었다.

빌리

부서진 창문에 임시로 대어 놓은 널빤지 가장자리를 따라 빛이 가늘게 새어 들어왔다. 빌리는 자리에서 일어나 창문 앞에 서서 틈새를 손으로 쓸어 보았다. 손끝에 나무와 햇살의 온기가 느껴졌다.

런던에서는 대부분 지하실의 탁한 어둠이나 밤 깊은 거리에서 시간을 보냈다. 물론 빌리는 인간들 틈에 섞여 다닐 수 있으니 음식을 구해 달라는 캐치폴 부부의 성화에 떠밀려 낮에 돌아다닐 때도 있었다.

"재능 낭비할 필요 없잖아."

엄마는 자주 그 말을 했다.

이제 저택이 고요해졌다. 빌리는 밖에 혹시 누가 있는지 열심히 귀를 기울이며 살폈다. 아무 소리도 들리지 않았다. 빌리는 빛이 새어 들어오는 틈새로 손가락을 밀어 넣었다. 그러고는 단번에 널빤지 한 장을 뜯어내어 방 한쪽 구석에 휙 던져 버렸다.

나머지 널빤지도 다 떼어 내자, 방안에 환한 햇살이 쏟아졌다.

뻥 뚫린 창으로 따뜻한 산들바람이 불어 들어왔다.

빌리는 가방을 사선으로 둘러메고서 창틀에 사뿐히 올라섰다. 그러고는 대뜸 창문 아래 삐죽이 튀어나온 지붕으로 뛰어내렸다. 이번에는 당황해서 거친 숨을 몰아쉬지도, 허공에 매달려 버둥대지도 않았다. 빌리는 한 손으로 배수관을 잡고 미끄러져 내려와 순식간에 땅 위에 올라섰다.

푸른 하늘에 실구름이 걸려 있었다. 저택 부지를 빠져나온 빌리는 주변 경관을 감탄하며 바라보았다. 지금껏 건물과 인간에게 둘러싸여 살았던 빌리에게 이곳은 낯설고도 새로운 낙원이었다. 빌리는 메그 생각에 가슴이 찌릿하니 아팠다. 메그도 분명 이곳을 좋아할 것 같았다. 바로 지금 빌리 곁에서 메그가 함께 걷고 있다면 얼마나 좋을까? 빌리는 자신에게 맡겨진 임무를 떠올리고서 바짝 긴장했다. 메그를 안전하게 지키기 위해서는 무조건 성공하는 수밖에 없었다. 앞으로는 이곳 사람들의 관심을 끌지 않도록 조심하면…….

작은 새 한 쌍이 가까이 스쳐 날아가는 바람에 빌리는 화들짝 놀랐다. 새들이 장난치듯 하늘을 오르내리다가 저택 지붕 너머로 사라질 때까지 빌리는 잠자코 서서 그 모습을 지켜보았다.

문득 빌리의 시야에 다른 것이 보였다. 더 크고 검은 것. 몇 걸음 떨어진 낮은 담장 모퉁이에 까마귀 한 마리가 구부정하게 앉아 있었다. 한쪽 눈은 멀쩡하고, 다른 한쪽 눈은 막이 낀 듯 희

뿌옜다. 까마귀가 날개를 푸드덕거리더니 빌리를 향해 까악 하고 울었다.

빌리는 고개를 갸웃했다. 까마귀가 눈을 깜박이며 빌리를 빤히 바라보았다. 빌리는 까마귀가 자신의 됨됨이를 살피고 있다고 확신했다. 빌리는 무릎을 꿇고 앉아 가방을 벗고서 책을 잔디 위에 올려놓은 다음 손을 앞으로 내밀었다.

까마귀가 고개를 기울여서 빌리와 눈높이를 맞추더니 다시 눈을 깜박였다.

빌리가 손가락을 딱 튕기자, 까마귀가 푸드덕 날아오르더니 빌리의 손에 내려앉았다. 빌리는 자리에서 일어나 까마귀를 바라보며 빙그레 웃었다. 잉크처럼 검푸르고, 반질반질 윤기 흐르는 깃털이 참으로 멋졌다. 까마귀는 그렇게 가까이 날아와 놓고서 빌리를 똑바로 바라보지 않고 고개를 이리저리 돌리며 새들만이 할 수 있는 방식으로 무관심하게 굴었다. 빌리는 까마귀의 머리를 부드럽게 쓰다듬어 주었고, 까마귀는 저항하지 않았다.

"이름이 루키우스야."

뒤에서 누군가 말을 걸었다.

고개를 돌리니 미러벨이 다가오고 있었다. 까마귀가 빌리의 손을 박차고 날아올라 미러벨의 어깨에 내려앉았다. 미러벨은 방긋 웃으며 까마귀의 부리를 쓰다듬었다.

"너를 좋아하네. 루키우스는 사람에 대한 감이 좋거든. 네가 친구라는 걸 아는 거야."

빌리는 고개를 끄덕였다. 하지만 미러벨이 그 단어를 말했을 때 한순간 눈길을 피할 수밖에 없었다.

친구.

미러벨이 진실을 알게 된다면…….

"창문에서 널 봤어."

미러벨이 말을 이었다.

"낮에는 보통 다들 자거든."

미러벨이 빌리를 빤히 바라보았다. 뭔가 망설이는 듯한, 아니 그보다는 희망에 찬 눈빛이었다.

"너도 잠을 자니?"

빌리는 고개를 가로저었다.

"나도 안 자. 먹는 건 어때? 식사는 하니?"

빌리는 다시 고개를 저었다.

"아니."

"전혀?"

미러벨은 입술을 지그시 깨물었다. 빌리는 자신을 바라보는 미러벨의 눈길이 어딘가 이상하다고 생각했다.

"전혀."

미러벨은 기쁨에 겨워 날아갈 것처럼 보였다.

"나도 그래."

갑자기 미러벨이 인상을 찌푸리더니 얼른 말을 덧붙였다.

"아, 엄밀히 따지면 아니구나. 딱 한 번……."

미러벨은 머리를 세차게 흔들었다.

"자세히 알 필요 없어."

이어 미러벨의 눈길이 땅으로 향했다.

"그건 뭐야?"

아차, 책을 꺼내어 둔 걸 깜박 잊었다. 빌리는 얼른 책을 집어
들었다.

미러벨이 가까이 다가오더니 손을 내밀었다.

"봐도 돼?"

빌리는 순간 당황했지만, 마음을 다잡고서 책을 내밀었다. 미
러벨이 책을 받아 들더니 제목을 살폈다.

"보물섬."

미러벨이 빌리를 바라보며 빙그레 웃었다.

"재미있어?"

"응."

빌리는 책을 도로 빼앗고 싶은 충동을 억눌렀다. 쏘온의 말이
귀에 맴돌았다.

'꼬맹이, 자연스럽게 섞여 들어야 해. 평범하게 행동하란 말이
야.'

아무래도 낯선 이의 손에서 자신의 책을 낚아채는 행동이 '평

범한 행동'으로 여겨질 것 같지는 않았다. 빌리는 미러벨이 책을 펴고서 속표지를 손으로 쓸어도 꾹 참았다.

"여기 네 이름이 쓰여 있네?"

미러벨이 그 부분을 활짝 펼쳤다. 희미한 연필 글씨로 '1929년 3월 23일. 빌리.'라고 쓰여 있었다.

"아, 그건 내가 쓴 게 아니야. 다른 사람이 썼어."

미러벨은 혼란스러운 듯 인상을 찌푸렸다.

"예전에……."

빌리는 미러벨에게 그 이야기를 하고 싶지 않았다. 아무한테도 말하고 싶지 않았다. 뭣 하러 그런 이야기를 하겠는가? 그러나 미러벨한테는 어떤 특별한 면, 딱히 꼬집어 말할 수 없지만 뭔가 좋은 면이 있었다. 메이비스라는 여자가 모질게 굴 때도 미러벨은 빌리의 곁을 지켰고, 방에서 다른 아이들이 놀려 댈 때도 미러벨은 빌리의 편을 들었다.

갑자기 입에서 말이 튀어나왔다. 빌리 스스로도 놀라지 않을 수 없었다.

"아주 어렸을 때 내……. 어떤 부부가 날 발견했대. 난 전쟁 때 버려졌는데, 이 책이 나랑 같이 남겨져 있더래."

빌리는 머리를 세차게 흔들었다.

"캐치폴 부부는 내게 이름을 지어 줬어. 나중에 글을 읽을 수 있게 되었을 때 책에 내 이름이 쓰여 있다는 걸 알게 되었지. 마치 책이 날 찾은 것 같았어."

빌리는 두 뺨이 활활 타는 것 같았다. 미러벨이 책을 돌려주자, 빌리는 얼른 책을 받아 들었다.

"업둥이. 이녁 삼촌이 얘기해 줬어. 우리 같은 아이들은 버려지기도 한다고."

빌리는 새로운 정보에 대해 곰곰이 생각해 보았다.

"난 늘 내가 좀 다르다고 느꼈어. 생각해 보니 예전에 캐치폴 부부도 썼던 적이 있네. 그 표현 말이야."

"천출."

미러벨이 대신 말하자, 빌리는 고개를 끄덕였다.

이제 빌리는 새로운 감정을 맛보았다. 뭔가 낯설고, 감히 이런 생각을 해도 된다면, 멋진 느낌이었다. 마치 빌리와 미러벨이 보이지 않는 끈으로 연결된 것 같았다. 이런 느낌은 딱 한 번, 메그에 대해서 느껴 본 게 전부였다. 너무도 격렬한 감성이 휘몰아쳐서 머리가 어질할 정도였다. 빌리는 머뭇머뭇 웃어 보였다.

미러벨은 빌리가 어느새 가슴에 꼭 끌어안고 있는 책을 고갯짓하며 말했다.

"분명 좋은 책일 거야. 네게 중요한 물건이고 말이야."

빌리는 열심히 고개를 끄덕였다. 갑자기 울고 싶은 마음이 들었다. 이유는 알 수 없었다. 빌리는 눈가를 북북 문지르며 대답했다.

"그래. 맞아. 중요해."

이제 말이 제멋대로 쏟아져 나오는 것 같았다.

"아까 날 돌봐 주고, 내 편을 들어 줘서 고마워. 지금까지 아무
도……."

'지금까지 아무도 나를 위해 그렇게 해 준 적이 없어.'라는 말
을 할 작정이었다. 하지만 말이 목구멍에 걸려 나오지를 않았다.
그 말을 하면 뭔가 풀려나 자신을 으스러뜨릴 것 같았다.

미러벨은 말하지 않아도 안다는 듯이 고개를 끄덕였다.

"빌리, 우리는 공통점이 참 많아. 친구가 되자. 아니다. 거의 가
족 이상이라고 해야 하나?"

미러벨이 방긋 웃자, 빌리는 속이 울렁거리고 조금 창피했다.
빌리는 몸을 파르르 떨었다.

'자연스럽게 섞여 들어야 해. 평범하게 행동하란 말이야. 그들
의 일원인 척하라고. 필요하면 친구를 만들어. 네 여동생을 생각
해야지.'

"널 초대하고 싶은 일이 있어."

미러벨이 말했다.

"그래?"

빌리는 자신이 떨고 있다는 사실을 부디 미러벨이 알아차리
지 않기를 바랐다. 루키우스는 꼬치꼬치 캐묻는 사람처럼 계속
빌리를 빤히 쳐다보았다.

"총회가 시작되기 전에 특별 행사를 열려고 준비 중이거든. 일
종의 사전 축하 행사랄까? 오늘 밤에 이벤트를 열 작정인데, 네
가 날 도와줄 수 있을 것 같아."

저택으로 돌아오자 미러벨은 준비해 둔 초대장을 빌리에게 보
여 주었다. 미러벨이 하얗고 작은 카드에 펜으로 직접 글씨를 써
서 만든 초대장이었다. 빌리는 아름답고 우아한 미러벨의 손글
씨에 감탄하지 않을 수 없었다. 초대장에는 아래와 같은 내용이
담겨 있었다.

설레는 마음을 담아 귀하를 특별 축하 행사에 초대합니다.
오늘 밤 자정이 되면 빛의 방으로 오세요.
총회 준비 기간을 기념하는 독특한 행사가 될 거예요.
그럼 곧 만나요!

룩헤이븐 가문의 미러벨 드림

둘은 오전 내내 저택 안을 뛰어다니며 모든 침실 문 밑에 초
대장을 밀어 넣었다. 미러벨은 누가 더 빨리 초대장 배포를 끝내
는지 내기하자고 했다. 빌리는 빠르고 민첩하게 움직여 나갔다.
한 번에 여섯 계단씩 성큼성큼 뛰어오를 수 있을뿐더러 달리는

속도도 미러벨보다 거의 두 배나 빨랐다. 난간 위에서 위층까지 한 번에 뛰어오르기도 했다. 뛸 때마다 빌리의 가방도 따라서 신나게 흔들거렸다. 빌리는 몸속에서 마치 짐승이 기분 좋을 때 가르랑거리는 듯한 떨림이 이는 걸 느꼈다. 짜릿한 쾌감이 느껴지면서 해방감이 밀려들었다. 그렇게 저택을 절반쯤 돌았을 때였다. 갑자기 가슴 저릿한 죄책감이 들었다. 빌리는 속도를 늦추고서 그 자리에 한동안 우두커니 서 있었다.

일을 마치고 현관으로 돌아갔더니 미러벨이 기다리고 있었다. 미러벨은 빌리를 보더니 환하게 웃었다.

"내가 이긴 것 같네."

빌리는 멋쩍게 웃어 보였다.

문득 뒤에서 누군가 속삭이는 듯한 소리가 들려 빌리는 고개를 획 돌렸다. 깊은 어둠에 잠긴 복도만이 펼쳐져 있을 뿐이었다. 그 너머에 무엇이 있는지 보이지 않지만, 빌리는 거기서 소리가 났다고 확신했다.

"저 아래에는 뭐가 있어?"

빌리가 묻자, 미러벨은 물어봐 주어서 기쁘기라도 한 듯 얼굴이 환해졌다.

"곧 알게 될 거야."

미러벨은 수수께끼 같은 미소를 짓더니 빌리의 팔을 잡아 끌었다.

"이리 와. 밖으로 나가자."

미러벨은 빌리를 작은 숲으로 데리고 갔다. 둘은 한동안 거기 앉아서 두런두런 이야기를 나누었다. 빌리는 책을 읽으려던 계획은 까맣게 잊어버렸다. 미러벨은 빌리에게 어떤 괴물에 대한 이야기를 들려주었다. 이름이 말리스인데, 5년 전 바로 이곳에서 처단당했다고 했다. 괴물이 벌인 짓을 듣자, 빌리는 등골이 오싹했다. 미러벨은 말리스 이야기를 전하는 동안 생기가 가득했고, 거의 들떠 보였다. 하지만 친구인 젬과 젬의 오빠 톰에 관해 이야기할 때는 돌연 말투가 바뀌었다. 남매는 1년 남짓 룩헤이븐 저택에서 머무른 인간 손님이었다. 미러벨은 젬을 둘도 없는 단짝으로 여겼는데, 어느 날 불쑥 젬이 오빠와 함께 떠나겠다고 통보한 모양이었다.

미러벨은 괜스레 풀을 뽑으며 말했다.

"그게 가장 좋은 방법이었던 것 같아."

빌리는 미간을 찌푸리며 되물었다.

"왜?"

미러벨은 그 질문에 퍽 놀란 것 같았다.

"음, 그 두 사람은 우리 같지 않으니까. 인간은 달라. 나이 먹고, 성장하고, 삶을 살아 나가잖아. 여기서 사는 게 젬한테는 맞지 않았을 수도 있고. 내 생각에 두 사람은 같은 인간들과 함께 살고 싶었던 것 같아."

미러벨은 어깨를 으쓱이고서 말을 이었다.

"젬이랑 난 한동안 편지를 주고받았는데, 어느 날부터 젬한테서 편지가 오지 않더라. 이넉 삼촌이 그러는데 인간들은 그렇대. 잊는대. 연락도 끊기고."

미러벨은 계속 풀을 뽑으며 멍하니 앞을 바라보았다. 루키우스는 미러벨의 머리 위 나뭇가지에 앉아 보초를 섰다.

"그렇구나."

빌리는 미러벨의 말을 온전히 이해하지 못했지만, 뭐라도 말을 해야 할 것 같았다.

"넌 네 부모님이 누구인지 알아?"

미러벨이 생긋 웃었다.

"엄마를 한 번 만난 적이 있어."

미러벨은 고개를 절레절레 흔들며 덧붙였다.

"어떻게 된 일인지는 설명하기 좀 어려워."

"아빠는?"

미러벨의 눈에 빌리는 이해할 수 없는 묘한 빛이 어렸다.

"아빠에 대해선 생각해 본 적이 없어. 누구인지 아무도 몰라. 어쩌면 처음부터 없었을지도 몰라."

"엄마한테 안 물어봤어?"

"못 물어봤어."

빌리가 얼굴을 찌푸리자, 미러벨이 담담하게 말했다.

"말했잖아. 설명하기 어렵다고. 그래도 여기에 내 가족이 있잖아. 그걸로 충분해."

"난 부모님이 기억 안 나."

"저런, 딱해라."

'메그가 내 가족이야.'

빌리는 그 말을 하고 싶었지만, 꾹 삼켰다.

미러벨이 자리에서 일어섰다.

"내가 독서를 방해했네. 이만 가 볼게. 이야기 들어 줘서 고마워, 빌리."

빌리는 별것 아니라는 뜻으로 고개를 가로저었다. 미러벨이 저택으로 걸음을 떼자, 빌리는 미러벨의 뒷모습을 가만히 지켜보았다. 미러벨이 멈칫하더니 고개를 돌리고서 소리쳤다.

"잊지 마. 자정이야."

빌리는 고개를 끄덕여 답하다가, 문득 나뭇가지에 앉은 루키우스와 눈이 마주쳤다.

내내 빌리를 지켜보던 루키우스가 까악 울더니 하늘로 날아올라 미러벨을 뒤쫓았다.

피글릿

자정이다.

피글릿은 잔뜩 들떠 있다. 이유는 잘 모른다. 하지만 피글릿의 모든 부분이 심장 박동에 맞추어 같이 뛰는 것 같다. 문이 열리자, 피글릿은 복도로 달려 나가고 싶은 충동을 억눌러야 했다.

시키는 대로 해야 한다는 걸 명심하자.

"시키는 대로 해야 해요."

미러벨이 쓰는 말이다. 미러벨은 항상 그 말을 쓴다. 오드가 미러벨과 함께 있다. 오드는 어떤 말도 쓰지 않는다. 피글릿은 알고 있다. 오드는 너무 겁에 질려 있어서 아무 말을 못 한다. 피글릿은 오드의 두려움의 냄새를 맡을 수 있다.

미러벨이 피글릿에게 오드에 대해 뭔가 이야기한다. 피글릿은 들으려고 열심히 노력한다. 정말 열심히 애쓴다. 그런데 서 있는 오드 꼴이 너무 우습다. 너무 창백하고, 너무 초조하고, 너무 작다. 피글릿은 오드가 왜 그렇게 겁먹었는지 궁금하다.

미러벨이 아까부터 피글릿에게 질문을 던졌다. 피글릿은 미러벨이 물어본 것에 대해 열심히 생각하고서 이해했다는 것을 보여 주려 고개를 끄덕인다.

미러벨은 오드를 바라본다. 더 많은 말을 한다. 피글릿에게 말은 바람에 휘날리는 나뭇잎 같다. 하지만 피글릿은 어찌어찌 듣는다.

"시간 됐어요."

미러벨이 말한다.

피글릿이 심호흡을 한다.

피글릿은 준비가 되었다.

빌리

빌리는 기다리고 또 기다리다가 마지막 순간에야 빛의 방으로 향했다. 어떻게 하는 게 좋을지 머리가 지끈거릴 정도로 고민한 끝에 내린 결정이었다. 일찍 도착하면 메이비스나 누군가가 이것저것 꼬치꼬치 물어보고, 빌리가 그곳에 올 자격이 있는지 따져 댈 것 같았다. 반대로 늦게 가면 마지막으로 입장하게 될 테니 모두의 시선을 끄는 문제가 있었다.

그렇다면 방법은 하나, 미러벨보다 한두 발 앞서 도착하는 것뿐이었다. 미러벨이 무슨 일을 꾸미고 있는지 모르지만 분명 사람들의 주의를 흩트려 놓을 터였다. 미러벨에게 참석하겠다고 약속한 이상 이 일에서 빠져나갈 길은 없었다. 빌리를 초대할 때 행복하게, 거의 애원하듯 반짝이던 미러벨의 눈빛 때문에 그 어느 때보다 더 죄책감이 들었다. 미러벨은 빌리를 따뜻하게 맞아들이기 위해 갖은 애를 써 주었는데, 정작 빌리는 비밀스러운 목적을 이루려고 이곳에 왔으니 마음이 좋지 않았다.

손님 수십 명이 줄지어 빛의 방으로 들어가는 중이었다. 빌리는 최대한 남의 이목을 끌지 않으려고 자세를 구부정하게 숙인 채 눈길을 아래로 떨구고 걸었다. 주변에 혼란스러운 듯 투덜거리는 소리가 가득했다. 어떤 남자는 미러벨이 만든 초대장을 손으로 툭 내리치며 짜증을 냈다.

"거참. 정말이지 저속해. 싸구려 서커스단의 전단지 같구먼."

옆에서 아마도 친구인지 큰 덩치에 값비싸 보이는 모피 코트를 걸친, 코뿔소 머리가 달린 남자가 크르릉 소리를 냈다. 아마 같은 생각이라는 표시인 듯했다.

빛의 방으로 들어서자 사람들은 서로 어울리며 대화를 나누기 시작했다. 움직임과 수다 소리가 끊이지 않았다. 아무도 자신에게 주의를 기울이지 않는 것 같아서 빌리는 차라리 마음이 놓였다. 그런데……

빌리는 문득 등골이 오싹해지는 느낌을 받았다. 사람들 틈에서 두건을 깊이 눌러쓴 윈스럽이 뒷짐을 진 채 가만히 서서 빌리를 똑바로 바라보고 있었다.

근처에서 믿을 수 없이 긴 다리를 가진 제러미 삼촌이란 사람이 허리를 숙이고서 새 머리가 달린 여자와 이야기를 나누고 있었다. 빌리는 얼른 그 사람 다리 밑에 몸을 숨겼다가 윈스럽의 관심에서 벗어나고자 구석으로 향했다.

"캐치폴 군."

누군가 빌리의 어깨에 손을 얹었다. 빌리는 필요하면 언제든지 주먹을 날릴 태세를 갖추고서 뒤로 휙 돌아섰다.

이넉의 검은 눈동자가 빌리를 내려다보고 있었다.

"이런 사교 행사에 참석할 것 같지 않아 보였는데 의외로군."

빌리는 대답할 말을 찾지 못했다. 머쓱하니 뒤돌아서려는데 갑자기 다른 무언가가 빌리를 붙잡았다.

온몸에 전기가 저릿저릿 통하는 느낌이었다. 머리카락이 곤두서고 팔에 소름이 돋았다. 빌리는 참을 수 없는 충동을 느꼈다. 지금 당장, 이곳에서 벗어나 어디로든 달려 나가고 싶었다.

빌리는 일그러진 이넉의 얼굴을 보고서 그도 같은 느낌을 받았다는 걸 눈치챘다. 빌리만큼 강렬하게 느낀 건 아니라도 분명 이넉도 알아차린 듯했다.

무언가가 다가오고 있었다. 야생 그대로의 거친 면을 지닌, 강력한 어떤 것.

위험한 것.

빌리는 달아나기 시작했다. 사람들이 불평하든 말든 마구 옆으로 밀치며 달려 나갔다. 언뜻 윈스럽의 모습이 보였다. 한순간 은색 눈동자가 빌리의 마음속을 파고들었다.

출입문까지 몇 걸음 남지 않았을 때 미러벨이 방 안으로 들어섰다. 빌리는 급히 그 자리에 멈춰 섰다. 미러벨은 잔뜩 기대에 찬 손님들을 바라보며 생글생글 웃었다.

"여러분, 잘 오셨어요. 특별 행사에 모두 시간 맞추어 참석해 주셔서 정말 기뻐요."

손님들이 고개를 맞대고 수군거리자, 빌리는 화가 치밀었다. 이자들은 하나같이 오만하고 자만심이 가득했다.

'정말 모르나? 느끼지 못하는 건가? 끔찍한 것이 다가오고 있잖아.'

빌리는 느낄 수 있었다. 폭풍우를 품은 거대한 먹구름이 지옥을 열 준비를 마치고서 모두의 머리 위로 엄습해 오고 있었다. 빌리는 달아나고 싶었다. 하지만 미러벨이 유일한 탈출구를 가로막고 있었다. 빌리는 미러벨의 주의를 끌고자 미친 듯이 손을 흔들었다. 그러나 미러벨은 손님들을 바라보며 웃고 있어서 빌리의 존재를 알아차리지 못하는 듯했다.

미러벨이 손깍지를 끼고서 정중하게 말했다.

"신사 숙녀 여러분, 오늘 밤 이곳에 아주 특별한 손님이 오셨어요."

이어 오드가 출입문으로 걸어 들어왔다. 빌리는 오드의 얼굴이 여느 때보다 더 창백하고, 걸음걸이도 뭔가 이상하다는 걸 알아차렸다. 오드는 긴장한 듯 어깨를 빳빳이 한 채 걸음을 영어색하게 내디뎠다. 그리고 곁에 누군가가 있었다.

오드는 동행에게 안으로 들어오라고 손짓했다. 오드보다 키가 30센티 정도 작은 어린 소년이었다. 밤색 머리칼과 창백하고 둥근 얼굴이 그저 평범한 소년처럼 보였지만, 빌리는 소년의 두 눈에 주목했다. 잠깐은 궁금한 것이 많은 어린아이의 눈처럼 보였다. 아이는 마치 세상을 처음 보기라도 하는 듯 주위를 두리번거리며 살폈다. 그러다가 이내 눈동자 색깔이 회색에서 파란색으로 이어 까만색으로 계속 바뀌었다.

미러벨은 소년이 잘 보이도록 한 발짝 비켜서더니 방 안의 모든 손님에게 알렸다.

"처음으로……. 사실 이분께 사교 활동은 정말로 처음이죠."

모두 숨을 죽이고 미러벨의 말에 귀를 기울였다. 빌리는 두개골이 터져 버릴 것 같았다.

미러벨은 방긋 웃으며 말을 이었다.

"여러분, 피글릿을 소개합니다."

모두 멍하니 정신을 잃은 듯 잠시 침묵이 흘렀다.

이윽고 사방에서 비명이 터져 나왔다.

미러벨

미러벨은 사람들이 그런 반응을 보인 게 당연했다는 걸 나중에서야 깨달았다. 사실 사람들이 어떻게 반응할지 그다지 생각해 보지 않았었다. 피글릿이 미러벨한테서 가족과 안전하게 어울리는 법을 배웠으니 자기만큼 다른 사람들도 기뻐할 거라고 단순하게만 생각했다. 그래서 피글릿한테 별다른 이유 없이 오랫동안 '위험한 존재'라는 꼬리표가 따라다녔다는 사실은 고려 대상이 아니었다. 오히려 말리스의 악한 영향력을 깨는 데 피글릿이 큰 역할을 했으니 오명이 어느 정도 씻겼기를 바랐다. 불행히도 가족들은 여전히 그들의 마음을 자유로이 침입할 수 있는 능력을 지닌 강력한 존재가 있다는 사실에 공포를 느꼈다. 설사 그 상대가 어린아이의 모습을 하고 있더라도 말이다.

"자신 있어?"

몇 달 전 미러벨이 계획을 털어놓았을 때 오드는 그렇게 되물었다. 미러벨은 성공할 거라고 철석같이 믿었다.

"응."

"난 없어."

오드가 이넉 삼촌한테 계획을 알려야 한다는 말을 꺼내자, 미러벨은 바로 반대했다. 절대로 그럴 마음이 없었다. 이미 피글릿에게 인간 모습으로 행동하는 법을 가르치기 시작했다고 말했을 때 오드는 경악했다. 두려움 가득한 오드의 표정을 보며 미러벨은 기분이 유쾌해졌다. 처음에는 '그냥 이야기만 하러' 매일 피글릿의 방을 찾았다. 한 번씩 일부러 문을 열어 두고 나오기도 했다는 말에 오드의 낯빛이 눈에 띄게 어두워졌다. 미러벨은 오드에게 도와줄 수 있느냐고, 누구 한 사람 더 차분히 그 자리에 있어 주면 좋겠다고 부탁했다. 그러자 오드는 이렇게 대답했다.

"함께 책임질 사람이 있으면 좋겠다는 거겠지."

결국 오드는 마지못해 도와주기로 했다. 미러벨이 짐작하기에 오드는 순전히 적당한 시점이 되면 미러벨을 말릴 수 있지 않을까 해서 받아들인 것뿐이었다. 그러나 미러벨은 절대 흔들리지 않겠다고 이미 굳게 마음먹고 있었다. 피글릿은 이렇게 저택 깊은 곳에 혼자 갇혀 있지 않고 가족들과 함께 지내야 한다. 피글릿과 나머지 가족 양쪽 다 살살 달래고 설득하면 충분히 가능한 일이다. 그렇게 미러벨은 확신했다.

피글릿과 제대로 이야기를 하기까지는 많은 시간이 걸렸다. 피글릿은 그다지 집중력이 높은 학생은 아니라서 걸핏하면 생각이 다른 곳으로 흘렀다. 그나마도 끊임없이 모습이 바뀌는 걸 보고 미러벨 혼자 그렇게 짐작했을 뿐이지만 말이다. 하지만 차차 피글릿도 차분해졌고, 때로는 30분 이상 같은 모습을 유지하기도 했다. 어떤 날은 머리가 둘 달린 거대한 검은 개로 변신해서 귀를 기울이는가 하면, 심장이 뛰듯 규칙적으로 진동하는 황금빛 수증기 형태로 이야기를 들을 때도 있었다. 드디어 피글릿이 한 가지 모습으로 정착했을 때 미러벨은 드디어 피글릿과 말이 통하게 되었다는 걸 알 수 있었다.

그때부터는 다음 단계에 돌입했다. 오드의 표현을 빌리자면 '일반적인 사회 구성원들의 기쁨을 위해 그들이 적당히 감당할 수 있는 모습을 피글릿이 갖추는' 단계였다.

미러벨과 오드는 사람들이 두려워하지 않도록 피글릿이 공격적이지 않은 모습, 예를 들어 인간이나 그 밖의 어떤 것으로 변신하도록 유도해야 했다. 시간이 꽤 걸렸지만 결국 피글릿은 어린 남자아이 모습으로 정착했다. 조용하고 경계심 많고 통 말이 없는 아이. 말 문제는 어찌해도 넘을 수 없는 장애물이었다. 피글릿은 언어라는 수단을 쓰고 싶어 하지 않는 듯했다. 오드가 지적한 것처럼, 상대의 마음속으로 들어가 직접 소통하기를 좋아하는 존재에게 언어는 너무 느리고 하잘것없이 여겨지는 모양이었다. 미러벨은 오드의 의견을 받아들였다.

그리고 바로 지금, 셋은 이렇게 빛의 방에 서서 두려움에 떠는 가족을 마주하게 되었다. 공포에 질린 비명이 곳곳에서 울려 퍼졌다.

가족 대부분이 벽 속으로 녹아들어 모습을 감추기라도 하려는 듯 주춤주춤 뒤로 물러섰다. 한쪽에서 메이비스 이모가 울부짖는 소리가 들렸다.

"안 돼! 안 돼! 당장 도망쳐야 해! 도망쳐야 한다고!"

미러벨은 사람들에게 진정하라는 듯 두 손을 들고서 말했다.

"괜찮아요. 얌전히 있기로 했어요. 피글릿은 벌써 몇 달이나 우리한테 교육을 받았어요."

오드가 대뜸 한마디를 했다.

"우리라기보다는 네가 나서서 시작한 일이지."

이어 오드는 가족들을 향해 선언했다.

"나는 계획이 꽤 진행된 후에 합류했어요."

미러벨은 오드에게 눈총을 날리고서 다시 사람들 쪽으로 눈길을 돌렸다.

"두려워할 것 없어요. 장담할게요. 피글릿은 이 모습을 유지하고, 남의 마음을 멋대로 들여다보지 않겠다고 약속했어요."

몇몇 사람이 인상을 썼다. 호기심에 고개를 갸웃하는 사람도 있었다. 미러벨은 방 안의 분위기가 미묘하게 변하는 걸 감지했다. 저들을 설득할 수만 있다면…….

그때 피글릿이 한 걸음 앞으로 나섰다.

비명 소리가 사방에서 터져 나왔다. 미러벨은 레지널드 삼촌이 딱정벌레로 변신하고서 후다닥 벽을 기어오르는 모습을 보았다. 몇 안 되지만, 비행 능력을 지닌 사람들은 허둥지둥 허공으로 날아올랐다. 메이비스 이모는 레이스 손수건을 얼굴 앞에 미친 듯이 흔들어 댔고, 두 아들은 어머니가 기절할까 봐 걱정되는 듯 양쪽에서 팔을 부축하고 있었다. 한바탕 난리가 벌어진 가운데 두 인물이 유난히 눈에 띄었다.

한 명은 피글릿이 나타나자 그 자리에 얼어붙어 버린 빌리였다. 미러벨은 그토록 심하게 긴장한 사람을 본 적이 없었다. 머리부터 발까지 온몸의 근육이 부들부들 떨리는 듯했고, 부릅뜬 두 눈은 시커멓게 변해 있었다. 한편, 혼돈의 가장자리에 도사리고 있는 또 다른 인물이 미러벨의 눈에 들어왔다. 윈스럽이 뒷짐을 지고 선 채 묵묵히 모든 것을 지켜보고 있었다.

다음 순간 갑자기 모든 소란이 멈췄다. 한 인물이 허공으로 휙 날아오르더니 미러벨과 혼돈에 빠진 군중 사이에 내려서서 쩌렁쩌렁한 소리로 외쳤기 때문이었다.

"그만!"

이녁 삼촌은 감히 나설 테면 나서 보라는 듯이 모여 있는 가족들을 이글거리는 눈으로 훑어보았다. 메이비스 이모가 나직이 횡설수설하는 소리만 들릴 뿐 방 안에 침묵이 흘렀다.

이어 이녁 삼촌은 미러벨에게 눈길을 돌렸다.

"설명해 보거라."

미러벨은 삼촌의 말투에 발끈했다.

"꼭 해야 하나요? 아니 삼촌, 너무 명확하잖……."

"미러벨!"

미러벨은 한숨을 푹 쉬고서 천장을 올려다보았다.

"그냥 좋을 것 같았어요."

"좋다?"

"네. 총회 때문에 모두 모일 테니 지금이야말로 피글릿을 다른 가문 사람들한테 소개하기 알맞은 시기라고 생각했어요. 저는 피글릿도 자유를 좀 누려야 한다고 생각해요."

"먼저 허락을 받아야 한다는 생각은 들지 않더냐?"

오드가 옆에서 투덜거렸다.

"미러벨다운 거죠."

미러벨이 노려보자, 오드는 짐짓 옷매무새를 살피는 척했다. 온 방 안에 수군대는 소리, 속삭이는 소리가 퍼지더니 여기서는 공포가, 저기서는 분노가 터져 나왔다. 이넉 삼촌이 인상을 찌푸린 채 피글릿을 내려다보는 사이, 쑥덕거리는 소리가 점점 더 커졌다.

그때 피글릿이 다시 한 걸음을 뗐다. 대번에 낮은 속삭임이 찢어지는 비명으로 변했다. 메이비스 이모는 정신을 잃고 쓰러졌고, 디블스 쌍둥이는 어머니의 팔을 놓치고 말았다. 겁에 질린 으허그 삼촌은 시그프리드에게 자신을 재킷 안주머니에 안전하게 잘 넣으라고 소리를 질러 댔다.

이녁 삼촌이 뒤돌아서더니 사람들을 이글거리는 눈으로 노려보며 조용히 하라는 듯이 손을 들었다.

한편 피글릿은 차분하고 다소 무덤덤한 반응을 보였다. 자신이 사람들에게 미치는 영향을 이해하지 못하는 듯했다.

다음 순간, 이녁 삼촌이 한 걸음 앞으로 나서더니 피글릿 앞에 한쪽 무릎을 꿇고 앉았다. 사람들은 헉하며 숨을 죽이고서 상황을 지켜보았다. 이윽고 이녁 삼촌은 피글릿의 얼굴을 찬찬히 살피기 시작했다. 심지어 미러벨도 예상치 않은 삼촌의 행동에 깜짝 놀랐다. 미러벨의 시야에 여전히 덜덜 떨고 있는 빌리가 흘깃 보였다.

"이 모습을 얼마나 유지할 수 있는 거냐?"

이녁 삼촌이 미러벨에게 물었다.

"자기 마음 내키는 만큼이요."

미러벨은 서둘러 한마디를 덧붙였다.

"부탁한 만큼 유지해요."

"그래?"

이녁 삼촌의 목소리가 놀라울 정도로 느긋해졌다.

"네. 벌써 몇 달이나 가르쳤는걸요."

이녁 삼촌은 피글릿의 얼굴에서 눈길을 떼지 않은 채 덤덤히 말했다.

"내 허락 없이 말이지."

미러벨은 고개를 떨구며 대답했다.

"네."

"허락 없이 누군가를 만지면 안 된다고 확실히 일러 뒀겠지?"

"당연하죠."

"좋아."

이닉 삼촌이 자리에서 일어서더니 피글릿 주위를 서성였고, 피글릿은 그런 삼촌의 움직임을 계속 눈으로 좇았다. 이윽고 실로 기이한 일이 일어났다. 순간 미러벨은 심장이 터져 버릴 것 같았다.

피글릿이 빙그레 웃었다.

이닉 삼촌이 미소로 답하자, 오드가 멍하니 중얼거렸다.

"이럴 수가."

미러벨은 너무 기뻐서 현기증이 났다.

이닉이 피글릿에게 정중히 고개를 숙이며 인사를 건넸다.

"피글릿, 잘 오셨어요. 환영합니다."

피글릿도 고개를 숙여 답했다.

온 방 안에 "오오오", "아아" 하는 탄성이 흘러넘쳤다. 하지만 미러벨은 빌리가 여전히 긴장을 풀지 않았다는 사실을 놓치지 않았다.

이어 이닉 삼촌은 오드, 미러벨, 피글릿만 남고 모두 나가 달라고 정중하게 그러나 단호하게 부탁했다. 미러벨은 사람들이 방해받지 않고 문을 통해 나갈 수 있도록 피글릿을 방 한쪽으로 데리고 갔다. 거의 모든 사람이 문을 나서기 전에 피글릿을 힐긋거렸다. 머리를 맞대고 쑥덕이는 사람들 입에서 '위험'이라는 단어가 여러 차례 나왔다. 미러벨은 지지 않고 피글릿과 자신 쪽을 향하는 시선을 마주했다.

마침내 다른 모든 이들이 떠나고 문이 닫혔다. 이녁 삼촌이 미러벨을 쳐다보며 물었다.

"통제할 수 있니?"

"이건 통제하고 말고 할 일이 아니잖아요. 피글릿은 반려동물이 아닌걸요."

"미러벨, 우리 모두 그 점은 잘 알고 있다. 난 지금 피글릿이 아무 해도 끼치지 않으리란 걸 네가 보증할 수 있느냐고 묻는 거야."

미러벨은 피글릿을 바라보았다. 피글릿은 이제 허공에 달린 빛 구슬에 몰두해 있는 듯했다.

"네, 제가 보증할게요."

이녁 삼촌은 미러벨의 대답을 받아들일지 고민하는 듯했다. 미러벨은 지금이야말로 행동을 취하고 나머지 계획에 대해 알리기 가장 좋은 기회임을 깨달았다. 원하는 답을 얻어 내는 데 조금이라도 도움이 될 것 같으면 무조건 기회를 잡아야 했다. 망설일 틈이 없었다.

"삼촌, 한 가지 더 얘기할 게 있어요. 제가 어떤 일을 좀 해야
해요. 약속을 했거든요."

피글릿

피글릿은 빛을 바라본다. 수많은 색상, 넘치는 아름다움. 빛을 바라보고 있으니 어떤 기억이 떠오르려 한다.

그러나 이내 기억은 산들바람에 날려가듯 떠나간다. 잃는다. 흘러간다. 사라진다. 그래도 피글릿은 기억의 가장자리를 만져보았다. 따뜻하고 편안하다.

누군가 뭐라고 말을 한다.

피글릿은 고개를 돌린다. 이넉이 허리에 손을 얹고서 미러벨을 내려다본다. 미러벨도 허리에 손을 얹고 있다. 둘은 언어라는 흥미로운 방식으로 서로에게 말을 한다. 매 순간 서로에게 점점 크게 말을 한다. 결국 이넉이 눈을 굴리며 한숨을 쉰다. 미러벨은 팔짱을 낀다. 표정이······

행복. 그래, 행복해 보인다.

문득 더 가까운 기억이 떠오르면서 슬며시 딴생각이 든다.

피글릿은 이 방에 처음 들어섰을 때 자신을 빤히 바라보던 소년에 대해 생각한다. 그 아이한테서는 냄새가 났다. 분노와 공포

가 뒤섞인 냄새. 아
이의 눈에는 어두
운 야생성이 가득
했다. 피글릿은 아
이가 왜 그리된 건지
궁금하다. 여느 때 같으
면 이유를 알아보았겠지만,
미러벨이 예의 바르게 행동해야 한
다고 여러 번 말했다. 그러니 호기심을 억눌러야 한다.

하지만 피글릿은 무언가에 대해 아는 것을 좋아한다. 살짝 보
기만 하는 건 괜찮을 거다.

그런데 그랬다가는 미러벨이 실망하리라는 사실 또한 피글릿
은 알고 있다. 피글릿은 미러벨을 실망시키고 싶지 않다.

오드와 미러벨이 피글릿을 방에 데려다준다. 미러벨이 정말로
행복해 보인다. 오드는 잠자코 있지만, 미러벨은 내내 재잘거린다.

방에 들어서기 전에 피글릿은 두 손을 내려다본다. 이 몸은 작
고 느리다. 하지만 미러벨은 이 새로운 모습에 기뻐하는 것 같
다. 그렇다면 일단은 됐다. 변신하고 싶은 충동을 억누르기는 쉽
지 않다. 하지만 이 일이 미러벨에게 중요하다는 걸 피글릿은 안
다. 피글릿은 미러벨을 기쁘게 해 주고 싶다. 미러벨은 늘 피글릿
을 다정하게 대하니까.

문을 닫기 전, 미러벨이 피글릿에게 한마디 말을 건넨다.

"내일이에요."

미러벨이 미소 짓는다.

문이 닫힌다.

내일.

피글릿에게 그 말은 아무 의미가 없다. 피글릿은 확장한다. 피글릿은 소멸한다. 피글릿은 방 안의 어두움을 메워 버린다.

그러나 그 말이 자신에게 아무 의미 없더라도 피글릿은 시간이 흐르는 걸 안다. 째깍째깍 밤이 지나가고 있다. 먼동이 트고, 달이 빛을 잃는다. 태양이 떠올라 하늘을 가로지르고, 피글릿은 그 움직임을 느낀다. 밤이 다가오면서 태양이 지평선 아래로 가라앉는 것도 느낀다. 이 모든 일이 피글릿한테는 미러벨 같은 이들한테보다 훨씬 더 빠르게 일어난다. 피글릿은 흘러가는 매 순간을 느낀다. 피글릿은 곧 어느 시점이 오면 무슨 일이 벌어지리라는 걸 알고 있다. 어떤 일인지는 아직 모른다. 하지만 느껴진다. 일종의 변화 같은 것. 바깥으로 파문을 일으켜 맞닿은 모든 것을 변화시킬 어떤 것. 그것은 미러벨의 '내일'과는 다르리라. 미러벨은 어렴풋이라도 생각해 본 적 없는 어떤 것이리라.

무언가 새로운 것이리라.

어째서인지 피글릿은 다시 그 소년을, 그 거칠고 검은 눈동자를 생각한다.

오드

지난밤 예상 밖으로 일이 술술 풀려서 오드는 적잖이 놀랐다. 생각한 대로 되어서 우쭐한 기분에 자기도 만족스럽다고 하마터면 인정할 뻔했다. 오드는 미러벨의 새로운 계획이 여전히 마뜩잖았다. 도저히 미러벨처럼 자신만만할 수가 없었다. 다음 단계에 대해서는 더더욱 불안했다. 오드는 이녁 삼촌이 그 계획을 너무 쉽게 받아 준 것 같아 못내 아쉬웠다.

이러쿵저러쿵해도 해가 지자 오드는 약속대로 복도에 서서 기다렸다. 이녁 삼촌 표현을 빌리자면, '호위대'로 지명되었기 때문이었다. 오드는 삼촌이 '위기 사태'라 부르는 일이 벌어졌을 때 자기가 뭘 어쩔 수 있겠느냐며 버텼지만, 이녁 삼촌은 오드의 항의를 깔끔히 무시했다.

오드는 무엇보다 이 특수한 상황에 자신의 능력을 써야 한다는 사실이 마음에 들지 않았다. 요즘 들어 다른 사람을 데리고 포털을 지나다니는 데 겨우 익숙해지긴 했지만, 느닷없이 새로운 국면이 열리면서 당혹스럽기 짝이 없었다.

이윽고 미러벨이 피글릿의 방에서 이어져 나오는 복도에 모습을 드러냈다. 피글릿은 몇 걸음 떨어져서 뒤따라왔다. 여전히 천진한 어린아이의 모습을 유지하고 있는데도 오드는 전혀 마음이 놓이질 않았다.

"준비됐어?"

미러벨이 물었다. 미러벨의 두 눈이 반짝반짝 빛나고 있었다. 이토록 들뜬 미러벨은 처음이었다. 오드는 여전히 피글릿이 두려웠지만, 미러벨의 열정에 마음이 움직였다. 어쨌든 이번 일이 미러벨한테는 도움이 될 것 같았다. 몇 달째 쟁한테서 소식이 없어 애태우던 미러벨의 관심을 잠시라도 다른 곳으로 돌릴 수 있을 테니 말이다.

"응."

오드는 저택 안의 손님들이 동요하기 시작하는 걸 알아차렸다. 누가 그들의 모습을 보고 또 한바탕 소동을 일으키기 전에 지금 당장 떠나는 게 좋을 것 같았다. 메이비스 이모 같은 사람들의 신경 과민 증세는 정말이지 피하고 싶었다.

오드가 손가락으로 허공에 동그라미를 그리자 곧바로 검푸른 포털이 열렸다. 목적지에서 풍겨 나오는 신선한 공기 내음이 벌써 느껴졌다. 오드는 미러벨과 피글릿에게 따라오라는 손짓을 하며 포털에 들어섰다. 어디론가 빨려 들어가는 느낌이 들고, 뽁하는 소리가 희미하게 났다. 오드는 눈을 껌벅이며 주변을 휘휘 둘러보았다.

셋은 마을로 가는 길목에 서 있었다. 미러벨은 산책을 하면 피글릿에게 도움이 될 거라며 오드에게 이곳에 데려다 달라고 부탁했다.

셋은 곧장 마을을 향해 걸음을 뗐다. 미러벨은 피글릿이 길가의 풀이나 나뭇가지에 달린 잎사귀에 정신을 팔 때마다 함께 다녀야 한다고 주의를 주었다.

"피글릿이 꽤 잘 해내는 것 같아."

미러벨이 오드에게 불쑥 말했다. 어쩐지 변명하는 듯한 느낌이 없지 않았다.

"그래. 그런 것 같아."

미러벨이 미심쩍은 눈으로 오드를 바라보며 되물었다.

"정말?"

"응."

오드는 미러벨도 미러벨이지만 자기 자신을 설득하고 싶었다.

미러벨이 오드를 빤히 바라보자, 오드는 점점 마음이 불편해졌다.

"오드? 무슨 말이 하고 싶은 거야?"

"아니, 내 말은, 피글릿한테 방에서 나오면 어떻게 행동해야 하는지 가르친 건 무척 칭찬받을 일인데……."

"그런데?"

오드는 걸음을 우뚝 멈추었다.

"넌 '왜' 이 일을 하는 거야?"

미러벨은 오드를 가만히 바라보았다. 뒤따라오던 피글릿이 조약돌 하나를 줍더니 열심히 살폈다.

"무슨 질문이 그래?"

미러벨이 반문하고는 이어 대답했다.

"당연한 거 아냐? 피글릿이 가족의 일원이 되었으면 해서 하는 거지. 저택 안을 마음대로 돌아다닐 수 있게 해 줘야 해."

"피글릿은 이미 가족의 일원이야. 예전에도 그랬고 지금도 그래."

"뭐? 지하 감옥에 가둬 놓는 게 가족으로 대우하는 거야?"

오드는 인상을 확 찌푸렸다.

"거기가 무슨 지하 감옥이야?"

"그게 그거시 뭐."

토라진 미러벨이 휙 돌아서더니 고개를 쳐들고서 성큼성큼 걸음을 뗐다.

"미러벨."

오드는 허둥지둥 미러벨을 뒤쫓아갔다. 화가 난 미러벨은 두 팔을 휘저으며 걸음을 재촉했다.

"피글릿, 어서 와요."

겨우 미러벨을 따라잡은 오드가 보조를 맞추며 말을 걸었다.

"미러벨. 네 맘 나도 알아. 정말이야. 난 그냥 네가 좀 과한 책임을 맡은 게 아닌가 싶어서……."

'사실 다른 이유 때문에 이러는 거 아냐?'

그게 오드가 진짜로 묻고 싶은 말이었지만, 차마 입 밖으로 꺼낼 수는 없었다. 미러벨을 오랫동안 보아 온 오드는 미러벨한테는 한 번씩 기분 전환할 거리가 필요하다는 걸 알고 있었다. 또한 젬 생각을 멈추고 다른 일에 집중하기에 피글릿 교육만 한 구실이 없었으리라는 것 역시 짐작하고 있었다. 미러벨은 바쁘게 지내는 걸 좋아하고, 오드는 새로운 곳에 가는 걸 좋아했다. 울적한 기분에서 벗어나고자 다른 데 정신을 파는 게 어떤 일인지 오드도 잘 알았다. 젬 이야기를 꺼낼까 생각도 해 보았지만, 미러벨의 기분만 상하게 될 거라는 걸 알아서 좀체 입이 떨어지지 않았다.

"오드, 저길 봐. 저 모습이 '좀 과한 책임'처럼 보여?"

이제 피글릿은 나뭇가지를 살피고 있었다. 나뭇가지를 손바닥에 올려놓고 요리조리 돌려 보더니 결국 입에 밀어 넣고서 야금야금 씹기 시작했다.

"넌 피글릿이 무섭지?"

미러벨의 말에 오드는 한숨으로 대응했다.

"그래. 조금은 무서워. 피글릿은 여러 면에서 아직 어린아이 같아. 언제든 마음만 먹으면 머리가 여섯 달린 용으로 변할 수 있는 아이. 사람들 마음 구석구석을 뒤지고 싶은 충동을 억누르지 못하는 아이 말이야. 아주 당혹스러운 능력이지."

"두려워하지 마. 피글릿은 우리 가족이야."

오드는 나뭇가지를 냠냠 뜯어 먹으며 흐뭇해하는 피글릿을 바라보았다.

"지금 모습은 돌아가신 버트럼 삼촌 생각을 떠올리게 하네. 삼촌이 그리워."

버트럼 삼촌은 모든 일이 어설프고 늘 주의가 산만했다. 하지만 사랑이 넘쳤고, 필요한 순간에는 누구보다 용맹했으며, 목숨을 걸고 가족을 지키는 인물이었다. 그래서 앞뒤 가리지 않고 말리스에게 맞서서 기꺼이 자신을 희생했다. 나이가 들었어도 늘 동심을 지녔다는 측면에서 버트럼 삼촌과 피글릿은 참 많이 닮아 있었다.

"나도 그래."

미러벨이 서글프게 웃었다.

"미안해, 미러벨. 내가 너무 걱정이 많지?"

미러벨은 오드의 팔을 한 대 쥐어박았다.

"걱정할 것 없어."

"네 말 믿을게."

셋은 마을까지 계속 걸었다. 사방이 고요하고, 밤공기는 따뜻했다. 피글릿은 밤하늘의 별을 구경하느라 한 번씩 걸음을 멈췄고, 그때마다 미러벨은 계속 가자며 피글릿을 구슬려야 했다. 미러벨과 오드 사이의 분위기가 가벼워지면서, 오드의 긴장도 차차 풀리기 시작했다. 어쩌면 미러벨 말이 옳은지도 모른다. 피글릿은 어쨌거나 가족이고, 미러벨의 지시를 잘 따르는 것 같았다. 희미하게 희망이 보였다. 그 자리에서 오드는 결심했다. 목적지에 도착하면 미러벨이 꽤나 놀랄 것 같았다. 오드는 자신이 겁쟁이가 아니라는 사실을 증명해 보일 작정이었다. 지난 몇 달간 내내 두려워했던 그 일을 할 작정이었다. 그러면 모든 것이 잘되고, 모두가 행복해지리라. 오드는 마커스를 깜짝 방문해서 안부를 물을 작정이었다. 이제 생각해 보니 마커스를 만나면 둘 다 기분이 밝아질 것 같았다. 전에 인간들은 서로 만나고 정을 나누면 환자의 회복에 도움이 된다는 말을 들은 적이 있다. 어쩌면, 정말 어쩌면 마커스한테도 효과가 있지 않을까? 걸음을 뗄 때마다 오드는 점점 자신감이 솟고 마음이 들떴다.

이렇게 마음먹은 게 너무 기쁜 나머지 드디어 마커스의 집에 도착했을 때 오드는 아예 싱글싱글 웃고 있었다.

미러벨이 문을 똑똑 두드렸다. 드디어 문이 열린 순간, 오드의 미소는 사라지고 말았다.

폴의 눈빛, 축 처진 입가, 슬픔에 잠겨 고개를 가로젓는 행동. 오드는 곧장 깨달았다.

미러벨이 폴을 밀치고서 안으로 달려 들어갔다.

피글릿

피글릿은 오드를 바라본다. 어째서인지 오드는 자리에 털썩 주저앉아 두 손을 얼굴에 묻고 있다. 문을 열어 준 젊은 남자는 다리가 풀린 듯 문간에 기대어 섰다. 남자가 계속 오드에게 뭐라고 말하지만, 오드는 그 말이 들리지 않는 것 같다.

집 안으로 들어간 미러벨의 소리가 들린다.

피글릿은 미러벨을 따라 안으로 들어간다.

피글릿은 보이지 않는 힘에 사로잡혀 앞으로 끌려가는 것 같은 이상한 기분이 든다. 그러면서 동시에 저항하고 싶은 충동을 느낀다.

무척 혼란스럽다.

마커스 엘런비가 의자에 푹 기대어 앉아 있다. 그의 두 눈이 감겨 있다. 미러벨은 두 손에 얼굴을 파묻고 흐느껴 운다.

피글릿은 미러벨 곁에 가서 선다. 엘런비의 모습을 보고 있으니 기분이 이상하다. 미러벨이 곁에 있는데도 공허하고 쓸쓸하다.

잠시 시간이 흐른 뒤, 피글릿은 미러벨의 머리에 손을 얹었다.

이유는 모른다.

3장
총회

미러벨

미러벨은 엘런비 선생님 집 거실 구석에 앉아 있었다. 사람들이 거실 곳곳에 서서 나직이 대화를 주고받았다. 미러벨은 멍하니 허공만 바라보았다. 눈이 시큰거렸다. 아무것도 눈에 들어오지 않고, 어떤 것도 상관없었다. 루키우스는 미러벨의 머리 위쪽 선반에 앉아 거실 안의 모든 사람을 노려보았다.

장례식은 끔찍했다. 선생님의 조카 폴 대븐포트는 댕크워스 목사님이 무덤가에서 마지막 추도사를 하는 내내 꺼이꺼이 목 놓아 울었고, 미러벨은 그런 그가 미웠다.

음산한 회색 구름이 하늘을 가로지르고 바람이 조문객들을 감싸고 지나가는 동안에도 미러벨은 그 자리에 돌처럼 서 있었다.

누군가의 차를 타고 엘런비 선생님 집에 도착했던 것만 어렴풋이 기억날 뿐이었다. 미러벨, 이녁 삼촌, 일라이자 이모가 가족을 대표해서 장례식에 참석했다. 이들이 대낮에 움직였다는 건 그만큼 엘런비 선생님이 가족에게 뜻깊은 존재였다는 사실을 보여주는 증거였다. 미러벨은 매장이 끝난 뒤 오드가 상갓집으로

183

터덕터덕 걸어 들어가는 모습을 보았다. 오드는 미러벨과 눈이 마주치자 짧게 고개를 까딱여 보였을 뿐 그 이상 아무 반응을 보이지 않았다.

한편, 조문객들이 끊임없이 찾아왔다. 미러벨은 그들의 느릿느릿한 발걸음 소리도, 웅얼웅얼하는 말소리도 모두 차단해 버리려고 애썼다. 모든 소리가 가슴을 짓누르는 것 같았다.

누군가 미러벨의 손을 살짝 잡더니 앞에 무릎을 꿇고 앉았다. 고개를 들자 익숙한 푸른 눈동자가 보였다. 순간 미러벨은 가슴속에 맺힌 단단한 응어리가 팍하고 터지는 것 같았다.

"미러벨."

미러벨은 힘겹게 입을 뗐다.

"프레디!"

프레디가 미러벨의 손을 꼭 쥐었다. 프레디는 하루가 다르게 형 제임스를 닮아 가고 있었다. 행동거지에도 자신감이 묻어났다. 미러벨이 잘 알던 그 마을 소년, 자라는 모습을 지켜보았던 그때 그 아이와는 너무도 달랐다.

"괜찮아?"

미러벨은 겨우 고개만 가로저어 보였다.

프레디는 아차 싶은지 인상을 찌푸렸다.

"바보 같은 질문이었네. 미안해."

프레디의 엄마인 엘리자베스 플레처 부인이 다가오더니 미러벨을 보며 서글프게 미소 지었다. 미러벨은 기쁨과 슬픔이 뒤섞인 감정이 몰려들어 순간 머리가 어질했다. 플레처 부인은 어떻게든 웃어 보이려다가, 뭔가 말을 꺼내어 보려다가 결국 두 손만 가까스로 내밀었다. 미러벨은 플레처 부인의 손을 잡고서 손깍지를 꼈다. 눈앞에서 세상이 빙빙 도는 것 같았다.

"좋은 분이셨지."

플레처 부인은 미러벨과 눈이 마주치면 감정이 북받칠까 염려스러운지 고개를 살짝 돌리고 있었다.

프레디가 고개를 끄덕이며 말했다.

"맞아요. 최고였어요."

"프레디 너 그 일 기억나니? 자전거를 타다가 넘어져서 다리가 부러진 줄 알고 울고불고 난리가 났었잖아."

프레디가 싱겁게 한번 웃었다.

"그럼요."

"네 울음소리가 아마 옆 동네까지 들렸을 거야. 그런데 엘런비 선생님이 순식간에 널 다시 걷게 해 줬잖니. 맙소사, 막대 사탕에 그렇게 엄청난 약효가 있을 줄이야. '부러진 다리'로 그렇게 방을 후다닥 가로질러 가는 사람은 난생처음 봤단다."

프레디는 쿡쿡 웃었다. 이윽고 세 사람 사이에 잠시 침묵이 흘렀다. 모두 떠난 친구가 못내 그리웠다. 플레처 씨가 다가오더니 미러벨에게 고개를 끄덕이며 인사를 건넸다. 푸줏간 주인 플레처 씨는 그 두툼한 손으로 조문객을 위해 마련된 음료수 잔을 어색하게 감아쥐고 있었다. 미러벨은 희미하게 웃으며 답인사를 했다.

"총회가 오늘 밤이라지?"

플레처 씨가 어떻게든 대화를 나눠 보려는 듯 먼저 말을 꺼냈다.

"네."

"아주 중요한 행사라더군. 이넉이 그랬어. 아주 중요하다고."

미러벨은 아무 대답도 하지 않았다. 지금으로선 이 장례식보다 중요한 일은 없는 것 같았다.

미러벨은 자리에서 일어섰다.

"저는 이만 실례할게요. 할 일이 있어서요."

플레처 가족이 옆으로 비켜서자, 미러벨은 거실에 가득한 손님들 사이를 빠져나가, 복도를 지나 서재로 가서 문을 닫았다.

시재에는 아무도 없었다. 엘런비 선생님의 책상을 보자, 한순간 저릿한 슬픔이 미러벨의 온몸을 훑고 지나갔다. 미러벨은 마음을 다잡고 슬픔을 가라앉혔다. 그러고는 서랍을 뒤지기 시작했다. 금방 원하는 것을 발견할 수 있었다. 미러벨은 찾아낸 담배 파이프를 가슴에 꼭 안았다. 오랜 세월을 지나며 갈색 담배통에는 담뱃재 얼룩이 생겼고, 무늬 손잡이 부분은 손때가 타고 닳아 흠집이 군데군데 나 있었다. 미러벨은 오래된 담배 냄새를 맡으며 마음을 달랬다.

"여기가 그나마 한결 조용하지?"

고개를 돌려 보니 오드가 문 앞에 서 있었다. 미러벨은 오드를 외면하며 대답했다.

"그래."

"이넉 삼촌은 티즈데일 씨한테 잡혀서 고양이 이야기로 고문당하고 있어. 나름대로 아주 잘 견디고 있는 것 같아. 내 생각에는……."

"왜 안 만난 거야?"

비난이 담긴 목소리에 오드도, 미러벨 자신도 놀랐다. 오드는 순간적으로 당황해서 어쩔 줄 모르는 듯했다.

"마음만 먹으면 언제든 찾아와서 만날 수 있었잖아. 너는 오드잖아. 어디든 갈 수 있고, 원하는 일은 뭐든 할 수 있는 오드. 마커스 엘런비의 소중한 친구인 오드. 왜? 왜 안 만났어? 오드, 넌 관을 묻을 때조차 안 왔잖아!"

오드는 고개를 가로저었다.

"모……, 모르겠어."

미러벨은 분통을 터뜨리며 서재를 나섰다. 가지 말라는 듯 힘없이 손짓하던 오드의 무기력하고 왜소한 모습이 미러벨의 뇌리에서 떠나지 않았다.

미러벨은 복도에 서서

현관문과 거실 쪽을 번갈아 보았다. 눈물이 차올라 다시 눈앞이 흐릿해졌다. 미러벨은 마음을 정하고서 손가락을 딱 튕겼다.

곧바로 거실에 있던 루키우스가 까악 하고 대답하더니 미러벨에게로 날아왔다. 복도에 있던 사람들 몇몇이 루키우스를 피하느라 몸을 숙였다. 미러벨은 현관문을 향해 걸음을 뗐다. 이녁 삼촌이 미러벨 쪽을 보며 인상을 찌푸리는 모습이 시야에 희미하게 들어왔다. 어쩌면 이름을 불렀던 것 같기도 했다. 그러나 미러벨은 신경 쓰지 않았다.

미러벨은 문을 열고서 엘런비 선생님의 집을 나섰다.

처음에는 마을을 정처 없이 돌아다닐 작정이었다. 자신의 걸음이 어디로 향하는지 스스로도 몰랐다. 담배 파이프를 너무 꼭 쥐고 있어서 부서질까 봐 걱정이 들었지만, 도저히 손에서 놓을 수가 없었다. 미러벨은 한동안 어스름한 저녁 햇살 속에서 골목길을 비틀비틀 돌아다니다가 탁 트인 도로로 방향을 잡았다. 딱히 생각나는 목적지가 있어서는 아니었다. 그저 소중한 사람을 잃었다는 생각에 마음이 너무 우울하고 어지러웠다.

루키우스가 하늘로 푸드덕 날아오르더니 잠시 후 루키우스의 일족이 모여들었다. 시커먼 까마귀 떼가 푸드덕푸드덕 날갯짓하며 어둠이 밀려드는 하늘을 날아다녔다. 마치 미러벨의 머릿속에 가득한 고통스러운 생각이 육신을 입은 것 같았다.

미러벨의 분노와 슬픔이 하늘에 닿아 까마귀 떼를 불안에 떨게 했다. 그렇게 미러벨은 밤의 어둠 속으로 걸어 들어갔다.

빌리

"땅 속에 묻어. 그러면 벌레가 먹는대."

빌리는 산울타리 뒤에 숨어서 데이지가 도티에게 인간의 장례 관습에 대해 신나게 떠드는 소리에 귀를 기울였다. 이넉과 나머지 일행은 몇 시간 전에 장례식을 마치고 돌아왔는데, 미러벨은 계속 모습을 보이지 않았다. 오드가 꽃길을 쓸쓸히 내려다보고 있어서 빌리는 오드가 미러벨을 기다리나 보다고 짐작했다. 결국 오드는 포기하고서 저택으로 들어갔다.

"나무 상자에 넣어서?"

도티가 기겁하며 물었다.

"그래."

데이지는 신경질적으로 대답했지만, 도티를 놀리는 재미에 두 눈이 초롱초롱 빛났다.

"그게 무슨 소리니?"

메이비스가 묻더니 쌍둥이 아들을 비롯해 저택 밖을 돌아다니던 몇몇 사람들에게 자기 쪽으로 오라고 손짓했다. 곧 두 아들이 와서 메이비스 양쪽에 섰다. 오늘 밤은 어째서인지 많은 가족이 밖에 나와서 이야기를 나누고 있었다. 한눈에 봐도 열 명이 넘는 듯했다. 돌이켜 보니 오늘은 심지어 낮에도 저택 전체가 흥분과 긴장으로 들썩였다. 빌리는 혼자 있고 싶어서 정원으로 나왔지만, 어디를 가도 사람들이 있었다. 손님들이 하나같이 총회 이야기에 열을 올리는 통에 총회에 대해 아는 바가 없는 빌리마저 슬슬 넌더리가 나려 했다.

쌍둥이 자매가 메이비스 무리 곁으로 다가가더니, 데이지가 방금 했던 이야기를 다시 떠들어 댔다. 빌리는 신이 나서 재잘거리는 데이지의 목소리가 마음에 들지 않았다.

"인간들이 죽은 자를 어떻게 처리하는지에 대해 이야기하고 있었어요."

"죽은 자?"

빌리는 목소리의 주인공이 높고 짜증스러운 목소리로 미루어 으허그 삼촌이리라고 짐작했다. 모여든 무리 뒤쪽에서 누군가가 퉁명스럽게 되물었다.

"아, 으허그, 죽음이 뭔지 몰라?"

바이런이 오만한 목소리로 한마디 했다.

"죽음은 인간이 존재하기를 멈출 때 일어나는 일이지요."

여자 목소리가 콧방귀를 뀌며 말했다.

"존재하기를 멈춰요? 생각만 해도 불쾌하군."

그러자 코뿔소 얼굴을 한 남자가 차갑게 대꾸했다.

"가족 중 상당수가 말리스에게 잡혀서 존재하기를 멈췄잖소."

그 자리에 있던 사람들 대부분이 그 말에 당황한 듯 괜히 발 짓하거나 찔리는 눈빛으로 주변을 훑어보고, 불안에 차서 툴툴 거렸다.

"이모, 인간들은 죽은 사람을 땅에 묻고 벌레 먹이가 되게 한대요."

데이지가 자신은 이런 것도 안다는 듯이 뻐기며 말했다. 메이 비스는 질겁하며 말했다.

"정말 저속하군그래."

기다렸다는 듯이 모두가 인간의 장례 관습에 대해 이러쿵저러 쿵 떠들기 시작했다. 흥미가 돋은 빌리가 잠시 사람들 이야기에 귀를 기울이고 있는데 갑자기 뒤에서 누군가가 말을 걸었다.

"'네가' 여기에는 어쩐 일이냐?"

윈스럽이 뒷짐을 지고 서 있었다.

"뭐가요?"

"여기서 뭘 하고 있냐니까?"

윈스럽의 목소리는 바위를 스치고 날아가는 낙엽처럼 공허하 고 거칠었다. 메마르고 끔찍한 소리가 두건 밑에 감춰져 있는 얼 굴이 아니라 다른 곳에서 나오는 것처럼 들렸다.

"산책하던 중이에요."

윈스럽은 천천히 고개를 가로저었다. 동정에서 나온 행동인지, 경멸에서 나온 행동인지 빌리는 알 수가 없었다. 아마 둘 다인 듯했다. 은빛 눈동자가 꿰뚫을 듯이 빌리를 바라보았다. 빌리는 어째서인지 눈길을 돌릴 수가 없었다.

"그런 뜻이 아니잖아. 내 말은 그런 뜻이 아닌걸."

윈스럽의 말에 빌리는 등골이 오싹하면서 걱정이 들었다. 윈스럽에게 맞서고자 고함을 지르려는 찰나, 갑자기 어떤 소리가 들리고 익숙한 향기가 나면서 빌리의 주의가 흐트러졌다.

이윽고 미러벨이 저택 정문으로 들어섰다. 어깨에는 루키우스가 올라앉아 있었다. 미러벨이 다가가자, 왁자지껄하던 사람들이 차츰 잠잠해졌다.

메이비스가 사람들 앞으로 나섰다.

"네 삼촌이 널 얼마나 찾았는지 아니? 제때제때 다녀야지. 다른 날도 아니고, 총회가 열리는 밤에 늦으면 어떻게 해. 왜 늦었는지 어디 한번 설명해 보렴."

빌리의 눈에도 미러벨은 지쳐 보였다.

"일일이 설명할 이유가 없는데요."

미러벨이 힘없이 대답했다.

늦은 밤인데 까마귀 몇 마리가 가까운 나무에 내려앉았다. 하늘을 빙글빙글 돌며 날아다니는 까마귀들도 보였다. 빌리는 공기 냄새를 맡아 보았다. 묘한 냄새가 났다. 마치 전기 통하듯 톡

쏘는 느낌이었다. 빌리는 몸에 소름이 쫙 돋았다.

메이비스가 허리에 손을 턱 얹더니 몸을 씰룩거리며 경멸스럽다는 듯이 말했다.

"뭐, 마을에서 헛짓하고 다니느라 바빴겠지."

미러벨이 고개를 번쩍 들었다. 빌리는 미러벨의 두 눈에 분노가 번득이는 걸 보았다. 루키어스가 날갯짓을 한번 하자, 나무에 앉은 까마귀 일족이 일제히 행동을 따라 했다.

"헛짓이요?"

미러벨이 싸늘하게 되물었다.

메이비스가 손가락질을 하며 대답했다.

"그래, 헛짓이지. 인간들이 말하는 의식이라는 것부터가 말이야. 상스러워. 도대체 넌 뭐 하러 거길 간 건지 난 이해를 못 하겠구나."

바이런과 버넌이 옆에서 고개를 끄덕였다. 손님 중 몇 명도 따라 투덜거렸다.

미러벨이 주먹을 꽉 움켜쥐더니 온몸을 부들부들 떨었다.

"그 사람은 내 친구였어요."

"'였다'. 그래, 이제는 아니라는 거지. 세상을 떠나다니, 정말이지 이상한 일이야. 인간들은 그걸 '죽음'이라고 부른다지? 솔직히 난 도덕적 결함에 지나지 않는다고 생각해. 아주 한심하달까. 네 자매 중 하나가 그 뒤에 어떤 일이 벌어지는지 자세히 알려 주었단다. 인간은 동족을 땅에 묻어서 벌레 먹이로 준다더구나!"

미러벨이 하늘을 향해 주먹을 치켜들었다.

빌리는 그렇게 많은 까마귀가 그토록 빠른 속도로 함께 움직이는 걸 본 적이 없었다. 그 까마귀 떼는 그야말로 한 덩이가 되어 움직였다. 처음에는 곳곳에 흩어져 있던 까마귀가 무서운 속도로 모여들어 짙은 먹빛 구름이 되더니 순식간에 메이비스를 에워쌌다. 날개 펄럭이는 소음을 뚫고 찢어지는 비명만 들릴 뿐이었다. 쌍둥이 아들들이 먹빛 폭풍 속으로 걸어 들어가 보려했지만, 머릿수에서 압도적으로 밀렸다. 나머지 가족은 저택 쪽으로 허둥지둥 물러났다. 공포에 질려 비명을 지르는 이도 있었다. 디블스 쌍둥이는 어머니에게 다가서 보려고 바닥을 기며 겁에 질린채 횡설수설하고 눈물을 흘렸다. 까마귀 한 마리가 얼굴을 정통으로 공격하자 쌍둥이 중 하나가 뒤로 휘청했다. 미러벨은 두 주먹을 치켜든 채 꼿꼿이 서서 모든 일을 눈을 부릅뜨고 지켜보았다. 잔인한 광경이었지만, 그래도 빌리는 미러벨에게 내심 감탄하지 않을 수 없었다.

이윽고 미러벨을 팔을 내리고서 주먹을 폈다. 까마귀 떼가 메이비스한테서 떨어지더니 밤하늘로 날아올라 뿔뿔이 흩어졌다. 정원에 섬뜩한 침묵이 내려앉았다. 루키우스가 그만하면 됐나는 듯 낮은 소리로 까악 하고 한번 울었다.

엉망진창이 된 메이비스가 일어서려는 듯 몸을 폈다. 두 아들이 훌쩍이며 어머니를 도우려고 나섰다. 저택 쪽으로 물러섰던 사람들이 두려워하면서도 궁금증을 이기지 못하고서 주춤주춤 가까이 다가왔다. 미러벨은 어디 할 말 있으면 해 보라는 듯이 도전적인 눈빛으로 그들을 바라보았다.

그때 하늘에서 다시 날갯짓 소리가 들렸다. 까마귀보다 훨씬 크고 무거운 어떤 것이 날아오고 있었다. 빌리는 이닉이 하늘에서 내려오더니 곧장 미러벨에게 성큼성큼 다가가는 모습을 지켜보았다.

"이게 무슨 짓이냐?"

이닉이 불호령을 내렸다.

메이비스가 덜덜 떨리는 손을 들며 말했다.

"저…… 저 애가 저 더러운 짐승들로 날 공격했어요!"

이닉은 미러벨과 메이비스를 번갈아 보았다.

"미러벨, 사실이냐?"

미러벨은 역겨워서 말도 하기 싫다는 듯 손을 흔들었다. 미러벨의 행동은 이닉을 더욱 분노케 했다. 이닉은 저택을 가리키며 소리쳤다.

"들어가! 당장!"

미러벨은 땅이 꺼져라 한숨을 쉬고서 저택으로 터덜터덜 걸어 들어갔다. 겁에 질린 구경꾼들은 옆으로 비켜서서 미러벨에게 길을 터 주었다. 디블스 쌍둥이는 훌쩍대는 어머니가 앉을 수 있도록 도왔다. 이윽고 이넉이 미러벨을 뒤따라 안으로 들어가자, 나머지 가족도 모두 저택으로 걸음을 뗐다. 그제야 비로소 빌리는 자신을 들볶아 대던 취조관의 존재가 떠올랐다.

얼른 뒤돌아섰더니 윈스럽의 모습은 보이지 않았다.

안도감이 몰려왔다. 빌리는 은빛 눈동자를 지닌, 그 작은 악마 같은 존재가 마음에 들지 않았다. 윈스럽의 눈길을 마주하면 이대로 부서져 가루가 될 것 같은 느낌이 들었다.

정원은 이제 고요해졌지만 여전히 공기 중에는 치지직 불꽃 튀는 듯한 독특한 에너지가 느껴졌다. 분명 저택 쪽에서 뿜어져 나오는 것 같았다. 빌리는 메그가 잘 지내는지 궁금했다. 메그의 얼굴이 눈앞에 선했다. 부디 그 작자가 메그를 해치지 않기를 간절히 바랄 뿐이었다.

빌리는 온몸에 탄탄히 긴장을 불어 넣었다. 지금이야말로 행동에 나설 때였다. 이곳에 온 목적을 이룰 기회가 왔다. 빌리는 가방에 손을 넣고서 은구슬을 감싸 쥐었다.

오드

오드는 위층 창문에서 문제의 사건을 목격했다. 불과 몇 시간 뒤면 자정이 되어 총회가 열릴 터였다. 모두가 앞으로 일어날 일에 대해 들뜨고 초조해 했으며 심지어 두려워하고 있었다. 그러던 중 미러벨이 일으킨 대형 사건은 이미 온갖 감정이 뒤섞여 긴장감이 넘치던 상황에 기름을 끼얹은 격이 되어 버렸다. 까마귀 떼가 메이비스 이모를 공격하는 광경에 오드조차 두려움을 느끼지 않을 수 없었다. 눈으로 보면서도 꿈을 꾸고 있는 게 아닐까 싶었다. 너무나 비현실적이었다.

오드는 이넉 삼촌과 미러벨이 저택으로 걸음을 떼자마자 후다닥 아래층으로 내려갔다. 오드는 계단 꼭대기에 서서 아래층을 살피는 사이, 미러벨이 현관문을 쾅 열고 들어오고 이어 이넉 삼촌이 뒤따라 들어왔다.

이제부터 어떤 일이 벌어질지 오드는 너무나 잘 알고 있었다.

"거기 서거라. 이 무슨 철부지 같은 짓이란 말이냐!"

이넉 삼촌이 호통을 치자, 미러벨이 휙 돌아서더니 빈정거렸다.

"삼촌, 난 철부지란 말을 들을 만큼 어리지 않아요!"

정원에 나갔던 가족 중 몇몇이 저택으로 슬그머니 들어오더니 안전거리를 유지하려고 조심하면서 상황을 지켜보았다. 이윽고 저택 곳곳의 문이 열리면서 사람들이 쏟아져 나오더니 무슨 일인지 구경하러 현관으로 모여들었다. 일라이자 이모도 방 밖으로 나오더니 이게 웬 소동이냐는 듯한 표정으로 오드를 올려다보았다. 오드는 대답 삼아 고개를 절레절레 흔들어 보였다.

꼴이 엉망이 된 메이비스가 두 아들의 부축을 받으며 현관 안으로 들어왔다.

"이모님께 사과드려, 당장!"

이녁 삼촌이 다그치자, 미러벨은 메이비스 이모와 이녁 삼촌을 번갈아 보더니 콧방귀를 뀌었다.

"아니요. 난 사과 안 할 거예요."

오드를 비롯한 모두가 헉하고 숨을 죽였다.

이녁 삼촌이 미러벨에게 저벅저벅 다가갔다. 삼촌의 목소리는 낮았지만, 복도에 있는 사람들은 모두 들을 수 있었다.

"가문의 일원끼리는 서로를 해치지 않는 법이다."

미러벨은 고개를 들고서 이녁 삼촌을 빤히 쳐다보았다.

"맞아요. 하지만 삼촌이 깜박한 사실이 있어요. 난 엄밀히 따지면 가문의 일원이 아니랍니다. 메이비스 이모께서 친절하게 알려 주신 대로 난 천출이거든요."

구경꾼들이 수군거렸다. 한순간, 이녁 삼촌은 아무 대꾸도 못 하는 듯했다. 파지직 하고 불꽃 튀는 듯한 긴장감이 현관에 맴돌았다. 멀리 피글릿의 방에서 길고 낮은 신음 소리가 들리기 시작하더니 매 순간 점점 더 커졌다.

"너는 오늘 밤 총회 참석에 참석 못 한다."

미러벨은 순간 비틀하며 눈만 끔벅였다. 저택 깊숙한 곳에서 피글릿이 울부짖었다.

"뭐라고요?"

"말했잖아. 가족을 공격한 벌이다. 너는 총회에 참석 금지야."

미러벨은 자신의 귀를 믿지 못하겠다는 듯이 고개를 가로저었다. 일라이자 이모가 말리려는 듯 앞으로 반걸음 나섰다.

미러벨은 당황해서 눈동자가 흔들렸다.

"나…… 난 총회에 참석해야만 해요. 아직 한 번도 본 적이 없단 말이에요."

이녁 삼촌이 차갑게 대꾸했다.

"다시 100년을 기다려야겠구나."

오드는 미러벨이 가여웠다. 미러벨은 이 사태를 제대로 받아들이지 못하는 것 같았다. 곁눈으로 보니 일라이자 이모가 애원하는 눈빛으로 이녁 삼촌을 바라보고 있었다. 그러나 이녁 삼촌은 일라이자 이모의 눈길을 모른 척하며 현관에 모인 모든 사람을 향해 쩌렁쩌렁한 목소리로 선언했다.

"이번 일은 이렇게 마무리 짓도록 하겠습니다."

이넉 삼촌이 찬바람을 일으키며 자리를 뜨자, 남은 가족들이 멋쩍은 표정으로 짐짓 주위를 두리번거리다 하나둘씩 제 갈 길을 갔다. 이윽고 망연자실한 미러벨만 남겨졌다.

"미러벨."

일라이자 이모가 미러벨 곁으로 다가섰지만, 미러벨은 모른 척 피글릿의 방으로 걸음을 뗐다. 루키우스는 내내 미러벨의 어깨를 떠나지 않고 곁을 지켰다.

오드는 계단에 주저앉았다. 갑자기 피곤이 몰려왔다. 일라이자 이모가 계단을 올라서 곁으로 다가오자 오드는 어색하게 웃으며 말했다.

"여러모로 긴 하루네요."

"그러게."

일라이자 이모의 대답에 오드는 고개만 끄덕였다. 말을 하려면 너무 애가 쓰일 것 같았다. 오드는 이미 알 수 없는 부담감을 느끼고 있었고, 입 밖으로 소리 내어 말을 하면 그 부담감이 더 커질 것 같아 두렵기라도 한 듯했다.

"미러벨의 행동은 잘못됐어."

일라이자 이모의 말에 오드는 어깨를 으쓱해 보였다.

"물론 메이비스는 당해도 싸."

"이모, 괜히 미러벨을 두둔해 주려 하지 말아요. 그건 아닌 거 같아요. 게다가 이녁 삼촌이 불쾌해할 거예요."

"내가 이녁과 이야기해 볼게. 마음을 바꾸도록 설득해 봐야지."

"안 들을걸요."

"그래서 넌 어쩔 작정이니?"

오드는 의아하다는 듯이 일라이자 이모를 올려다보았다. 오드를 빤히 내려다보는 이모의 두 눈에 도전적인 빛이 반짝였다. 오드는 짐짓 재킷 뒷자락을 펄럭이며 자세를 고쳐 앉았다.

"이모, 그게 무슨 말이에요?"

"어디로 갈 거냐고?"

"간다니요?"

일라이자 이모는 싸늘한 눈으로 오드를 찬찬히 뜯어보았다. 오드는 그 눈길을 피하지 않고 마주 보려고 갖은 애를 썼다.

"가긴 어딜 가요. 아무 데도 안 가요."

"넌 늘 어디론가 가잖아."

오드는 옷깃을 매만졌다.

일라이자 이모가 몸을 숙여 두 손으로 오드의 손을 감쌌다.

"우리 오드는 늘 도망 다니고 또 도망 다니지. 언제쯤 돌아서서 네가 도망치려 하는 대상을 정면으로 마주하게 될까?"

오드는 놀라서 눈을 껌벅였다.

"이모, 무슨 말을 하는지 모르겠어요. 난 절대……."

오드는 할 말을 잃었다. 익숙한 공포가 몰려오기 시작했다. 그때 엎친 데 덮친다고 하필 윈스럽이 문을 열고 현관으로 들어왔다.

"윈스럽 집사님, 안녕하세요."

오드는 짐짓 밝게 소리치며 말을 건넸다. 어떻게든 자신한테서 주의를 돌려 보려는 티가 확 났지만 어쩔 수 없었다.

윈스럽은 오드와 일라이자 이모를 빤히 쳐다보더니 엄숙하게 고개를 끄덕이며 연설하듯 말했다.

"곧 다가올 일에 대한 징조로 대기가 들끓는군요. 또 한 번의 총회가, 이 속된 현실 너머에 무엇이 있는지 엿볼 기회가 왔습니다. 그동안 많은 총회를 보았지만, 하나하나가 은혜의 순간이었습니다. 매번 이전보다 더 아름답고, 더 장엄했지요."

오드가 심드렁하게 대꾸했다.

"나이 많다는 게 이럴 때 좋은 거겠죠. 한참 어린 내가 뭘 알겠어요."

윈스럽은 잠시 아무 말이 없더니 불쑥 한마디를 뱉었다. 거의 비웃는 듯한 말투였다.

"이상해."

오드는 자리에서 벌떡 일어나 목을 흠흠 가다듬었다. 곁에 선 일라이자 이모가 바짝 긴장하는 게 느껴졌다.

"뭐가 이상하다는 거죠?"

"그 여자애, 미러벨 말이다. 아주 이상해. 내 말은, '다르다'는 거야. 그 부류가 대체로 그렇지만."

"그 부류? 대체로 그렇다? 그게 대체 무슨 뜻이죠?"

오드는 윈스럽의 코앞까지 성큼성큼 다가섰다.

"오드."

일라이자 이모가 경고를 보냈다. 오드는 못 들은 척 윈스럽에게 눈길을 고정한 채 두건 속의 흐릿한 어둠을 살폈다. 눈에 보이지는 않지만, 윈스럽의 오만함이 생생히 느껴졌다.

"그냥 그렇다고."

윈스럽이 어깨를 으쓱하더니 다시 걸음을 뗐다.

오드는 멀어지는 윈스럽에게 버럭 소리를 질렀다.

"뭐, 나로서는 더 할 말이 없네요. 이야기 나눌 수 있어서 참 기뻤어요. 참 따뜻하고 매력 있고 재치 넘치시네요!"

오드는 고개를 절레절레 흔들며 계속 비꼬아 댔다.

"정말이지 집사님은 기쁨을 주는 존재 그 자체예요. 하늘이 주신 선물일지도 모르겠네요."

윈스럽이 복도를 걸어 내려가 시야에서 사라졌다. 오드는 그쪽을 향해 고래고래 고함을 질렀다.

"그 애는 가문의 일원이에요. 그 점을 부디 잘 기억하길 바라요. 내 가족이라고요! 미러벨이야말로 누구보다 자격이 있죠. 가족이라는 말이 무슨 뜻인지 진정으로 이해하니까요."

오드는 자신의 손을 내려다보았다. 두 손이 부들부들 떨리고 있었다. 아니, 온몸이 덜덜 떨렸다. 오드는 일라이자 이모에게 눈길을 돌렸다. 일라이자 이모는 안타까운 눈빛으로 오드를 바라보고 있었다. 그 순간 오드는 마음을 굳혔다. 그렇다. 이모 말이 옳았다. 그래서 오드는 자신이 가장 잘하는 일을 했다.

오드는 도망쳤다.

첫 번째 포털을 통과해서 도착한 곳은 사방에 모래와 이글거리는 햇살이 가득한 곳이었다. 멀리 왼쪽에서 무언가가 신음하는 소리가 들렸다. 고개를 돌려서 소리의 근원이 무엇인지 확인할 수도 있겠지만, 그건 혼자가 아님을 인정하는 거나 다름없었다. 오드는 혼자 있고 싶었다.

다음으로 도착한 곳은 해 질 녘의 어느 숲이었다. 새들이 지저

귀는 소리가 들렸다. 아름답고 따스한 곳이었다.

마음에 안 들어.

다시 포털을 지났다. 이번에는 춥고 어둡고 비 내리는 어느 도시였다. 대신 이곳에는 사람들이 있었다. 오드는 사람들이 고개를 숙인 채 바삐 달리는 모습을 보았다. 여기도 아니야.

오드는 계속 달렸다.

포털을 지나고 또 지났다. 자신의 분노와 슬픔으로부터 달아나려는 듯이. 계속 숨을 헐떡이며.

결국 오드는 작은 갯마을이 내려다보이는 언덕 위에 풀썩 쓰러졌다. 최근 들어 부쩍 좋아하게 된 곳이었다. 밤바다에 드리운 달빛. 배를 매어 둔 사슬이 내는 나직한 소리. 벨벳 같은 어둠을

수놓은 별빛.

가쁜 숨이 가라앉았다. 드디어 혼자였다.

오드는 윗옷 호주머니에 손을 넣었다. 그러고는 눈에 익은 작은 담뱃갑을 꺼내어 두 손으로 살포시 감싸 쥐었다.

미러벨

미러벨은 피글릿의 방문에 기대어 앉아 있었다. 피글릿이 끙 끙대는 소리가 들렸지만, 미러벨은 무슨 말도 할 수가 없었다. 한 참을 그렇게 있다가 미러벨이 마침내 입을 열었다. 목소리가 갈 라져 나왔다.

"피글릿, 메이비스 이모는 그 꼴을 당해도 싸요. 얼마나 무례 했다고요!"

피글릿이 마치 이해한다는 듯이 그르릉 소리를 냈다.

루키우스는 점잔을 빼며 복도 바닥을 걸어 다녔다.

"당해도 싸."

미러벨은 스스로를 설득하려는 듯 같은 말을 되풀이했다.

방문 뒤에서 큰 소음이 들렸다. 뭔가 거대한 것이 몸을 굴려서 물속으로 미끄러져 들어가는 듯한 소리가 났다.

"그리워요."

미러벨이 눈물을 닦으며 말했다.

"그분이 너무 그리워요. 피글릿도 그분이 그립나요?"

피글릿은 대답하듯 고통스럽게 신음했다.

"좋은 분이었죠. 누구도 대신할 수 없는 분이었어요."

미러벨은 엘런비 선생님 생각을 떨칠 수가 없었다. 전에도 누군가를 떠나보낸 적은 있었다. 하지만 애당초 잘 알지 못했던 어머니를 보낸 것과 이번 일은 분명 다른 면이 있었다. 엘런비 선생님은 미러벨이 평생을 알던 사람이었다. 미러벨이 자라는 내내 곁에 있던 사람. 자신의 탄생을 지켜보았고, 자신의 어머니를 알던 사람, 미러벨이 그 사실을 알지 못하던 때에도 자신을 한결같이 지켜 준 사람이었다. 고통이 미러벨을 통째로 집어삼키는 것 같았다. 이토록 지치고 무기력한 느낌은 처음이었다.

미러벨이 자리에서 일어서자, 루키우스가 푸드덕 날아올라 미러벨의 어깨에 올라앉았다.

"자기들끼리 총회 잘하라죠. 난 어차피 보고 싶지 않으니까요."

미러벨은 복도를 따라 걸어갔다. 또다시 피글릿을 뒤에 남겨 두고서.

피글릿

피글릿은 듣는다.

피글릿은 공기에 귀를 기울인다. 온갖 목소리와 태고로부터 이어진 마법에 대한 기대로 공기가 떨리고 파문을 일으킨다. 바락바락 악을 쓰는 목소리. 소곤소곤 속삭이는 목소리. 두려움. 흥분. 떨리는 기대감. 점점 부풀어 오르는 경이로움.

피글릿은 전에도 이 모든 것을 느낀 적이 있다. 아주 오래전에. 피글릿에게는 친숙한 일이다. 저택의 나머지 거주자들이 어둠에 친숙한 것처럼. 그들은 이 일에 이름을 붙인다. 그러나 피글릿은 이름 너머에 존재하며, 단어는 피글릿에게 아무것도 아니다. 점점 고조되는 흥분 속에 담긴 무언가가 피글릿을 즐겁게 한다. 심지어 행복하게 한다.

그런데 그것 말고도 다른 무언가가 있다.

익숙한 해안가에 검은 밀물이 거침없이 밀려드는 것 같은 느낌이다. 무언가가 곧 이곳에 온다. 무언가 새롭고 다른 것.

그리고 너무나도 위험한 것이.

빌리

빌리는 저택 뒤로 살금살금 걸어갔다.

임시 마구간으로 쓰는 헛간이 그곳에 있었다. 어둠 속에서 말한 마리가 히힝 우는 소리가 나직이 들렸다. 오늘 밤의 어둠은 뭔가 신경을 곤두서게 만드는 면이 있었다. 말도 분명히 느낀 듯했다. 낮게 웅웅거리는 소리가 공기 중에 울려 퍼지고, 전기가 튀는 듯한 현상이 점점 뚜렷해졌다. 인간의 감각에는 느껴지지 않겠지만, 빌리는 머리칼이 바짝 곤두섰다. 빌리는 주위를 살피며 따라오는 이가 없는지 확인했다. 이제 곧 자정이라 모든 저택 사람들의 관심이 총회에 쏠려 있을 터였다.

미러벨만 빼고 모두가.

빌리는 창문 곁에 서서 현관에서 벌어진 갈등 상황을 모조리 엿들었다. 총회 참석 금지령이 떨어지고 이녘이 진심이라는 걸 깨달았을 때, 미러벨의 목소리에는 절망이 가득했다. 빌리는 미러벨이 안쓰러웠고, 다시 죄책감이 몰려들었다. 그러나 빌리에게 죄책감은 사치였다. 메그의 목숨이 빌리의 손에 달려 있었다.

빌리는 가방을 단단히 메고서 마구간으로 다가가 문을 열었다. 혀 차는 소리로 말을 부르자, 말이 용기를 내어 밖으로 나왔다.

빌리는 말의 이마를 쓰다듬어 주고서, 두 팔로 말의 목을 감싼 채 귀에 대고 뭔가를 나직이 속삭였다. 말의 체취가 코를 찔렀다. 마침내 빌리가 두 팔을 풀자 말이 알겠다는 듯이 열심히 고개를 끄덕였다.

빌리가 마음을 가라앉히는 부드러운 소리를 내자, 말이 잠시 발을 구르더니 꼬리를 살랑이며 잠잠히 섰다.

"여기서 기다려."

말이 대답하듯이 다시 고개를 끄덕였다.

빌리는 킁킁 공기 냄새를 맡아 보았다. 그러고는 가방을 고쳐 메고서 저택으로 살금살금 돌아갔다.

오드

오드는 빛의 방으로 몰려드는 사람들 틈으로 곧장 돌아왔다. 마침 들어가던 알프레드 삼촌이 오드의 발을 밟을 뻔했다. 서로 미안하다며 한참 사과를 하고 돌아서자, 이번에는 에즈미 이모가 인정사정없이 오드를 떠밀고 지나갔다. 에즈미 이모는 민달팽이 같은 기다란 꼬리를 꿈틀거리며 다른 이모와 수다를 떠느라 오드의 존재는 알아차리지도 못한 것 같았다.

중심을 잡으려고 버둥거리던 오드는 이번에는 기디언과 정통으로 부딪쳤다. 기디언은 오드가 넘어지지 않도록 얼른 붙잡아 주었다.

"진짜 신나지 않아?"

기디언이 활짝 웃으며 말했다. 외눈이 기쁨으로 초롱초롱 빛나고 있었다.

"그래, 그래."

오드는 옷매무새를 가다듬다가 오드의 존재는 안중에도 없는 듯 성큼성큼 몰려오는 세 사람을 피해 휙 옆으로 물러났다.

"난 이번이 처음이잖아, 처음!"

오드는 슬며시 짜증이 났다.

"그래. 우리 아기 아주 신났구나."

"어떨지 너무 궁금해."

기디언은 오드에게 매달린 채 사람들 머리 너머를 보려고 버둥거렸다.

"곧 알게 될 거야."

오드는 기디언에 떠밀려 앞으로 걸음을 옮겼다.

빛의 방으로 들어간 사람들은 가장자리를 따라 둥글게 둘러서 있었다. 기분 탓인지 방이 예전보다 더 밝아 보였다. 아니, 정말로 더 밝았다.

기대에 찬 수다 소리가 끊이지 않았다. 몇몇은 손에 든 시계를 계속 확인했다. 사실 시계는 필요하지 않았다. 그 순간이 오고 있다는 걸 모두가 본능적으로 알았다.

오드는 빛 구슬을 올려다보았다. 전보다 더 환하게 빛나고 있었다. 오드는 갑자기 흥분이 솟구치는 걸 느꼈고, 그날 겪은 모든 일을 깡그리 잊어버렸다.

왼쪽에서 누군가가 꺅 하고 소리쳤다. 기디언이 다급히 위를 가리켰다.

"저길 봐!"

커다란 보랏빛 구슬이 빙글빙글 회전하기 시작하더니 천천히 방 한가운데로 움직여 갔다.

"시작되는구나."

왼편에서 익숙한 목소리가
들렸다. 오드는 얼른 눈길을
돌리고서 목소리의 주인공을
확인했다. 어느새 이녁 삼촌
과 일라이자 이모가 곁에 와
있었다.

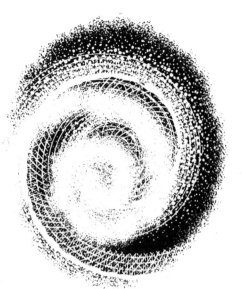

미러벨

미러벨은 창턱에 걸터앉아 정원을 내려다보고 있었다. 문득 미러벨은 루키우스가 방안을 정신없이 날아다니며 시간이 흐를수록 점점 더 불안한 반응을 보인다는 걸 깨달았다.

"왜 그래, 루키우스? 무슨 일이야?"

루키우스는 까악 까악 쉰 소리로 울어 대며 방 안을 쉴 새 없이 돌았다. 부딪히지 않으려고 미러벨이 몸을 숙여야 할 정도였다.

미러벨은 혹시 루키우스가 총회의 영향을 받아서 저러는 건지 궁금했다. 미러벨 자신도 공기에 에너지 파동이 출렁이는 걸 느낄 수 있었다. 머릿속에 묵직한 압박감과 낯선 어지럼증이 번갈아 찾아왔다.

이제 루키우스는 천장 부근을 빙글빙글 돌기 시작했다.

빌리

빌리는 어둑한 복도를 따라 걸어가며 쏘온의 지시를 떠올렸다.

'총회에 정신이 팔려 있는 한 아무도 모를 거다. 내 말 명심해. 은구슬은 반드시 정확한 순간에 사용해야 한다.'

빌리는 불안과 긴장으로 뱃속이 뒤틀리는 것 같았지만 애써 무시했다. 공기에 이상한 진동이 느껴졌다. 빌리는 돌아서고 싶은 충동을 억누르며 메그의 얼굴을 떠올렸다.

이윽고 빌리는 식품 저장실로 향했다. 날고기 냄새가 진동했지만, 비릿한 금속성 냄새도 났다.

빌리는 한쪽 벽의 고리에 걸려 있는 열쇠를 찾아냈다. 열쇠를 잡는 빌리의 손은 땀으로 축축하게 젖어 있었다.

오드

빛 구슬이 하나둘씩 천천히 춤추듯 우아하게 회전하기 시작했다. 이윽고 구슬들은 100년마다 그랬듯이 그곳에 모인 가족만이 이해할 수 있는 패턴을 그리며 천천히 함께 움직여 나갔다. 허공에 빛과 에너지로 이루어진 기묘한 별자리가 늘어섰다.

사람들이 침묵 속에 지켜보는 가운데, 빛 구슬이 붉은빛, 황금빛, 푸른빛으로 빛나며 파르르 떨리기 시작했다. 이제부터가 진짜 시작이라는 걸 알기에 사람들은 입을 떡 벌린 채 허공에 시선을 고정했다. 오드는 두 번이나 이 광경을 본 적 있지만, 이번에는 뭔가 달랐다. 잘 아는 노래가 조금 다르게 변주되는 것 같달까?

"정말 아름답지 않니?"

일라이자 이모가 중얼거렸다. 빛이 수면에 굴절된 것처럼 무지갯빛이 일라이자 이모의 얼굴 위를 미끄러져 지나갔다.

옆에서 기디언이 훌쩍이자, 오드는 기디언의 어깨를 다독여 주었다.

"무슨 일이 벌어지고 있는 거야?"

기디언이 묻자, 오드는 고개를 살짝 가로저으며 대답했다.

"아무도 몰라. 알아낸 사람이 없어. 몇몇 사람들 말로는 우리한테 보여 주는 거래."

오드는 갑자기 말을 이을 수가 없었다. 말이 목구멍에 달라붙어 버린 것 같았다. 눈에 눈물이 마구 차올랐다. 말로는 도저히 표현할 수 없을 만큼 깊은 감동을 주는 경험이었다.

그때 빛 구슬이 갑자기 이전과는 차원이 다른 섬광을 뿜었다. 잠시 후 사람들은 눈을 가린 손을 내리고서 경이로움에 쌓인 채 감탄을 터뜨렸다. 겨우 눈을 뜰 수 있을 정도로만 사그라든 빛 사이로 보인 것은······.

오드가 나직이 탄성을 터뜨렸다.

"에테르야."

미러벨

이제 루키우스는 닫힌 문에 몸을 쿵, 쿵 던지기 시작했다.

미러벨은 너무 놀라서 순간 정신이 멍했다.

"루키우스! 멈춰! 하지 마!"

미러벨이 비명을 질러 댔지만, 루키우스는

물러설 기미가 없었다.

빌리

빌리는 피글릿의 방 앞에 도착하자, 가방에서 은구슬을 조심스럽게 꺼내어 바닥에 내려놓고 호주머니에서 열쇠를 꺼냈다.

잠시 빌리는 심호흡을 하며 마음을 단단히 먹었다. 그러고는 방문으로 성큼성큼 다가가서 굳게 잠긴 자물쇠에 열쇠를 꽂았다.

오드

"저게 뭐야?"

기디언이 울먹이며 물었다.

오드는 눈물을 주룩주룩 흘리면서도 빙그레 웃었다.

"확실히 아는 사람은 아무도 없는데, 에테르를 잠깐 경험하는 거라고 짐작하는 사람도 있어."

허공에 실구름 같은 것이 드리워지더니 빛 구슬이 있던 자리에 빛과 어둠으로 이루어진 작은 성운이 나타났다. 마치 베일이 한쪽으로 걷히고, 완전히 별개의 우주가 열리는 것 같았다. 그리고 그 새로운 우주 안에는 이쪽 태양계를 떠도는 사람들과 비슷한 형체가 언뜻언뜻 보였다. 홀로 미끄러져 다니는 형체가 있는가 하면, 여러 형체가 함께 어우러져 빛이 고동치는 구름을 이루기도 했다. 이윽고 빛 구름이 다시 생명력 충만한, 반짝이는 개개의 형체로 나뉘더니 먼 우주로 미끄러져 갔다. 이 작은 우주 안에는 별처럼 보이는 것들이 타오르듯 환한 빛을 뿜었다. 빨간색, 주황색, 파란색, 온갖 색깔의 빛이 벨벳처럼 부드러운 어둠에 사르르 감싸인 채 기묘한 생명력으로 펄떡였다.

"저건 뭐야?"

기디언이 우주를 미끄러져 다니는 형체를 가리키며 물었다.

오드는 입을 열어 대답하기 위해 갖은 애를 써야 했다. 마치 깊은 꿈속에 갇혀 있는 것 같았다. 그 꿈에서 절대 깨어나고 싶지 않았다.

"영혼. 저건 아마 영혼일 거야."

"아름다워."

기디언이 중얼거렸다.

"너도 한때는 저랬어. 우리 모두 그랬지. 영혼은 에테르를 떠다니며 빛 구슬의 부름을 기다린단다. 태어날 때를 기다리는 거야."

빌리

문이 열리고, 피글릿의 방 안 어둠 속에서 무언가가 움직였다. 존재만으로도 불안감을 일으키는 거대한 무언가가 어슬렁거리고 있었다. 빌리는 온몸에 퍼져 나가는 전율을 억누르고서 지시 사항에만 정신을 집중했다. 바들바들 떨리는 손으로 구슬을 들어 올리자 쏘온이 말한 대로 구슬의 윗부분이 뒤로 휙 젖혀지더니 중심부에서 황금색 빛이 쏟아져 나왔다.

피글릿이 방 밖으로 걸음을 내디뎠다. 콧구멍에서 뜨거운 김이 뿜

어져 나왔다. 지금 피글릿의 모습은 용과 비슷한, 뿔과 발톱이 잔뜩 달린 어떤 것이었다. 발이 어마어마하게 크고, 길고 휜 발톱은 날카롭기 그지없었다. 피글릿의 두 눈은 용암처럼 붉게 이글거렸다.

빌리는 도저히 말을 제대로 할 수가 없었다.

"여, 여기……. 여기 빛을 봐. 그냥 이 빛을 보라고.'

피글릿이 인상을 찌푸리며 고개를 갸웃했다.

다음 순간, 피글릿이 뒷다리로 벌떡 일어서더니 무시무시한 소리로 울부짖었다.

미러벨

방문을 열자마자 미러벨은 피글릿의 포효를 들었다. 루키우스
는 쏜살처럼 복도를 날아갔다. 미러벨은 한 번도 경험한 적이 없
는 극도의 공포를 느꼈다.

미러벨은 루키우스의 뒤를 쫓아 달리기 시작했다.

오드

"방금 그 소리 들었어?"

오드가 물었다.

기디언은 빛에 매료되어 아무 대답도 하지 못했다. 오드는 주위를 둘러보았다. 모두 다 비슷하게 반쯤 넋이 나간 상태였다. 오드는 이녁 삼촌에게 물어보려고 고개를 돌렸다.

그 순간, 피글릿의 울부짖는 소리가 오드의 귀에 똑똑히 들려왔다.

피글릿

피글릿은 빛을 바라본다.

이 빛은 뭔가 다르다. 마음을 달래어 준다. 따뜻하다.

빛이 피글릿을 부른다.

피글릿은 덜덜 떨고 있는 소년을 본다. 소년이 말을 한다. 그러나 피글릿은 신경 쓰지 않는다. 지금 피글릿에게 중요한 건 그 빛뿐이니까.

피글릿은 빛에 다가가야 한다.

피글릿은 몸을 작게 만든다. 빛이 피글릿에게 관심을 보인다. 친구 같다. 피글릿은 빙그레 웃는다.

그런데 뭔가……

뭔가 잘못되었다.

피글릿은 움찔한다. 그런데 물러설 수가 없다. 빛에 날카로운 이가 달린 것 같다. 빛이 피글릿에게 거칠게 이빨을 박아 넣는다. 고통스럽다. 타는 듯이 쓰리다. 너무나, 너무나도 고통스럽다.

피글릿은 비명을 지른다.

미러벨

미러벨은 피글릿의 방으로 이어지는 복도 끝에서 섬뜩한 빛을 보았다. 피글릿의 비명을 듣는 순간, 미러벨은 뭔가 끔찍한 일이 벌어졌다는 걸 깨달았다. 피글릿은 한 번도 들어 본 적 없는 소리를 내고 있었다. 마치 극심한 고통에 빠져 있는 듯했다.

이어 미러벨은 상상도 하지 못한 광경을 보고 충격에 휩싸였다. 빌리가 두 손에 은색 구슬을 들고 있고, 회오리치는 빛 덩어리가 자신을 구슬 안으로 끌어당기는 정체불명의 마법에서 벗어나려고 몸부림치고 있었다.

미러벨은 그 빛이 피글릿이라는 걸 본능적으로 알아차렸다.

"그만둬! 피글릿을 놓아줘!"

미러벨은 빌리를 향해 달려가며 고함을 질렀다.

루키우스가 급강하해서 빌리를 공격했지만, 빌리는 아무렇지 않게 루키우스를 쳐 내고서 구슬에만 집중했다.

다음 순간, 딸깍하고 구슬이 닫혔다. 너무나 급작스러워서 마치 단두대의 칼날이 덜컹하고 내려오는 것 같았다.

미러벨은 빌리를 향해 몸을 날렸다. 둘이 함께 바닥에 나동그라졌지만, 빌리는 여전히 구슬을 손에 꽉 쥐고 있었다.

"놓아줘!"

미러벨이 울부짖듯이 소리쳤다.

빌리는 겁에 질리고 당황해서 제정신이 아닌 듯했다. 빌리가 발길질을 하자, 미러벨은 그대로 날아가 버렸다.

미러벨은 벽에 머리를 쾅 부딪치고서 바닥에 쓰러졌다. 회색 안개 너머로 자신 앞에 선 빌리가 흐릿하게 보였다. 울고 있는 건가? 뭔가 웅얼거리는 것도 같았다.

"미안……. 난 그 애를 구해야 해……. 반드시……."

미러벨은 움직여 보려 했다. 하지만 뒤통수에 날카로운 통증이 느껴져 눈을 질끈 감았다. 다음 순간 미러벨이 다시 눈을 떴을 때, 빌리는 사라지고 없었다.

오드

당황한 오드는 달음박질을 시작한 뒤에야 포털을 쓸 생각이 났다. 어쨌든 포털 덕분에 오드는 나머지 가족들을 앞질러 움직일 수 있었다.

목적지는 분명했다.

현장에 도착한 오드는 피글릿의 방문이 열린 걸 보고 깜짝 놀랐다. 머릿속에 온갖 가능성이 떠올랐다. 오래전 비슷한 사건이 벌어졌던 밤의 기억이 몰려들었다. 미러벨이 벽에 등을 댄 채 쓰러져 있었다. 오드는 얼른 미러벨 앞에 앉았다. 미러벨의 눈에 초점이 흐릿했다. 정신을 차리려 애를 쓰는 것 같았다. 마침내 미러벨이 오드의 팔을 붙잡더니 속삭였다.

"피글릿을 잡아갔어. 빌리가 피글릿을 납치했어."

4장
**바깥세상으로 나간
피글릿**

빌리

말이 어둠을 가르고 질주하는 동안 빌리는 갈기를 잡고 꽉 매달렸다. 가방끈을 최대한 바싹 동여맸지만, 몸이 출렁거릴 때마다 가방이 갈비뼈를 치면서 안에 든 구슬의 무게가 느껴졌다. 괜한 상상일지 모르지만, 구슬이 부딪칠 때마다 뜨겁다는 생각이 들었다. 빌리는 가방을 돌려 배 쪽으로 자리를 옮겼다. 부디 이제는 심하게 흔들리지 않기를 바랄 뿐이었다.

미러벨의 얼굴이 생생했다. 배신당한 사람의 슬픈 눈빛이 자꾸 떠올랐다. 솔직히 미러벨의 상처받은 표정이 그 어떤 매보다 더 아팠다. 빌리는 이마의 땀을 훔치며 머릿속에서 그 이미지를 몰아내려 했지만, 소용이 없었다. 빌리는 이를 악물고서 분노에 찬 신음을 뱉었다. 스스로에 대해 치가 떨리고, 죄책감과 부끄러움에 넌더리가 났다. 미러벨은 룩헤이븐에서 유일하게 빌리를 진심으로 따뜻하게 대하고 우정을 베풀어 준 사람이었다. 그런데 빌리는 그 마음을 보란 듯이 내동댕이쳐 버렸다.

빌리는 흥분된 감정을 가라앉히려 했지만, 되레 분노에 찬 고함만 터져 나왔다. 빌리가 말을 확 멈춰 세우자, 놀란 말이 히힝 물었다. 빌리는 말 등에서 훌쩍 뛰어내리고서 어찌할지 갈피를 잡지 못해 머리를 쥐어뜯으며 서성였다. 돌아가려면 돌아갈 수도 있었다. 그렇게 힘든 일은 아닐 터였다. 돌아가서 해명할 수 있지 않을까? 미러벨에게 진 신세를 생각하면 그래야 했다.

'저 애를 기계에 넣어 버릴 테다.'

빌리는 어찌할 바를 몰라 주먹을 꽉 움켜쥔 채 자리에 주저앉았다. 그러고는 자신의 앞뒤에 펼쳐진 길을 번갈아 보았다. 메그의 얼굴이 눈에 선했다. 빌리는 고개를 가로저었다. 결정은 이미나 있었다. 빌리는 고개를 떨군 채 말에게 터덜터덜 다가갔다. 다시 말을 타려는데 문득 가방 속 구슬의 존재가 느껴졌다. 어째서인지 도저히 충동을 누를 수가 없었다. 빌리는 가방끈을 풀고 구슬을 꺼냈다.

생김새는 어디 하나 달라진 곳이 없었다. 안에 무언가가 든 티도 전혀 나지 않았다. 그러나 무게가 더 묵직하게 느껴졌다.

전에도 이 정도 무게는 나갔던 걸까? 아니면 빌리의 상상일까?

어떻게 이토록 작은 물체가 그토록 크고 강력한 존재를 가둘 수 있는지 빌리는 도무지 가늠하기가 어려웠다. 피글릿은 실로 엄청난 힘을 지닌 존재였다. 피글릿이 어린 소년이 모습을 하고 있을 때도 빌리는 그 사실을 분명히 느낄 수 있었다. 피글릿은 어마어마한 힘의 파동을 뿜어냈고, 그 방에 모여 있던 그 어떤 존재보다 크고, 오랜 에너지를 지니고 있었다. 그 힘을 생각하는 것만으로도 빌리는 온몸에 소름이 돋았다.

이윽고 빌리는 구슬을 다시 가방에 넣었다. 평범하기 짝이 없는『보물섬』책과 구슬이 나란히 들어 있는 모습을 보니 기분이 이상했다. 빌리는 가방끈을 단단히 조이고서 말 등에 훌쩍 뛰어올랐다. 그러고는 말의 목을 쓰다듬으며 부드럽게 속삭였다. 한시가 급했다. 그렇다고 굳이 말의 기분을 상하게 할 이유가 없었다. 빌리는 말이 타박타박 가볍게 걷도록 두었다. 그렇게 잠시 시간을 보낸 뒤, 빌리는 마지막으로 한번 뒤를 돌아보고서 말을 재촉해 전속력으로 달리기 시작했다.

미러벨

"대체 왜? 왜 그런 걸까?"

미러벨이 중얼거렸다. 오드는 공포에 질린 얼굴을 한 채 미러벨이 일어서도록 도와주었다. 미러벨은 여전히 머리가 어질어질했다.

"정확히 무슨 일이 있었던 거야?"

오드가 물었다.

"빌리가 어떤 장치를 지니고 있었어. 조그만데 겉에 룬 문자가 새겨진 것 같아. 그 장치가 피글릿을 빨아들여서 안에 가둬 버렸어. 피글릿은 힘껏 버텼지만……."

복도 반대편 끝에서 소동이 일어나는 바람에 미러벨은 이야기를 맺지 못했다. 이넉 삼촌과 가족들이 빠르게 다가오고 있었다. 누군가 미러벨의 이름을 부르는 소리가 들렸다. 미러벨이 뭐라고 말할 틈도 없이 오드가 포털을 열더니 미러벨을 안으로 밀어 넣었다.

다음 순간 미러벨과 오드는 꽃길 옆에 도착했다. 오드는 미러벨을 부축하고서 크게 심호흡을 하라고 했다.

잠시 후 미러벨이 정신을 차리고서 고개를 들었다.

"뒤쫓아가야 해."

"무슨 수로? 포털이야 얼마든지 드나들 수 있지만, 문제는 녀석이 어디로 갔는지 알 방법이 없다는 거야."

"그건 내가 도와줄 수 있을 것 같구나."

뒤에서 누군가 덤덤하게 말했다. 바싹 마른 종이가 버스럭거리듯 귀에 거슬리는 목소리였다. 미러벨과 오드는 놀라서 뒤를 돌아보았다. 가까운 곳에 윈스럽이 서 있었다.

"정말요? 어떻게 그게 가능하죠?"

오드가 물었다.

"난 그들을 추적할 수 있거든."

오드가 되물었다.

"빌리와 피글릿 둘 다요? 피글릿의 체취는 알아차리기 힘들 거예요. 오랫동안 갇혀……."

"아니, '그들' 말이다. 난 그들을 추적할 수 있단다."

윈스럽은 대답과 함께 미러벨을 가만히 바라보았다. 미러벨은 윈스럽을 노려보며 입을 열었다.

"'천출'을 뒤쫓을 수 있다는 말이로군요."

윈스럽이 거만한 태도로 고개를 까딱하더니 말을 이었다.

"그래. 나는 운 좋게도 남다른 재주를 지녔단다. 아주 쓸모 있는 능력이지. 햇빛을 피해야 할 경우를 대비해서 마법 펜던트를 가져가는 게 좋을 거다. 그 녀석은 낮에도 돌아다닐 수 있는 이점을 지녔으니까."

오드는 고개를 끄덕이고서 이내 포털 속으로 사라졌다.

"갑자기 왜 이러는 거죠?"

미러벨이 의심스러운 눈초리로 윈스럽을 바라보며 다그쳐 묻자, 윈스럽은 어깨를 으쓱이며 대답했다.

"그 괴물은 가문의 일원이잖니? 우리 도움이 필요하고 말이야."

"괴물이 아니라 피글릿이거든요. 피글릿은 '내' 가족이고, 지금 위험에 처해 있어요. '나'는 그래서 돕는 거고요. 그런데 어쩐지 당신한테는 다른 이유가 있는 것 같은데요?"

윈스럽이 대답하려는 찰나, 포털이 다시 열리더니 오드가 모습을 드러냈다. 오드는 윈스럽에게 마법 펜던트를 건네고서 자신의 가슴을 툭툭 두드려 보였다.

"무심코 햇살이 환한 지역으로 건너뛸 경우를 대비해서 난 항상 펜던트를 걸고 있어요. 자, 그럼 준비된 건가?"

미러벨이 고개를 끄덕였다.

"그래. 서두르자."

빌리

한 시간 정도 달렸다 싶을 즈음, 빌리는 커다란 마을 가장자리에 다다랐다. 그대로 마을을 끼고 돌아갈지 잠시 고민해 보았지만, 런던으로 (무엇보다 메그한테) 최대한 빨리 돌아가려면 마을을 통과하는 수밖에 없었다. 휘영청 밝은 달빛이 영 불안했다. 오늘따라 밤하늘에 구름 한 점 떠 있지 않았다. 빌리는 치밀어 오르는 짜증을 억누르며 다음 일을 시작해야 했다.

말은 잔뜩 지쳐 있었다. 빌리는 말에게 무리한 일을 시킨 것 같아서 무척 미안했다. 서둘러 말에서 내린 빌리는 도와줘서 고맙다고 속삭이며 목을 쓰다듬어 주고서 말을 자유롭게 풀어 주었다.

이윽고 빌리는 마을로 걸음을 옮겼다. 인적 없는 거리를 걷는 내내 빌리는 계속 촉각을 바짝 세웠다. 별다른 소리나 냄새가 느껴지지 않기에 슬그머니 긴장을 풀려는 순간, 가방 안에 든 물체가 떠올랐다. 꺼내어서 살펴보고 싶은 충동이 치밀었지만, 빌리는 마음을 다잡았다. 솔직히 말하자면, 그 구슬을 마주하기가 겁났다.

지금 귀에 들리는 낮게 웅웅대는 소리는 뭘까? 구슬에서 나는 걸까? 이 낯선 진동도?

빌리는 궁금증을 마음 한구석에 묻어 두고서 계속 걸었다. 또다시 미러벨의 눈빛이 떠올랐지만, 애써 머릿속에서 그 생각을 몰아냈다.

문득 저만치 앞에서 덜컹대는 소리가 들렸다. 빌리는 죽 늘어선 집들 옆에 바짝 웅크리고 앉아 소리의 진원지를 확인했다. 우유 배달부가 말수레를 타고서 우유를 돌리러 다니는 모양이었다. 빌리는 몸을 숙이고서 재빨리 차도를 건넜다. 철제 바구니 안에 가득 담긴 우유병이 챙강챙강 서로 맞부딪치는 소리가 잔잔히 들려왔다. 묘하게 마음이 차분해지는 느낌이었다.

빌리는 길을 따라 부지런히 걸었다. 조금도 피곤하지 않았다. 이대로라면 하루 이틀 안에 런던에 도착할 수 있을 것 같았다. 우연히 장난감 가게 앞을 지나게 되자, 빌리는 자기도 모르게 걸음을 멈추었다. 털이 성성한 곰 인형, 인형의 집 같은 것들이 진열되어 있었다. 그중에서도 빨간 체크무늬 옷을 입은 도자기 인형이 유난히 빌리의 눈길을 끌었다. 하얗게 빛나는 얼굴이며 파란 두 눈이 메그가 딱 좋아할 물건 같았다. 이런 인형을 가지고 돌아간다면 메그는 어떤 표정을 지을까? 빌리는 유리창에 두 손을 얹었다. 지금까지 벌어진 온갖 사건에도 불구하고, 행복해하

는 메그의 얼굴을 떠올리자 빌리는 빙그레 웃음이 났다.

"지금 거기서 뭐 하는 거냐?"

빌리는 순간 그대로 얼어붙었다. 유리에 비친 상대의 모습이 보였다. 검은 제복과 둥그런 모자가 분명 경관이었다.

빌리는 속으로 탈출 경로를 계산하며 뒤돌아서서 최대한 자연스럽게 말을 꺼냈다.

"안녕하세요, 경관님."

경관이 고개를 갸웃하며 다시 입을 열었다.

"뭐 하냐고 물었을 텐데."

빌리는 마른침을 삼키지 않으려고 애쓰며 빙그레 웃었다.

"할머니 댁에 가는 길이에요."

"이 시간에?"

빌리는 싱글거리며 고개를 끄덕였다. 정체를 드러낼 위험을 감수하느니 어리숙한 척하는 쪽이 나을 것 같았다.

"가방에는 뭐가 들었지?"

그 질문을 받자 빌리는 속에서 부글부글 끓어오르던 불안감이 폭발할 것만 같았다. 하지만 마음을 애써 가라앉히고서, 싸우거나 도망치고 싶은 충동을 억눌렀다.

빌리는 등 뒤에 메고 있던 가방을 앞으로 끌어당겼다. 협조하는 인상을 주고, 거리낄 것이 없다는 듯이 행동해야 했다.

"별거 없어요. 잡동사니 몇 개뿐이에요."

빌리는 허리께에 닿는 구슬의 무게를 예리하게 느끼고 있었다. 잠시 구슬 생각을 잊고 있었는데, 이제 불안감이 두 배로 커졌다. 구슬이 마치 가방을 뚫고 살을 태울 듯이 뜨겁게 느껴지는 건 그저 빌리의 상상인 걸까?

"그래? 어디 확인해 보자."

경관이 손을 내밀었다. 빌리는 머뭇머뭇 경관 앞으로 다가섰다. 다리가 움직이는데 마치 남의 몸에 달린 것처럼 감각이 느껴지지 않았다. 경관이 고갯짓으로 가방을 가리키자, 빌리는 끈을 풀었다. 최대한 자연스럽게 행동하려 했지만, 밤공기가 찬데도 이마에 땀이 송골송골 맺혔다. 빌리는 가방에서 『보물섬』을 꺼내어 경관에게 내밀었다. 경관은 당황한 눈치였다.

"흠, 책이라."

"제가 좋아하는 책이에요."

"그게 다야?"

빌리가 고개를 끄덕이자, 경관이 불룩 튀어나온 가방 옆부분을 고갯짓했다.

"그럼 그건 뭐냐?"

빌리는 다소 어색한 미소를 지으며 심드렁한 척 가방을 열어 보였다.

"장식품이에요. 할머니 물건인데, 엄마가 광을 내서 보내는 거예요."

"이리 줘 봐라."

차갑고 축축한 공포가 빌리의 온몸 마디마디로 퍼져 나갔다. 빌리는 천천히 가방 안에 손을 넣어 구슬을 꺼냈다. 시간이 멈추어 선 것만 같았다. 갑자기 구슬의 무게가 변했을 리 없다는 사실을 잘 알고 있지만, 어째서인지 더 색깔이 짙고, 밀도가 더 꽉 찬 듯이 느껴졌다. 마치 그 조그만 구슬 안에 별이 압축되어 들어 있는 것 같았다. 빌리가 구슬을 들어 보이자, 경관이 손을 내밀었다.

"이리 줘 봐."

빌리가 구슬을 건네자, 경관이 책을 돌려주었다. 빌리는 책을 얼른 가방에 밀어 넣었다. 심장이 너무 쿵쾅거려서 경관에게 그 소리가 들릴 것만 같았다.

경관이 구슬을 들고 이리저리 살피며 말했다.

"장식품이라고?"

빌리는 고개만 끄덕였다. 말이 떨어지지 않았다. 다음 순간, 빌리는 심장이 가슴 밖으로 튀어나올 것만 같았다. 경관이 갑자기 허공에 구슬을 던졌다가 다시 잡아챘기 때문이었다.

"종이가 바람에 날리지 않게 눌러 두는 문진 같은 건가 보지?"

"예. 문진이에요."

빌리는 급하다 싶을 만큼 냉큼 맞장단을 쳤다. 경관이 인상을 찌푸리며 중얼거렸다.

"그런데 모양이 좀 희한하네."

경관이 룬 문자를 살피는 동안 둘 사이에 침묵이 흘렀다. 빌리는 살며시 주먹을 꽉 움켜쥐었다.

경관이 구슬을 돌려주려는 듯이 손을 내밀면서 가게 쪽을 고갯짓했다.

"뭐, 맘에 드는 거라도 있던?"

빌리는 대답 대신 싱긋 웃으며 손을 내밀었다. 경관이 대뜸 실눈을 뜨며 물었다.

"할머니 물건이라고? 어디서 슬쩍한 건 아니지?"

"할머니 거라고 했잖아요."

대답이 의도했던 것보다 날카롭게 나왔다. 빌리는 점점 인내심이 바닥나고 있었다.

"할머니 댁에 가기에는 시간이 너무 늦지 않았나?"

빌리는 그러냐는 듯이 어깨를 으쓱여 보였다.

"그럼 네 할머니 말인데, 어디 사시니?"

경관의 눈 속에 어떤 빛이 번득였다. 희미한 찰나의 빛이었지만, 그 정도로도 충분했다. 빌리는 누군가와 맞섰을 때, 상대가 보이는 미묘한 변화가 무슨 뜻인지 잘 알고 있었다. 오래도록 거리를 떠돌며 몸소 배웠기 때문이었다. 이번 일은 분명 빌리한테 불리한 쪽으로 흘러가고 있었다.

빌리는 왼쪽을 대충 손짓해 보였다.

"바로 저기……."

다음 순간, 빌리는 잽싸게 구슬을 가로채고서 경관의 다리를 걷어찼다. 그러고는 뒤도 돌아보지 않고 달렸다. 부디 이렇게 상황이 끝나기를 간절히 바랐지만, 여지없이 삐이익 하고 날카로운 호루라기 소리가 울려 퍼졌다. 말썽이 더 커졌다는 신호였다.

슬쩍 뒤를 돌아보니 땅에 쓰러졌던 경관이 벗겨진 헬멧을 더듬더듬 찾으며 몸을 일으키고 있었다.

"도둑 잡아라!"

247

경관이 고함치더니 다시 호루라기를 삐익 삑 불어 댔다.

빌리는 더 빨리 달음박질쳤다. 길모퉁이를 도는 순간, 다른 경관이 빌리 쪽으로 마주 달려오고 있었다. 빌리는 다급히 주위를 살폈다. 빠져나갈 수 있는 길이 보이지 않았다. 달아나려면 위로 가는 수밖에 없었다. 빌리는 가까운 배수관으로 거침없이 몸을 날렸다. 매달리고 보니 하필이면 녹슬고 썩은 관이었다. 한 손에 구슬을 든 채 나머지 손만 써서 1미터 남짓한 관을 타고 올랐을 때, 갑자기 배수관이 끼이익 비명을 지르더니 뚝 꺾여 버렸다. 빌리는 바닥에 곤두박질치고 말았다.

두 번째 경관은 곧 달려들 수 있을 만큼 가까이 다가왔고, 첫 번째 경관도 분노로 얼굴을 일그러뜨린 채 열심히 팔다리를 휘저으며 빠르게 달려오고 있었다.

빌리는 벌떡 일어나서 두 번째 경관을 향해 돌진했다. 빌리에게 부딪친 경관은 그대로 벽으로 날아가 버렸다. 빌리는 날듯이 차도를 벗어나 널찍한 거리로 향했다. 가슴팍에 구슬을 끌어안은 채 있는 힘을 다해 달리다가, 혹시 두 경관이 쫓아오지 않는지 잠깐 고개를 돌려 뒤를 확인했다.

실수였다.

옆 거리에서 우유 배달부와 말수레가 다가오고 있었다. 빌리는 인기척을 뒤늦게 알아차리고서 급히 멈춰 서려고 버둥거렸다. 하지만 달리는 속도가 너무 빨라 멈출 수가 없었다. 빌리는 결국 말과 쿵 부딪치고 말았다. 마치 벽돌 벽에 부딪친 듯 충격이 온몸을 훑고 지나갔다. 놀란 말이 히힝 소리를 내며 뒷발로 일어섰다. 뒤로 튕겨 난 빌리는 자갈이 깔린 거리에 나가떨어졌다. 손에서 구슬이 날아가더니 자갈길을 통통 튀며 굴러갔다.

빌리는 숨을 제대로 쉴 수가 없었다. 엉금엉금 기어서 움직여 보려 해도 가슴의 통증이 너무 심했다. 그저 가쁜 숨만 몰아쉴 수밖에 없었다.

누군가 빌리의 어깨를 거머쥐었다. 두 번째 경관이었다. 이내 첫 번째 경관도 분노로 눈을 번득이며 도착했다. 빌리는 몸이 땅에서 끌려 올라가는 걸 희미하게 느꼈다. 두 경관이 뭐라고 호통을 치는 것 같은데, 제대로 들리지 않았다. 그저 위이잉 하는 소리만 귓속에 울릴 뿐이었다.

아니, 뭔가 다른 소리도 들렸다.

뒤에서 쿠르르릉 바퀴 구르는 소리가 다가오고 있었다. 빌리는 힘겹게 고개를 돌렸다. 트럭 한 대가 돌진해 오고 있었다.

굴러가던 구슬이 자갈 사이의 고랑에 끼면서 길 한가운데에 멈춰 섰다. 빌리는 경관의 손아귀에서 빠져나오려고 버둥거렸다. 조심하라고 소리쳐 보려고도 했다.

매 순간 트럭과 구슬 사이의 거리가 가까워졌다.

빌리는 짐승처럼 울부짖었다. 몸속의 피가 부글부글 끓어오르고, 송곳니가 길어졌다. 공포에 질린 경관의 얼굴이 흘깃 보였

다. 빌리는 몸을 확 비틀어 경관의 손에서 빠져나오자마자 한쪽 경관의 멱살을 잡고서 동료 경관에게 냅다 던져 버렸다. 뒤로 날아간 두 경관은 팔다리가 뒤엉킨 채 길바닥을 데굴데굴 굴렀다. 풀려난 빌리는 얼른 구슬 쪽으로 눈길을 돌렸다.

그러나 때는 이미 늦어 버렸다. 빌리는 트럭이 구슬을 덮치는 순간을 공포에 질린 채 지켜볼 수밖에 없었다.

트럭 앞바퀴 밑에서 새하얀 빛이 폭발했다.

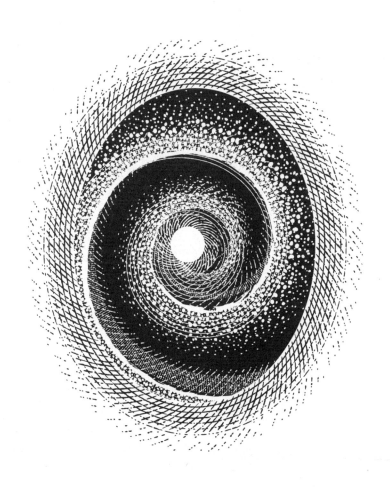

피글릿

피글릿은 해방감을 느낀다.

한동안 어둠, 혼란, 두려움만 느껴졌다.

이제 피글릿은 폭발하는 태양처럼 밖으로 뻗어 나간다. 다시 자유롭다. 다시 피글릿이 된다.

피글릿은 기뻐 콧소리를 낸다. 달을 느낄 수 있다. 정말 오래간 만이다. 마지막으로 이렇게 달을 느껴 본 게……

기억나지 않지만, 그건 중요하지 않다. 지금은 더 중요하고 당장 해결해야 할 문제가 있기 때문이다.

피글릿은 거리 위에 우뚝 서서 발치에 나뒹구는 자동차 한 대를 본다. 운전석에서 한 남자가 뛰쳐나오더니 공포에 질린 채 정신없이 떠들며 달아난다. 제복을 입은 남자 둘이 서로 부축하며 일어선다. 또 다른 남자가 말수레를 끌고서 그곳에서 벗어나려고 허둥지둥한다. 그들의 공포는 너무도 선명하다. 사람들이 저마다 다른 방향으로 다급히 달아난다.

그 소년도 이곳에 있다.

피글릿이 다가가자 소년은 자리에 주저앉아 절망과 공포에 빠진 채 피글릿을 올려다본다.

소년이 기다시피 도망치려 애쓴다.

주변 집에 하나둘씩 불이 켜진다. 누군가 비명을 지른다. 하지만 피글릿은 신경 쓰지 않는다. 피글릿의 관심은 오직 소년에게 쏠려 있다.

피글릿은 소년에 대해 거의 알지 못한다. 피글릿은 호기심을 느낀다. 피글릿은 늘 호기심을 느낀다.

그래서 피글릿은 소년을 향해 몸을 날린다.

미러벨

　일행이 포털을 통해 도착한 곳은 어느 좁다란 비포장도로 옆이었다. 윈스럽은 냄새를 맡기라도 하듯 고개를 들고서 저 혼자 길을 따라 저만치 앞까지 걸어갔다. 미러벨이 소리쳐 불렀지만, 윈스럽은 들은 척도 하지 않았다.

　"뭐 하는 거지?"

　미러벨이 묻자, 오드가 고개를 가로저었다.

　"나도 모르겠어."

　포털이 완전히 닫히기 직전, 루키우스가 포털 밖으로 빠져나왔다.

　"루키우스, 집에 가."

　미러벨이 명령을 내리자, 루키우스는 내 맘대로 하겠다는 듯이 까악 하고 울더니 가까운 나무에 내려앉았다.

　"집에 가라니까."

　미러벨의 목소리가 날카로워졌다.

　"루키우스가 도움이 될지도 몰라."

미러벨은 오드 특유의 중재하려는 듯한 말투가 요즘 들어 부쩍 짜증스럽게 느껴졌다. 엘런비 선생님의 장례식에 오지 않은 오드를 아직 용서할 수가 없었다.

"도움 안 돼."

미러벨이 딱 잘라 말했다.

"네가 그렇다면 그런 거지 뭐."

미러벨은 손가락을 딱 튕기고서 룩헤이븐 쪽을 가리켰다. 루키우스가 까악 울더니 결국 하늘로 날아올랐다. 미러벨은 루키우스가 달빛 휘영청한 밤하늘에 작은 점으로 보일 때까지 계속 지켜보았다.

"하여간 고집이 세다니까."

미러벨이 중얼거리자, 오드는 짐짓 헛기침을 하며 대꾸했다.

"누구랑 참 닮았다고 말하고 싶지만, 안 하는 게 좋겠지."

미러벨이 오드에게 눈총을 날리는 찰나, 윈스럽이 돌아왔다.

"흔적을 놓친 줄 알았는데, 이쪽으로 가긴 한 것 같군. 우리도 움직이자. 장소를 이동하면 방향을 좀 더 잘 잡을 수 있을 거다."

그러자 미러벨이 손을 들며 말했다.

"잠깐만요. 몇 가지 묻고 싶은 게 있어요."

윈스럽이 돌아서더니 미러벨을 차갑게 바라보았다.

"말해 보렴."

"이게 무슨 일인지 집사님은 알고 있나요? 그런 장치에 대해 들어 본 적 있어요? 대체 누가 왜 피글릿을 납치하려는 걸까요?"

윈스럽은 한참 동안 미러벨을 빤히 쳐다보기만 했다. 미러벨이 슬슬 짜증이 날 즈음, 윈스럽이 불쑥 대답했다.

"모른다. 그런 장치에 대해 들어 본 적도 없고."

"그래도 누군가가 만들어 냈잖아요. 그자는 피글릿에 대해서 알고, 피글릿을 가둘 방법도 알고 있어요. 어떻게 그걸 다 알았을까요? 피글릿한테 뭘 어쩌려는 걸까요?"

윈스럽이 딱 잘라 대답했다.

"모른다."

미러벨은 속으로 중얼거렸다.

'참 침착해. 윈스럽은 정말이지 침착하단 말이야. 그래서 더 짜증 나.'

"그래도 의심 가는 바가 있을 거 아네요."

미러벨의 말에 윈스럽이 고개를 갸웃하며 되물었다.

"의심이라?"

"짐작이라든가 가설이라든가 하여간 뭐든이요."

윈스럽이 다시 미러벨을 멀뚱멀뚱 쳐다보기만 했다.

"집사님은 나이가 아주, 아주 많다면서요. '신비로운 윈스럽'이라고 불린다던데. 나이도 많고, 남의 일에 관심도 많으니 아는 것도 많겠네요. 집사님이 다른 사람들을 어떤 눈길로 관찰하는지 내가 다 봤어요. 집사님은 말이 없는 대신 늘 사람들을 관찰하고 있죠."

미러벨은 인상을 찌푸리며 다그쳐 물었다.

"대체 뭘 찾고 있는 거예요? 남의 약점인가요?"

그 말에 윈스럽의 태도가 묘하게 바뀌었다. 어떻게 그렇게 비이성적인 말을 하는지 신기하고 궁금하다는 듯한 인상을 풍겨서 미러벨은 더 화가 났다. 긴 침묵이 흐른 뒤 윈스럽이 한마디를 툭 던졌다.

"흥미롭군."

윈스럽은 곧장 오드 쪽으로 고개를 돌리더니 다음 포털에서 어디로 나가야 할지 의논하기 시작했다.

미러벨은 둘 사이를 비집고 들어가 윈스럽의 얼굴 앞에 자신의 얼굴을 들이밀었다.

"아닌 척하지만, 집사님은 늘 주변 사람들을 의심하고 있죠. 목소리에서 티가 나요."

윈스럽은 이번에도 차분하게 대답했다.

"서두르자. 녀석이 앞서 움직이고 있으니 우리한테는 허투루 쓸 시간이 없어."

오드가 포털을 새로 열었다. 윈스럽이 먼저 들어가고 이어서 오드가 들어가려는 찰나, 미러벨이 오드의 팔을 붙잡았다.

"오드, 난 저 사람 마음에 안 들어."

오드가 어깨를 으쓱하며 대답했다.

"저 사람이 우리한테는 피글릿을 되찾을 유일한 방법이야."

미러벨과 오드가 포털 속으로 들어서자, 이내 포털이 사라졌다. 잠시 정적이 흐른 뒤, 까마귀 그림자 하나가 길 위를 스쳐 지나갔다.

빌리

빌리는 해일에 휩쓸려 버린 기분이었다.

자신의 위에 우뚝 선 괴물을 쳐다보는 것만으로도 말로 표현할 수 없을 만큼 두려웠다. 룩헤이븐 저택에서 처음 방에서 나온 피글릿과 마주쳤을 때와는 차원이 달랐다. 이 괴물은 활활 타오르는 불기둥이자, 불꽃을 뿌리며 도는 톱니바퀴이며, 눈이 수백 개 달린 살아 있는 기계처럼 보였다. 그런데 그 괴물이 빌리를 향해 달려들었다.

이윽고 거리가 사라졌다. 이제 빌리는 분홍색, 파란색, 빨간색 섬광이 번득이는 황금빛 구름이 가득한 천상의 공간에 서 있었다. 누군가 자신을 지켜보는, 아니 그보다는 연구하는 듯한 느낌이 들었다. 수백 개의 눈이 하나로 모여 자신을 현미경 아래에 놓고 살피는 것 같았다.

빌리는 달아나고 싶었지만, 그건 불가능한 일이었다. 왜냐하면 빌리는……

모든 곳에 있고 어디에도 없으니까.

빌리는 두려워졌다. 너무 난데없이 그런 생각이 떠오른 데다, 빌리 자신의 생각이라고 느껴지지 않았기 때문이었다.

빌리는 너무 두려워 몸을 움직일 수가 없었다. 겨우 손만 내밀 수 있을 뿐이었다.

그러자 안개가 사라졌다.

이제 빌리는 지하실에 서 있었다. 추웠다. 아마 겨울인 듯했다. 이때의 기억이 떠올랐다. 빌리는 지하실 어둠 속의 빌리를 볼 수 있었다. 마치 자신의 몸 바깥으로 빠져나오기라도 한 것 같았다. 빌리는 이곳에 있으면서도 없었다.

빌리는 바닥에 웅크리고 있었다. 지금보다 어린, 훨씬 더 어린 모습이었다. 사냥을 나갔다가 막 돌아온 참이라 캐치폴 부부가 지하실 한구석에 무릎을 꿇고 앉아 뭔가를 게걸스럽게 먹어 치우고 있었다. 살점을 찢고, 뼈를 부서뜨리는 소리가 들렸다. 아빠가 고개를 돌렸다. 어둠 속에서 하얀 눈동자가 번득였다. 턱에서 시커먼 피가 뚝뚝 흘러내렸다.

"빌리는 우리한테 참 잘해 줘요. 그렇지요, 엄마? 이렇게 먹을 것 가져다줘요. 참 착해요."

엄마는 아무 대답이 없었다. 눈앞의 이미지가 출렁출렁 흔들렸다. 순간 빌리는 공포에 휩싸였다. 그러나 이내 다른 감정도 함께 느껴졌다. 왠지 모르게 차분해지고 진정되는 느낌이었다.

이어 이미지가 확 바뀌더니 차도에 선 자신과 메그가 나타났다. 빌리가 메그를 발견한 날 밤이었다. 빌리는 메그 쪽으로 몸을 숙이고 있는 자신을 볼 수 있었다. 무슨 말을 하는지 들을 필요가 없었다. 한 마디 한 마디를 지금도 똑똑히 기억하고 있기 때문이었다.

"난 네가 누군지 알아. 나도 너랑 같거든. 오랫동안 혼자 외로웠지? 이제는 혼자가 아니야."

그러자 메그가 빌리의 손을 잡았다. 이번에는 이미지가 가물가물 흐려졌다. 빌리의 눈에 눈물이 가득 차올랐기 때문이었다.

이어 어디론가 추락하는 느낌이 들었다. 바람이 윙윙 귀를 스쳐 지나가더니 안개가 지저분한 회반죽 벽으로 변했다. 캐치폴 부부가 기계로 몰려 들어가는 장면이 보였다. 이번에는 이미지가 빠르게 펼쳐졌다. 검은 수증기가 되어 사라져 버린 캐치폴 부부. 메그의 눈물로 얼룩진 얼굴. 처음 만난 날의 얼굴. 책을 읽어 주면 방긋 웃던 모습.

이미지를 바라보는 내내 빌리는 피글릿이라는 거대한 존재의 무게를 느낄 수 있었다. 피글릿이 빌리와 빌리의 삶을 들여다보며 매 순간을 기록하고 있었다. 빌리의 마음을 강제로 열고서 그 안을 샅샅이 뒤져 보는 것 같았다.

이윽고 세차게 흐르던 강물이 갑자기 방향을 바꾸기라도 한 듯 모든 것이 변했다.

별빛 아래 선 룩헤이븐 저택이 보였다. 어느새 빌리는 집 안으로 들어가 복도를 걷고 있었다. 사람들의 목소리가 들렸다. 미러벨이 요란한 옷차림의, 수염이 덥수룩한 남자에게 뭐라고 말을 하고 있었다. 이어 남자가 수첩을 보여 주자, 미러벨이 방긋 웃었다.

이미지가 출렁이더니 피글릿의 방문 앞에 앉아 말을 걸고 있는 미러벨이 나타났다. 환영이 희미해지더니…… 이번에는 낯선 장면이 펼쳐졌다. 잘 차려입은 노인이 왕진 가방을 들고 저택에 도착하는 모습이 보이더니 이미지가 획획 바뀌기 시작했다. 얼굴에 주근깨가 가득한 소녀. 침대에 누운 창백한 소년. 침대 곁에 앉아 소년의 체온을 확인하는 노인. 늦은 밤, 미러벨과 주근깨 소녀가 꽃밭 옆 벤치에 앉은 모습.

빌리는 그 장면이 다른 누군가의 기억이라는 걸, 피글릿이 마음속에 간직하고 있던 이미지를 보여 준다는 걸 저절로 알 수 있었다.

이어 끔찍한 것이 나타났다.

그림자, 무시무시한 발톱 달린 그림자, 피를 향한 욕망이 들끓는 울부짖음.

빌리는 고개를 돌리고서 그 장면을 외면하고 싶었다. 괴물은 모든 것을 없앨 작정인 듯했다. 미러벨이 그것 앞에 다가섰다. 공기가 소용돌이치고, 하늘에서 까마귀 떼가 몰려 내려와 어둠에 찬 괴물을 갈가리 찢었다. 미러벨의 눈이 굶주림으로 활활 타오르더니 그림자의 검은 심장을 먹어 치웠다.

이제 빌리는 미러벨의 얼굴을 바라보고 있었다. 빌리가 미러벨을 배신하려는 바로 그 순간이었다.

미안하다고 말하고 싶었다.

그러나 모든 것이 사라지고, 빌리는 다시 거리로 돌아왔다.

빌리의 머리 위에 주홍색과 금색이 섞인 회색 안개 덩어리가 떠 있었다. 빌리는 안개를 피해 뒤쪽 벽으로 주춤주춤 물러섰다.

안개가 빌리를 따라 움직이더니 점점 아래로 내려오면서 굳어지고 형태가 잡혔다. 곧이어 피글릿은 빛의 방에서 처음 만났을 때 보았던 모습을 갖추었다. 어린 소년의 모습이지만 빌리는 그 안에서 뿜어져 나오는 어마어마한 힘을 느낄 수 있었다.

피글릿이 고개를 갸웃하며 재미있다는 눈으로 빌리를 쳐다보더니 손을 내밀었다.

빌리는 혼자 힘으로 벽을 짚고서 힘겹게 일어섰다.

그러고는 도망쳤다.

피글릿

피글릿은 소년이 달아나는 모습을 지켜본다. 혼란스럽다. 도와
주려 했던 것뿐인데.

소년의 기억은 흥미진진했다. 피글릿은 책을 뒤적이듯이 소년
의 기억을 살피며 더 인상 깊은 조각을 집어낸다.

미러벨의 얼굴.

지하실 사람들.

어린 여자아이의 얼굴.

여자아이의 얼굴이 나타나자, 소년이 그 아이를 떠올릴 때 느
끼는 온기를 피글릿도 느낄 수 있다.

이걸 뭐라고 하더라?

사랑. 그래, 소년이 그 아이에 대해 느끼는 사랑.

사랑.

언어. 피글릿은 생각한다. 언어란 참으로 작고, 꽤 어리석은 수
단이지만 아주 강력하다.

소년의 마음속에는 미러벨의 얼굴도 있다. 소년은 계속해서 그

얼굴을 떠올렸다. 미러벨의 얼굴에 가득했던 실망. 충격.

그 표정이 칼날처럼 소년의 마음에 생채기를 낸다. 그리고 소년은…….

죄책감. 그래, 소년은 이제 죄책감을 느낀다.

죄책감과 사랑. 피글릿은 잠시 그런 감정에 대해 생각한다. 감정은 참 흥미롭다. 여러 감정이 뒤얽힐 수도 있는 것 같다. 처음 깨닫는 사실이다.

피글릿은 다시 어린 소녀의 얼굴을 보고, 소년의 두려움, 분노, 절망을 느낀다.

그리고 그의 사랑을 느낀다.

그 순간, 피글릿은 마음을 정한다.

피글릿은 고개를 들고 달을 올려다본다. 빙그레 웃으며 달빛을 만끽한다.

피글릿은 세상으로 나오는 게 좋다. 조금 더 머물고 싶다.

그렇게 마음이 정해진 피글릿은 밤의 어둠 속으로 걸어 들어간다.

빌리

빌리는 달렸다. 쿵쿵 발이 포장도로를 딛는 소리, 헉헉 가쁜 숨소리가 밤하늘에 메아리쳤다.

상관없었다. 어떻게든 피글릿한테서 벗어나야 했다. 빌리의 마음에 닿은 피글릿의 마음은 거대하고 강력했다. 피글릿은 모든 것을 볼 수 있었다.

빌리는 그 느낌이 전혀 마음에 들지 않았다. 모든 것이 발가벗겨지는 것 같았다. 그동안 메그를 지키기 위해 최선을 다해 숨어 지냈는데.

메그를 떠올리자 목구멍까지 울음이 치밀며 숨이 막혀 왔다. 빌리는 눈물을 북북 문질러 닦다가 그만 벽에 쾅 부딪치고서 뒤로 튕겨 나왔다. 다시 뛰려 했지만, 발이 뜻대로 움직이지 않았다. 비틀거리던 빌리는 어떻게든 몸을 바로 세우고서 계속 움직이려 했다. 하지만 이번에도 발이 미끄러지면서 쾅당 쓰러지고 말았다. 땅에서 비틀비틀 일어서던 빌리의 눈에 뭔가가 띄었다. 순간 빌리는 심장이 쿵 내려앉는 것 같았다.

달빛이 비친 어느 집 지붕 모서리에 까마귀 한 마리가 앉아 있었다. 까마귀가 날개를 쫙 펼치는 모습을 본 순간, 빌리는 달리기 시작했다. 이번에는 더욱 속도를 높였다. 까마귀가 자신을 쫓아오는 게 느껴졌지만, 눈을 들어 확인할 엄두가 나지 않았다.

빌리는 본능을 따라 달린 끝에 어느 동네에 도착했다. 버려진 채 무너져 내리는 3층 주택이 어둠 속에 줄지어 서 있었다.

생각할 겨를이 없었다. 빌리는 창문을 막은 널빤지를 뜯어내고서 안으로 기어들었다. 썩어 가는 집 특유의 퀴퀴한 공기가 느껴졌다. 지하실은 금방 찾을 수 있었다.

빌리는 계단을 후다닥 내려가서 지하실 구석에 웅크리고 앉았다.

메그 얼굴이 떠올랐다. 이제 무슨 수로 메그를 구할까?

그 생각을 하자 온몸이 부르르 떨리면서 눈물이 왈칵 솟았다.

흐느낌이 잦아들자, 빌리는 벽돌 벽에 머리를 기댄 채 아무 생각도 하지 않으려 애썼다. 아예 존재하지 않는 것처럼 느끼려 했다. 불기둥도, 메그도, 그 무엇도 생각하지 않으려 했다.

다음 순간, 빌리는 어떤 사실을 깨닫고서 머리를 정통으로 얻어맞은 것 같았다.

가방과 책이 사라졌다.

미러벨

"이 근처에 있군."

윈스럽이 킁킁 공기 냄새를 맡으며 말했다.

미러벨 일행은 어느 길 어귀 어둠 속에 몸을 감추고 있었다. 여러 포털을 다닌 끝에 마침내 윈스럽이 빌리의 체취를 찾아내어 이 마을까지 추적해 온 참이었다. 번화가처럼 보이는 거리 한가운데에 트럭이 뒤집혀 있고, 그 앞에 한 남자가 서서 머리를 긁적이며 두 경관과 이야기를 나누고 있었다.

윈스럽이 다시 냄새를 맡더니 말했다.

"가깝군. 아주 가까워. 녀석은 얼마 전까지 이 근처에 있었어. 이번에는 포털이 필요 없을 것 같군."

"흠, 그거 잘됐네요."

오드가 대답하자마자, 윈스럽이 손을 들며 오드의 말을 막더니 중얼거렸다.

"불기둥."

"뭐라고요?"

미러벨이 되물었다.

"저들 중 한 명이 말하길 난데없이 불기둥이 나타났다가 사라졌다는군. 어떤 남자아이가 그 불기둥을 향해 비명을 질러 댔다는구나."

미러벨은 눈을 휘둥그레 떴다.

"피글릿!"

문득 길바닥 위의 무언가가 은빛으로 반짝이며 미러벨의 눈길을 끌었다. 미러벨은 몸을 바짝 숙인 채 그쪽으로 살며시 다가가서 물체를 집어 들었다. 손바닥에 따뜻한 온기가 느껴졌다. 미러벨은 습득물을 오드와 윈스럽에게 보여 주었다. 겉에 룬 문자가 가득 새겨진 은색 금속 조각이었다. 윈스럽이 손을 내밀었다.

"좀 볼 수 있을까?"

미러벨은 금속 조각을 건네며 말했다.

"빌리가 피글릿을 가둘 때 사용한 물건의 일부 같아요. 확실해요."

"쉿."

윈스럽은 긴 손톱 달린 손으로 금속 조각을 감싸 쥐고서 고개를 주억거렸다.

미러벨은 오드에게 어처구니없다는 듯 눈을 굴려 보였다. 그런데 금속 조각을 쥔 윈스럽의 손톱 사이로 은은한 은색 빛이 뿜어져 나왔다. 윈스럽은 무아지경에 빠진 것 같았다.

"뭐 하는 걸까?"

미러벨이 속삭여 묻자, 오드는 전혀 모르겠다는 표정으로 고개를 흔들었다.

이윽고 윈스럽이 낮은 한숨을 쉬더니 입을 열었다.

"그 장치의 일부로군."

미러벨이 대뜸 대꾸했다.

"아까 내가 그렇다고 했잖아요."

윈스럽은 손바닥에 올려놓은 조각을 톡톡 치며 말을 이었다.

"아주 오래되고 강력한 힘이야. 지금껏 이만한 힘은 맞닥뜨려 본 적이 없어."

그러자 미러벨이 물었다.

"그냥 궁금해서 물어보는 건데요. 그럼 전에 맞닥뜨린 건 어떤 힘이었어요?"

윈스럽은 미러벨의 질문을 무시했다.

"녀석은 아주 가까이에 있어."

오드가 나섰다.

"잘됐네요. 그럼 피글릿의 행방은요?"

윈스럽이 조각을 들어 보이며 대답했다.

"이제는 피글릿이 이 장치 안에 갇혀 있지 않다고 봐도 되겠지. 그을린 자국이 있는 걸 보니, 폭발 같은 게 있었나 보군. 미러벨이 짐작하는 대로 그 불기둥이 피글릿이라면……"

"피글릿은 풀려난 거예요!"

오드는 한숨을 푹 쉬었다.

"피글릿이 바깥세상에 나왔다고? 맙소사, 잘됐네, 잘됐어."

미러벨은 마음이 급해졌다.

"피글릿을 찾아아 해."

"남자애가 먼저다."

윈스럽이 금속 조각을 망토 호주머니에 챙기며 대꾸했다.

"피글릿은 우리 가족이에요."

"그렇다 하더라도 나로서는 너희 종족을 뒤쫓는 쪽이 수월하지."

미러벨은 이를 꽉 악물었다. 굳이 그렇게 꼬집어 말하지 않아도 될 텐데, 일부러 그런 것 같아 미러벨은 심기가 불편했다. 아닌 척하면서 은근히 자신을 모욕 주는 듯이 느껴졌다.

"빈대하나?"

윈스럽이 묻자, 미러벨은 싸늘하게 대답했다.

"그 애를 뒤쫓아서 뭐 하게요? 피글릿을 되찾는 게 더 우선이에요."

"아, 그래?"

윈스럽이 고개를 돌리고서 잠시 생각해 보더니 다시 미러벨에게 말했다.

"우선순위라는 말이 나와서 말인데, 다음 중 어느 쪽이 더 중요할까? 위대한 룩헤이븐 가문에 침입한 자를 잡아들이는 것과 아무 생각이 없는 괴물을 찾아 헛되이 돌아다니는 것 중에서 너는 어느 쪽을 고르겠니?"

미러벨은 주먹을 꽉 움켜쥐었다. 오드가 서둘러 미러벨과 윈스럽 사이에 끼어들려 했지만, 미러벨이 나서지 말라는 경고의 눈빛을 날렸다.

"아무 생각 없는 괴물이라고요? 집사님은 피글릿을 그렇게 보나요?"

윈스럽이 어깨를 들썩이며 대답했다.

"내가 피글릿을 어찌 여기는지는 상관없다. 나는 천출 녀석 하나가 룩헤이븐 가문에 어떤 피해를 줬을지, 혹시 다른 천출이 녀석을 본받아 비슷한 범죄를 저지르려 하지는 않을지 그게 가장 걱정이야. 우리 안식처 중 한 곳이 침입당했어. 이건 상당히 계획된 일이라고 봐야지. 그렇다면 범인들이 궁극적으로 노리는 것이 따로 있지 않겠니? 그 녀석을 잡아서 더 큰 음모를 꾸미고 있지 않은지 알아봐야 해. 네 삼촌이라면 동의할 거다. 이모도 그렇고, 모두가 내 말에 동의할 거야."

그 말을 하면서 윈스럽은 짐짓 오드를 쳐다보았다. 오드는 절망적인 표정을 지으며 미러벨을 바라보았다.

"미러벨. 집사님 말이 옳아."

미러벨은 분통을 터뜨리며 대꾸했다.

"말도 안 돼! 누가 뭣 때문에 그런 계획을 세우겠어?"

그러자 윈스럽이 콧방귀를 뀌며 말했다.

"룩헤이븐 바깥에서는 가족들이 너희 종족을 어찌 대하는지 전혀 모르는 게로군?"

"너희 종족? 아까부터 계속 그 소리를 하네요. 마치 내가 다르다는 듯이요."

윈스럽이 고개를 갸웃하더니 안타깝다는 듯이 말했다.

"다른 걸 어쩌겠니? 오, 얘야, 넌 우리랑 달라."

다르다. 미러벨은 이제 그 말이라면 진력이 나려 했다.

"한번 상상해 보렴. 가문에서 쫓겨나고 열등한 취급을 받으면 기분이 어떻겠니? 너 같은 자들, 가문에 받아들여지지 못한 자들이 어떤 분노를 품을지 상상해 보란 말이다. 오랜 증오심이 곪아 터져서 자신을 쫓아낸 가문을 상대로 전쟁을 일으킬 마음을 먹는다면? 그런 자들이 얼마나 위험할지 생각해 보렴. 그 소년 말고도 그런 일을 저지르려 할 자가 얼마나 더 있는 걸까? 그들이 궁극적으로 노리는 건 뭘까? 너는 룩헤이븐 가문을 파괴하려는 괴물과 싸웠지. 그렇다면 외부의 위협이 우리 안식처를 침범해 들어오는 게 얼마나 위험한 일인지 누구보다 잘 알 거 아니냐?"

미러벨은 윈스럽의 말을 곰곰이 생각해 보았다. 한 가족 안에 속해 있지만, 별도로 구분되는 존재라는 게 어떤 느낌인지 미러벨은 잘 알고 있었다. 윈스럽의 말은 분명 일리가 있었다. 그래도 미러벨은 자꾸만 피글릿 생각에 마음이 쓰였다. 바깥세상에서 길을 잃은 채 홀로 남겨진 피글릿을 어쩌면 좋을까?

"피글릿도 찾을 거다."

윈스럽의 목소리가 조금 누그러졌다.

"하지만 먼저 그 아이를 찾아서 심문부터 해야 해."

"그런 다음에는요?"

윈스럽은 대답 없이 미러벨을 빤히 쳐다보더니 뒤돌아서서 길 반대편 끝으로 걸어갔다. 미러벨은 다시 분노에 휩싸였다. 그리고 두려웠다. 왜 그런 감정이 드는지 이유는 알 수 없었다.

"미러벨, 가자."

오드가 미러벨의 팔을 끌었다.

"진짜 자신 있어서 저러는 거 같아."

미러벨은 마지못해 걸음을 뗐다.

빌리

빌리는 어둠 속에 웅크리고 앉아 있었다. 시간이 얼마나 흘렀는지 알 수 없었다. 별로 궁금하지도 않았다. 멍하니 앞만 바라보며, 이 어둠 속에서도 지하실 구석구석까지 다 볼 수 있는 자신의 뛰어난 감각을 저주할 뿐이었다. 빌리는 완전한 어둠을 원했다. 어둠이 자신의 부끄러움과 비겁함을 가려 주기를, 자꾸만 어른대는 메그의 얼굴을 덮어 버리기를 바랐다.

결국 빌리는 고개를 아래로 푹 떨구었다. 온몸 구석구석이 아팠다. 신체적 통증을 넘어서는 깊은 고통이 빌리를 사로잡았다. 계획을 세워야 했다. 돌아가서 메그를 구해야 했다. 어떻게 하면 좋을까? 게다가 아무래도 그자가…….

빌리는 번쩍 고개를 들었다. 착각이 아니었다. 분명히 위층에서 어떤 소리가 들렸다.

잠시 후 다시 날갯짓하는 듯한 소리가 났다. 분명 희미하게 까악 하는 소리도 들렸다.

미러벨의 까마귀가 이곳까지 빌리를 쫓아온 모양이었다. 멀쩡

한 눈을 번득이며 빌리를 찾아 이 방 저 방을 돌아다니는 모습이 눈에 선했다.

빌리는 서둘러 자리에서 일어나 숨을 죽인 채 귀를 기울였다.

아무 소리도 들리지 않았다.

빌리는 참던 숨을 내쉬고서 계단 쪽으로 살금살금 움직였다.

첫째 칸에 살며시 발을 올려놓자, 바로 끼익 소리가 났다. 빌리는 움찔하며 물러났다가 둘째 칸에서부터 조금씩 위로 올라갔다. 귀에 피가 쏠려 윙윙거리는 소리만 들릴 뿐 사방이 고요했다.

빌리는 천천히 지하실 출입문으로 다가가서 살며시 문을 열었다. 문이 약간 휘어 있어서 잘 열리지 않고 삐걱거렸다. 빌리는 이번에도 움찔했다. 이마에 땀이 송골송골 맺혔다.

허물어져 가는 복도에는 아무 인기척이 없었다. 빌리는 부서진 널빤지 조각이나 벽돌을 밟지 않으려고 조심하며 앞으로 나아갔다. 2층으로 가는 계단이 나오자, 현관 쪽으로 살며시 방향을 틀었다.

아무도 없었다.

만약 까마귀가 이곳에 있다 하더라도, 어딘가 보이지 않는 곳에 꼼짝 않고 앉아 있는 모양이었다.

빌리는 공기 냄새를 맡아 보았다. 아무 냄새도 나지 않았다.

빌리는 낮게 안도의 한숨을 쉬었다.

그 순간 한쪽 구석에서 검은 형체가 은색 두 눈을 빛내며 우아한 몸짓으로 미끄러져 나왔다.

"찾았다."

윈스럽의 목소리였다.

빌리는 곧장 난간을 지렛대 삼아 계단 위로 몸을 날렸다. 그러나 내려선 계단 디딤판이 부서지면서 다리가 끼고 말았다.

윈스럽이 잽싸게 빌리를 뒤쫓았다. 둘 사이의 거리가 몇 뼘도 남지 않았을 때, 빌리는 부서진 디딤판을 뜯어내어 윈스럽을 향해 휘둘렀다. 윈스럽은 가슴팍을 정통으로 얻어맞고서 계단 아래로 굴러떨어지고 말았다.

빌리는 다리를 빼내고서 한 번에 몇 계단씩 경중경중 뛰어오르며 위층으로 달려 올라갔다.

갑자기 계단 꼭대기에 뭔가 검고 흐릿한 형체가 나타나더니 오드가 포털 밖으로 걸어 나왔다. 빌리는 곧장 옆에 보이는 계단 기둥 상식을 잡고서 허공으로 몸을 날렸다. 그러고는 그 반동으로 오드의 가슴팍을 걷어찼다. 빠른 속도 때문에 그대로 반 바퀴를 더 돌고서 바닥에 내려서는데, 뒤에서 오드가 벽에 쾅 부딪치는 소리가 들렸다. 빌리는 앞으로 달려나갔다.

부서진 지붕 사이로 달빛이 하얗게 비쳐들었다. 순간 달빛 사이로 그림자가 어른거리기에 빌리는 눈길을 위로 들었다. 예상했던 대로 검은 날개가 보였다.

빌리는 앞에 보이는 방문을 부수고 안으로 들어갔다. 깨진 창문을 본 순간 너무 기뻐서 소리라도 지르고 싶었다. 빌리는 창밖으로 거침없이 몸을 날리고서 공중제비를 빙글빙글 돌며 인적 없는 거리에 사뿐히 내려섰다. 다시 달리려는데 뒤에서 갑자기 누군가가 소리쳤다. 그 목소리를 듣는 순간, 빌리는 몸이 뻣뻣이 굳는 것 같았다.

"거기 서!"

고개를 돌리니 미러벨이 빌리를 향해 성큼성큼 다가오고 있었다. 여느 때보다 얼굴이 더 창백해 보였다.

"어디 있어?"

미러벨이 날카롭게 물었다.

빌리는 꼼짝달싹할 수가 없었다. 어찌 된 일인지 해명하고, 미러벨의 이해를 얻고 싶었다.

"난……."

온갖 장면이 머릿속을 스쳐 지나갔다. 빨간 머리칼 소녀와 그 옆에 선 소년. 불빛과 소용돌이치는 별들, 꽃길을 향해 몰려드는 성난 폭도들, 달빛 속에 차분히 서 있는 창백한 미러벨의 모습.

빌리는 머리를 세차게 흔들며 중얼거렸다.

"그, 그만해."

미러벨이 빌리 앞으로 성큼 다가서더니 허리에 손을 턱 얹으며 말했다.

"뭘 그만해? 피글릿이 어디 있는지 당장 말해."

빌리는 항복하듯 손을 들었지만, 이미지가 계속 떠올랐다.

"너한테 한 말이 아니야. 난⋯⋯."

밤하늘을 구름처럼 뒤덮은 까마귀 떼. 회색 눈동자. 룩헤이븐 저택. 그곳을 뒤덮는 그림자.

빌리는 야생 동물처럼 거칠게 고개를 흔들며 포효하고는 도망치려고 뒤돌아섰다. 그러자 갑자기 빌리 앞에 은색 불길이 솟아오르며 길을 막았다. 불길이라고 해도 얼음처럼 차가워서 몇 걸음 떨어진 곳에서도 시린 냉기가 느껴졌다.

빌리는 얼른 뒤돌아섰다. 그러자 반대편에도 은색 불길이 치솟았다. 불길 벽에 갇힌 빌리는 우두커니 미러벨을 바라볼 수밖에 없었다.

"꼼짝 마."

목소리가 들리는 쪽으로 눈길을 돌리니 몇 걸음 떨어진 곳에 윈스럽이 서 있었다. 날카로운 손톱을 지닌 윈스럽의 손안에서 은빛 불꽃이 춤을 추고 있었다.

빌리는 다시 포효하며 윈스럽을 향해 달려들었다. 윈스럽이 두 손을 앞으로 쭉 뻗자, 손에서 은빛 불길이 뻗어 나와 빌리를 에워쌌다. 빌리는 서성대며 빠져나갈 구멍을 찾았지만 틈이 보이지 않았다. 불길을 뛰어넘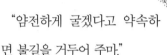
어 보려고 자세를 잡자,
윈스럽이 한 손에 은
빛 불꽃 덩어리를 쥔
채 아서라는 듯이 손가
락을 까딱였다.

"얌전하게 굴겠다고 약속하
면 불길을 거두어 주마."

윈스럽이 으름장을 놓자, 미러벨이 옆에서 거들었다.

"시키는 대로 해."

빌리는 미러벨의 걱정 어린 목소리에 내심 깜짝 놀랐다. 둘의
눈이 마주친 순간, 빌리의 배신이 떠오른 듯 미러벨의 표정이 굳
었다. 빌리는 한대 얻어맞은 듯 숨이 턱 막혔다. 빌리가 걸음을
멈추고서 눈길을 아래로 떨어뜨리자, 윈스럽이 고개를 끄덕이며
손을 흔들었다. 곧바로 불길이 사그라들었지만, 대기에 여전히
날카로운 냉기가 느껴졌다.

윈스럽이 한 손을 들며 말했다.

"도망칠 생각은 하지 않는 게 좋을 거다."

이윽고 미러벨 옆에 포털이 열리더니 오드가 가슴을 문지르
며 걸어 나왔다.

"어떻게 됐어?"

미러벨

　미러벨은 빌리를 괴롭혀 주고 싶었다. 다그치고 들볶아서 뼛속까지 뒤흔들어 놓고 싶었지만, 막상 이렇게 웅크려 앉은 빌리를 내려다보고 있으니 가엽고 불쌍했다. 빌리는 초조한 얼굴로 두 팔을 신경질적으로 문질러 댔다. 해결해야 할 과제를 떠올린 순간, 미러벨은 동정심이 사라지면서 다시 분노가 끓어올랐다.

　"무슨 짓을 한 거야? 피글릿에게 무슨 짓을 한 거냐고?"

　빌리는 갈팡질팡하며 어쩔 줄을 몰랐다.

　"난 아무……. 내가 그런 게 아니라……."

　미러벨은 빌리가 계속 눈을 마주치지 않으려고 애써 자신의 눈길을 피하는 걸 눈치채고 있었다. 그러던 빌리가 갑자기 낯선 사람을 마주하는 듯한 눈빛으로 미러벨을 바라보았다.

　빌리는 눈을 휘둥그렇게 뜨며 말했다.

　"넌 그걸 먹었고, 그것의 힘을 느꼈어. 천둥 번개와 폭풍과 분노를 삼킨 느낌이라고 생각했지. 넌……."

　미러벨은 움찔하지 않을 수 없었다. 빌리가 털썩 무릎을 꿇고

282

앉더니 머리를 쥐어뜯으며 고래고래 소리쳤다.

"피글릿은 내게 많은 것을 보여 줬어. 난 모든 걸 봤고, 피글릿은……. 피글릿은 나를 들여다봤어!"

미러벨은 재빨리 오드와 윈스럽의 반응을 확인했다. 둘은 빌리의 말에 빠져들어서 미러벨의 존재는 아예 잊어버린 것 같았다. 미러벨은 잠시 자신을 추스르면서 다시 분노를 그러모으려 했다. 하지만 빌리의 말에 마음이 흔들렸다.

"피글릿은 지금 어디 있어?"

미러벨이 묻자, 빌리는 고개를 가로저었다.

"나도 몰라."

그러자 오드가 물었다.

"피글릿은 왜 데려간 거야?"

"그자들이 메그를 붙잡고 있어. 시키는 대로 안 하면 메그를 죽이겠다고 했어."

이번에는 윈스럽이 물었다.

"누가 말이냐?"

"런던 사람이에요."

빌리는 정신을 가다듬으려는 듯 머리를 세차게 흔들더니 말을 이었다.

"부자고, 이름은 코트니라고 했어요."

미러벨이 다시 물었다.

"메그는 누구야?"

대답하는 빌리의 목소리가 갈라져 나왔다.

"내 동생."

그러자 오드가 물었다.

"그들이 너더러 피글릿을 훔쳐 오라고 했어?"

"응."

빌리는 머리가 터져 버릴까 두려운 듯이 꽉 움켜쥐었다.

"왜지?"

윈스럽이 다그쳐 물었다.

"몰라요. 내 생각에는……."

빌리는 비틀거리다가 땅에 풀썩 쓰러지고 말았다. 오드가 다가가서 빌리의 이마에 손을 짚었다.

"몸이 불덩이네. 왜 이러는 거지?"

미러벨이 나직이 대답했다.

"피글릿. 피글릿이 빌리한테 말을 건 거야. 빌리는 그걸 감당하기 힘들었고. 그 사건 때 톰이 며칠 동안 얼마나 아팠는지 기억나?"

빌리의 눈꺼풀이 파르르 떨리더니, 다시 정신을 차린 빌리는 미러벨의 팔을 붙잡고서 숨을 헐떡이며 말했다.

"네……, 까마귀가……, 날 찾아냈어."

미러벨은 놀라 주위를 두리번거렸다. 달빛이 비치는 지붕 모서리에 까마귀 한 마리가 앉아 있었다.

"집에 가라고 했잖아."

미러벨이 목청을 높였지만, 루키우스는 꼼짝하지 않고 어둠 속을 도도하게 바라볼 뿐이었다.

"우리를 도와주려고 그러는 걸 거야."

오드가 루키우스를 두둔해 주자, 미러벨은 끙 하고 앓는 소리를 냈다. 빌리의 손에 힘이 풀리더니 빌리가 다시 정신을 잃었다. 윈스럽이 주위를 돌아보더니 말했다.

"일단 안전한 곳으로 이동하는 게 좋겠어. 숲으로 가자꾸나."

오드는 윈스럽의 도움을 받아 빌리를 부축해 일으키고는 포털을 열었다. 셋이 먼저 들어가고 뒤따라 들어가려던 미러벨이 멈칫하며 루키우스를 다시 올려다보았다.

"집에 가."

루키우스는 꼼짝할 기미도 없었다.

"루키우스, 집에 가라니까."

루키우스가 반항하듯이 까악 하고 한번 울더니 결국 하늘로 날아올랐다. 미러벨은 루키우스가 날아가는 모습을 내내 지켜보다가 포털에 다시 발을 들였다. 포털이 닫히려는 순간, 미러벨은 인상을 찌푸리며 다시 하늘을 올려다보았다. 루키우스의 날개가 달빛을 받아 반짝 빛났다.

피글릿

피글릿은 하염없이 걷는다.

밤은 어둡지만 나직하고 기분 좋은 소리가 가득하다. 부엉이 우는 소리, 오소리가 먹이를 찾아 덤불을 헤집는 소리. 어디선가 여우가 나무 곁에서 코를 킁킁거리다가 피글릿이 지나가는 걸 느끼고서 귀를 바짝 세운다.

피글릿은 빙그레 웃는다. 밖에 나와 있으니 좋다. 지금 모습도 마음에 든다. 처음에는 매의 형태로 밤하늘을 마음껏 날아다니며 날개 아래로 세상이 스쳐 지나가는 감각을 즐겼다. 하지만 이내 다시 변신하고 싶은 충동이 들었다. 지금은 만족한다. 이유는 모른다. 피글릿은 두 손을 바라본다. 그리고 몸을 앞으로 나아가게 하는 다리를 내려다본다. 다시 날 수도 있고, 길 수도 있고, 어쩌면 안개가 되어 하늘을 떠다닐 수도 있다. 하지만 왠지 이제부터 꼭 해야 하는 일에는 이 모습이 알맞게 느껴진다.

오랫동안 피글릿은 호기심은 무한하지만, 목적 없이 방황하며 자신이 있어야 할 곳에 머무는 데 만족했다. 그러나 이제는 상황이 변했다. 빌리의 마음을 만난 뒤부터 달라졌다.

왜냐하면 이제 피글릿한테는 목적이 있으니까.

잠시 여러 이미지가 피글릿의 마음을 스쳐 지나간다. 피글릿은 자신의 것이 아닌 감정에 휩싸인다. 다른 사람의 감정이지만 그렇다고 고통스럽지 않은 것은 아니다.

피글릿은 눈을 본다. 부드러운 두 눈동자. 어둠. 빛. 그리고 윙윙대며 힘을 뿜어내는 위협적인 금속 물체.

그렇다. 이제 피글릿한테는 목적이 있다.

무엇도 피글릿을 막을 수 없다.

미러벨

미러벨 일행은 작은 공터에서 야영하기로 했다. 윈스럽은 빌리가 도망치지 못하도록 결박해 두자고 제안했다. 오드가 얼른 포털을 통해 밧줄을 구해 왔고, 세 사람은 빌리를 나무에 묶었다.

미러벨은 분노와 죄책감에 휩싸인 채 빌리의 맞은편에 자리를 잡고 앉았다. 빌리는 고개를 축 늘어뜨리고 있었다. 겉으로 보이는 상처는 없지만, 어딘가가 멍이 들고 부러진 것 같았다. 미러벨은 빌리가 벌인 짓을 다시금 떠올리며 불쌍히 여기는 마음을 지워 버리려 했다.

그러자 오히려 더 피글릿이 생각났다. 홀로 세상에 노출되어 어떤 일을 당하고 있을지 걱정이 이만저만이 아니었다. 나이는 많지만 여러 면에서 피글릿은 어린아이나 다름없었고, 어린아이답게 남을 너무 쉽게 믿었다. 그 밖에도 위험 요소가 많았다. 몇 시간 뒤면 해가 뜰 텐데, 오드와 윈스럽은 마법 펜던트를 지녔지만, 피글릿은 방어 장치가 없었다.

"피글릿 생각하는 거지?"

오드가 나무에 기대어 앉으며 툭 말을 던졌다. 미러벨은 고개를 끄덕였다.

"곧 동이 틀 텐데, 햇빛을 쐬게 되면 어떻게 해."

"걱정하지 마. 피글릿도 햇빛 아래 저벅저벅 걸어 나가면 안 된다는 것 정도는 알아. 우리로서는 시간을 벌 수 있으니 오히려 잘된 일이야."

"그렇게 확신할 일은 아니지."

윈스럽이 한마디 하자, 미러벨이 되물었다.

"왜요?"

"피글릿은 다르니까."

또 그 소리였다. 미러벨은 이제 그 말이 지긋지긋했다.

"아, 그래요? 피글릿은 어떻게 다른데요?"

윈스럽은 어깨를 들썩여 보였다.

"그냥 달라."

미러벨은 인상을 찌푸리며 대꾸했다.

"집사님이 그걸 어떻게 알아요? 피글릿은 내 가족이에요. 난 피글릿이랑 평생 알고 지낸 사이라고요."

오드가 한마디 거들었다.

"집사님, 설마 또 오래 살면 다 알게 되어 있다고 주장하려는 거예요?"

"그래, 난 늙었지. 나이가 많다는 건 분명 장점이 있고 말이야."

289

미러벨은 싸늘하게 웃으며 대꾸했다.

"아마도 그 장점 중 하나가 '특별한' 지식을 지녔다는 거겠죠?"

"이것만큼은 분명히 알고 있지. 피글릿은 햇빛에 해를 입지 않는다는 것 말이야."

어떻게 피글릿에 대해서 그렇게 세세히 알고 있느냐고 따져 물으려는 순간, 미러벨의 귀에 앓는 소리가 들렸다.

빌리가 몸을 뒤척였다. 처음에는 초점이 흐릿하던 두 눈이 점점 또렷해지더니 빌리는 갑자기 맹렬한 기세로 결박을 풀려고 버둥거리기 시작했다.

윈스럽은 땅이 꺼져라 한숨을 쉬며 말했다.

"제발 그만하거라."

빌리는 누구에게 잡혔는지 확인하려는 듯 주위를 둘러보다가 미러벨과 눈이 마주쳤다. 미러벨은 당황한 빌리의 눈빛을 보며 또다시 분노와 동정심이 뒤섞인 감정을 느꼈다.

윈스럽이 자리에서 일어서며 말했다.

"네게 물어볼……."

"아, 좀 그만해요!"

미러벨이 버럭 소리를 지르며 일어서더니 빌리를 향해 저벅저벅 걸어갔다.

"뭣 때문에 이런 일을 벌였는지 해명해. 피글릿은 어디 있어? 왜 데려간 거야?"

빌리는 밧줄을 풀려고 버둥거렸다.

"풀어 줘. 난 가야 해!"

"간다고? 어디를?"

"구해야 한단 말이야!"

"누구를? 네 동생 메그?"

빌리는 고개를 세차게 끄덕였다.

"날 보내 줘."

미러벨은 빌리 앞에 무릎을 꿇고 앉았다.

"그자들은 왜 피글릿을 납치해 오라고 했어?"

"코트니란 자한테 어떤 기계가 있어."

빌리는 어떻게 설명하면 좋을지 고민스러운 듯 잠시 생각하더니 말을 이었다.

"사람들의 생명력을 뽑아내는 기계야. 그 자는 피글릿의 생명력을 원하는 것 같아. 그게 있으면 오래 살 수 있나 봐."

미러벨은 충격에 휩싸였다. 생각만 해도 끔찍했다. 미러벨과 오드는 걱정스레 눈길을 주고받았다.

"사람들의 생명력을 뽑아낸다고?"

윈스럽이 중얼거리자, 오드가 다급히 물었다.

"집사님, 혹시 이런 이야기를 들어 본 적 있어요?"

"아니. 정말 처음 듣는 소리다."

윈스럽의 목소리에서 희미하게 공포가 느껴져서 미러벨은 적잖이 놀랐고, 마음이 한층 더 무거워졌다.

"시키는 대로 안 하면 메그를 그 기계에 집어넣겠다고 했어. 이미 기생충 부부를 기계에 넣고……."

"기생충 부부?"

미러벨이 되묻자 빌리는 씁쓸하게 대답했다.

"캐치폴 부부. 날 양아들로 받아들인 분들 말이야. 가족한테서 쫓겨나서 숨어 살다가 나랑 만나서 같이 지내게 되었는데, 그자들이 기계에 넣고……."

빌리는 두 눈을 꼭 감은 채 고개를 돌리고서 거친 숨을 내쉬었다. 그러더니 고통에 가득한 눈빛으로 미러벨을 바라보았다.

"메그를 되찾아야 해! 내가 돌아가지 않으면 그자들이 메그도 죽일 거야."

"계획은 있어? 피글릿을 납치한 다음에는 어쩔 작정이었는데?"

"약속 장소에서 어떤 사람을 만나기로 했어. 피글릿을 넘겨주면 메그를 바로 풀어 준다고 했거든."

미러벨은 빌리를 빤히 쳐다보며 뭔가 곰곰이 생각하더니 갑자기 빌리의 밧줄을 풀기 시작했다. 놀란 오드가 앞으로 나섰다.

"미러벨, 뭐 하는 거야?"

밧줄이 느슨해졌다. 빌리는 놀라서 어리벙벙한 눈으로 미러벨을 바라보았다. 미러벨은 빌리 앞에 얼굴을 바싹 들이대고서 매섭게 노려보며 말했다.

"난 널 믿었는데, 넌 날 배신했어. 네 잘못을 바로잡을 기회를 줄 테니 최선을 다해 봐."

미러벨은 이글거리는 눈길을 빌리에게 고정한 채 말을 이었다.

"윈스럽 집사님! 집사님한테는, 집사님 표현을 빌리자면 '우리 종족'을 찾아내는 능력이 있다고 했죠?"

"그래."

"빌리 너도 직감이 꽤 뛰어난 것 같던데. 안 그래?"

빌리는 미러벨이 무슨 말을 하려는지 미심쩍은 눈으로 바라보았다.

"너도 추적 능력이 있잖아. 보니까 넌 거의 뭐든 찾아낼 수 있는 것 같더라. 내 말 맞지?"

빌리가 고개를 끄덕이자, 미러벨은 자리에서 일어섰다.

"피글릿을 찾을 수 있도록 빌리가 우리를 도와줄 거예요."

오드

"맞아요. 계속 움직여야 해요."

미러벨은 오드 쪽으로 눈길을 돌렸다.

"오드, 부탁해."

오드는 미러벨이 어디든 가자고 말만 하면 바로 포털을 열 수 있을 거라 여기는 데 대해 살짝 짜증이 났다. 솔직히 지난 몇 주간 이곳저곳의 안식처 사이를 오가며 사람들을 데려오고 짐을 나르느라 시간을 너무 뺏기는 것 같아 불만이 없지 않았다. 5년 선 처음으로 가족을 데리고 포털 이동을 했던 일이 종종 후회되기도 했다. 하지만 필요하다면 하기 싫은 일도 해야 하는 법이고, 그때는 진짜 긴급 사태였고, 확실한 목적이 있던 터라 행복까지는 아니더라도 나름대로 만족감을 느꼈다.

"목적지를 알아야 해."

오드는 억지 미소를 지으며 대답했다. 미러벨이 잔뜩 화나고, 뭔가를 하기로 단단히 마음먹었을 때는 말려 봐야 아무 소용없었다. 엘런비 선생님을 떠나보낸 지 얼마 지나지 않아 피글릿을 잃었으니 미러벨은 상처받고 슬픔 속에서 허우적거리고 있었다. 오드는 미러벨의 고통을 이해했다. 오드 자신도 마커스를 떠올리기만 하면 가슴이 끔찍하게 아팠고, 피글릿이 위험에 처했을까 봐 너무 두려웠으니까.

미러벨이 오른쪽을 가리키며 대답했다.

"빌리가 저쪽으로 갔던 것 같대."

오드는 어이없다는 표정을 지어 보였다.

"그건 너무 모호하잖아."

그러자 빌리가 조심스레 말을 꺼냈다.

"탁 트인 길로 나가면 피글릿이 어느 쪽으로 갔는지 더 잘 알 수 있을 거야."

벌써 저만치 앞서가던 윈스럽이 한마디를 툭 던졌다.

"그럼 조금이라도 빨리 움직이는 게 최선이겠지."

미러벨은 오드를 돌아보며 물었다.

"그냥 포털을 열면 안 돼?"

오드는 슬며시 화가 치밀었다. 한마디 되쏘아 주려는데 윈스럽이 끼어들었다.

"저 소년이 하자는 대로 하자꾸나. 포털 마법이 저 녀석의 추적 능력을 떨어뜨릴 수도 있잖아. 피글릿을 가로채려면 어느 길이 가장 빠를지 알아보고 움직이는 게 좋을 것 같다. 우리는 지금 까마귀처럼 영리하게 굴어야 해."

까마귀란 말이 나오자 신호가 떨어진 듯 나무 위에서 날개 퍼덕이는 소리가 들렸다.

여느 때라면 재미있는 우연의 일치라고 여겼겠지만, 오늘 밤은 오드가 보기에도 이상하다 싶을 만큼 숲에 짙은 어둠이 가득하고, 팽팽한 긴장감이 흘렀다.

"그럼 네가 앞장서."

오드가 먼저 가라는 손짓을 하자, 빌리가 앞으로 나섰다. 미러벨은 실눈을 뜨고 나무 위를 살피다가 언뜻 까마귀 한 마리를 보았다. 오드는 미러벨의 얼굴에 떠오른 짜증을 읽을 수 있었다. 미러벨은 루키우스를 향해 고개를 절레절레 흔들더니 끙 소리를 내며 오드와 나란히 걷기 시작했다. 빌리와 윈스럽은 벌써 큰길로 이어지는 비탈길을 오르고 있었다.

루키우스가 나무 꼭대기에서 날아 내려오더니 부근의 나무 그루터기에 자리를 잡는 소리가 들렸다.

"집에 가라고 몇 번을 말했는데."

미러벨이 나직이 투덜거리자 오드는 어쩌겠냐는 듯이 어깨를 들썩이며 대답했다.

"그냥 시키는 대로 하는 게 싫나 보지. 어떤 기분인지 나는 알 것 같은데."

미러벨이 오드를 흘겨보더니 루키우스를 향해 걸음을 뗐다.

"잠깐만 기다려요."

오드가 소리치자 빌리와 윈스럽이 돌아섰다.

"고집쟁이 까마귀를 달래 줘야 해서 말이야."

오드는 최대한 쾌활한 척하고서 미러벨의 곁으로 갔다.

루키우스가 까악 하고 울었다. 밤하늘에 축축하고 끈적한 소리가 울려 퍼졌다. 오드가 평소에 듣던 소리와 사뭇 달랐다.

미러벨은 나무 그루터기 앞에 얼어붙은 듯이 서 있었다.

루키우스가 다시 까악 하고 울더니 날개를 퍼덕이며 하늘로 날아올랐다. 루키우스가 미러벨을 내려다보며 까악까악 소리치자, 미러벨은 한걸음 뒤로 물러섰다.

"오드?"

미러벨이 말을 맺지 않았는데, 오드는 벌써 불안해졌다. 루키우스가 둘의 머리 위를 날아다니며 목놓아 울어 댔다.

"아까 포털을 통과하기 전에, 루키우스한테 집에 돌아가라고 소리쳤을 때 말이야. 내가 뭘 본 것 같아."

"뭘 봤는데?"

"루키우스 깃털이 좀 달라 보였는데, 그냥 달빛의 장난이라고 생각했어."

갑자기 환한 빛이 어둠을 갈랐다. 윈스럽의 손바닥에서 은색 불꽃이 춤을 추며 진실을 환히 드러내어 보였다.

"저건 루키우스가 아니야."

미러벨이 중얼거렸다. 이제 오드도 분명히 볼 수 있었다. 루키우스는 한쪽 눈만 성한데 머리 위의 까마귀는 두 눈이 다 멀쩡했다. 깃털도 새카맣지 않고, 갈색과 우중충한 흰색이 뒤섞인 낯선 색깔이었다. 모든 면에서 평범한 까마귀처럼 보이지만, 울음소리에 분명 위협이 담겨 있었다.

갑자기 빌리가 고개를 이리저리 돌리며 공기 냄새를 킁킁 맡았다. 그러더니 윈스럽의 팔을 잡아당기며 빛의 테두리 너머 어둠을 가리켰다. 오드는 등골이 서늘했다. 최소 세 명 이상의 형체가 나무 사이를 헤치며 이쪽으로 다가오고 있었다.

머리 위에서 까마귀가 당장 공격할 듯이 날개를 퍼덕였다. 윈스럽은 일행에게 가까이 모여서라는 신호를 보냈다.

누군가가 껄껄 웃었다. 웃음소리에 독기가 뚝뚝 흘렀다.

이내 나무 뒤에서 한 남자가 걸어 나왔다. 가죽 재킷 차림을 한 남자는 키가 컸고, 긴 머리칼이 눈에 띄었다.

"어이, 꼬맹이, 어떻게 된 거야? 우리 거래를 잊어버린 거냐? 너한테 친구를 만들어도 된다는 말은 한 적이 없는데?"

빌리가 다급히 소리쳤다.

"저 사람이야! 저자가 쏘온이야!"

이윽고 까마귀가 쏘온의 어깨에 내려앉았다. 쏘온은 오드 일행을 바라보며 씨익 웃었다. 이제 나머지 세 사람도 덤불 밖으로 완전히 모습을 드러냈다.

윈스럽이 두 손을 뻗어 쏘온에게 은색 불꽃을 날렸다. 숲에 미친 듯이 춤추는 그림자가 가득 드리워졌다.

놀랍게도 쏘온이란 자는 윈스럽이 날린 불꽃을 맨손으로 잡아챘다. 그러고는 불꽃을 눌러 하얗게 불타는 공으로 압축하더니 도로 윈스럽에게 날려 보냈다.

윈스럽은 가슴을 정통으로 맞고서 뒤로 획 날아갔다. 충격 에너지가 퍼져 나가면서 오드, 빌리, 미러벨까지 줄줄이 쓰러지고 말았다.

오드는 빙글빙글 돌며 허공을 날아가다가 어느 순간 쾅 하고 바닥에 떨어졌고, 그대로 정신을 잃고 말았다.

잠시 후 깨어난 오드는 비틀비틀 몸을 일으켰다. 주변의 모든 것이 느리게 움직였다. 윈스럽에게 가장 가까이 서 있었던 탓에 윈스럽만큼 충격파를 강하게 맞은 모양이었다. 미러벨이 오드의 이름을 외쳐 부르며 일어서려고 애쓰는 모습이 눈에 들어왔다. 이미 정신을 차린 빌리는 분노와 공포에 휩싸인 채 몸을 부들부들 떨고 있었다. 쏘온의 부하들이 미러벨과 빌리에게 점점 가까이 접근하고, 쏘온도 그들을 향해 성큼성큼 다가왔다. 쏘온의 어깨에 앉은 까마귀는 날개를 퍼드덕거리며 오만하게 까악까악 울어 댔다. 빌리가 쏘온에게 달려들자, 부하 중 하나가 그물을 던졌다. 곤봉으로 무장한 쏘온의 부하들은 그물에 갇혀 버둥거리는 빌리를 둘러싸고서 점점 거리를 좁혔다.

미러벨 앞에 선 쏘온이 손을 펼치더니 후 하고 입김을 불었다. 뭔가 부드러운 가루 같은 것이 날렸다. 오드는 미러벨이 스르륵 정신을 잃고 쓰러지는 모습을 공포에 질려 바라보았다.

몇 걸음 떨어진 곳에서 윈스럽이 일어서려고 애를 쓰고 있었다. 이윽고 쏘온이 오드와 윈스럽에게 번득이는 눈길을 돌렸다.

그 순간, 오드는 바로 결정을 내렸다.

오드는 가슴을 움켜쥔 채 허둥지둥 일어섰다. 숨 쉬기가 힘들었다. 윈스럽은 여전히 정신을 제대로 차리지 못하고 휘청거리고 있었다. 오드는 비틀비틀 윈스럽에게 다가가서 그의 팔을 붙잡았다.

다음 순간, 오드는 윈스럽을 끌고서 포털로 뛰어들었다.

피글릿

밤새 피글릿은 공기에서 이상한 떨림을 느꼈다. 먼 곳에서 뿜어져 나오는 듯한 진동은 피글릿의 머릿속을 어지럽혔고, 정신을 흐렸다. 어째서인지 피글릿은 그 진동에 끌렸다. 저항하기가 쉽지 않았다. 마침내 떨림이 멈추자, 모든 것이 고요해졌다. 이제 피글릿은 길가에 서서 오랫동안 보지 못한 것을 바라본다.

햇빛.

오래전에 본 기억이 있다.

피글릿은 하늘에 햇빛이 퍼지며 먹빛 어둠을 녹여 회색으로, 다시 파란색으로 바꾸는 광경을 지켜본다. 피글릿은 나무 그늘에 서 있다. 세상은 이제 한결 활기를 띤다. 더 다양한 소리와 지저귐, 휘파람과 웅성거림이 가득하다. 피글릿은 아주 오래전의 어느 한때를 기억한다.

하지만 그 기억은 이내 사라진다. 피글릿은 민들레 씨앗을 잡으려는 어린아이처럼 그 기억을 붙잡으려 한다. 그러나 바람이 기억을 멀리, 저 멀리 날려 보낸다.

햇빛 속으로.

피글릿은 햇빛 속으로 걸어 들어가 온기를 느끼고, 누리고, 다시 길을 떠난다.

전날 밤의 이상한 떨림은 마음 한구석으로 밀어 넣는다. 피글릿은 미러벨이 했던 말을 떠올린다.

"집중해요, 피글릿. 집중해야 해요."

피글릿은 고개를 끄덕이고서 눈앞에 놓인 길에 집중한다.

삶이 있는 곳. 분주함과 어수선함. 멀리 어디선가 깨어나는 사람들의 속삭임.

사람들. 아주 많은 사람들.

피글릿은 어서 그들을 만나고 싶다.

5장

흰가슴까마귀

미러벨

　찬바람이 매섭게 얼굴을 때렸다. 뺨에 닿는 톱밥과 나뭇조각이 느껴졌다. 유독한 액체에 담그기라도 했는지 눅눅한 톱밥에서 독한 냄새가 났다. 고개를 들려 하자 머리가 깨질 듯이 아프고 욕지기가 났다.

　"천천히 움직이면 좀 나을 거야."

　뒤에서 누군가가 말했다. 미러벨은 이를 악물고서 고개를 들고 뒤를 돌아보았다.

　빌리가 벽에 등을 기대고 앉아 있었다. 빌리의 머리 위쪽에 판자를 덧대어 단단히 막아 둔 창문 하나가 보였다. 빌리는 눈 그늘이 움푹 패고 얼굴이 해쓱하기 짝이 없었다. 빌리는 바싹 마른 입술을 핥고서 침을 꼴깍 삼켜 목을 축이더니 팔을 천천히 들어 보였다. 손목에 팔찌처럼 생긴 일종의 수갑이 채워져 있었다. 칙칙한 은색 수갑 표면에 룬 문자가 가득했다.

　"절대로 이걸 벗으려고 하지 마."

　그제야 미러벨은 팔에 낯선 무게가 느껴졌다. 소매를 걷어 보니 빌리와 똑같은 수갑이 채워져 있었다. 미러벨은 본능적으로 수갑을 벗으려고 손을 가져다 댔다.

순간 눈앞이 머는 것 같은 통증이 덮쳐 왔다. 이마에 번개가 내리꽂힌 것 같았다. 다시 바닥에 쓰러진 미러벨은 온몸이 뻣뻣이 굳은 채 부들부들 경련을 일으켰다. 통증이 잦아들자, 미러벨은 그대로 누워서 가쁜 숨을 몰아쉬며 시야가 회복될 때까지 천장만 바라보고 있었다.

빌리가 엉금엉금 기어서 미러벨 쪽으로 다가왔다. 아마 빌리는 벌써 이 일을 겪은 모양이었다.

"그자들이 우리를 승합차에 태우고 이곳으로 데려왔어. 여기가 어디인지는 나도 몰라."

미러벨은 천천히 몸을 일으키고서 주위를 둘러보았다. 작고 지저분한 방 안이었다. 출입문 근처 벽 앞에 작업대가 놓여 있었다. 하얀 유리 플라스크, 계량용 튜브, 절구통과 절구 등 실험 도구와 다양한 금속 잡동사니가 가득했다. 작업대 위의 하얗게 칠한 벽에는 룬 문자가 빼곡히 쓰여 있었다. 아마도 숯으로 긁어서 쓴 듯했다. 방 한가운데에는 나무 탁자와 의자가 놓여 있고, 반대편 벽에는 개수대와 지저분한 찬장이 마련되어 있었다. 미러벨은 손목에 채워진 수갑을 찬찬히 살피고 손가락으로 룬 문자를 쓸어 보았다. 그러자 빌리가 말을 꺼냈다.

"그자가 룬 문자를 써서 구속 주문을 만들어 낸 것 같아."

"그자라니?"

신호가 떨어지기라도 한 듯 문이 열리더니 쏘온이 성큼성큼 걸어 들어왔다. 쏘온의 까마귀도 뒤따라 들어와 개수대 위의 선반에 앉았다. 밖은 대낮인지 널빤지 사이로 햇살이 환하게 비쳐 들었다. 이제 미러벨은 흰가슴까마귀의 갈색과 흰색이 기묘하게 뒤섞인 깃털을 똑똑이 볼 수 있었다. 까마귀가 미러벨을 내려다보자, 미러벨은 지지 않고 매서운 눈총을 날렸다.

"저 녀석 이름은 아벨라드야. 널 꽤 잘 뒤쫓아 다녔지?"

쏘온은 의자에 다리를 쭉 뻗고 앉더니 느긋하게 뒤통수에 손베개를 뺐다.

아벨라드는 놀리듯이 까악 울었고, 쏘온은 미러벨과 빌리를 보며 만족스러운 듯이 싱글거렸다. 미러벨은 두렵지 않다는 걸 보여 주고자 이글거리는 눈으로 쏘온을 노려보았다. 하지만 쏘온은 재미있다는 듯이 더 크게 웃을 뿐이었다.

이어 쏘온이 재킷 호주머니에서 사과 한 알을 꺼내더니 묘기를 펼치는 마술사처럼 외투 소매 끝을 한번 쓱 만졌다. 다음 순간 난데없이 그의 손에 작은 칼이 들려 있었다. 쏘온은 곧장 사과 껍질을 쓱쓱 깎기 시작했다. 껍질이 바닥에 툭툭 떨어졌다. 쏘온이 작게 자른 사과 조각을 바닥에 뿌려 주자, 아벨라드가 신이 나서 집어삼켰다.

이어 쏘온이 칼끝을 빌리에게 겨누며 입을 열었다.

"날 위해 해 주기로 한 일이 있었잖아? 뭘 좀 간단히 구해 오기로 했을 텐데, 어디 있지?"

빌리는 우물우물 대답했다.

"나도 몰라요."

"흠, 모른다……. 기계에 들어가는 네 동생한테도 그렇게 말할래?"

빌리는 벌떡 일어서려 했지만 보이지 않는 손이 내리누른 것처럼 도로 털썩 주저앉았다. 미러벨은 꼼짝 못 한 채 식은땀을 줄줄 흘리는 빌리가 너무 안쓰러웠다. 빌리는 구토를 참으려는 듯 두 손으로 바닥을 짚고서 부들부들 떨었다.

쏘온이 미러벨에게 눈길을 돌리더니 불쑥 물었다.

"마음에 드니?"

미러벨은 조금도 주눅 들지 않고 사납게 대꾸했다.

"뭐가?"

미러벨은 쏘온의 얼굴에 희미하게 놀란 표정이 스쳐 지나가는 걸 놓치지 않았다. 쏘온이 자리에서 일어나 미러벨 앞에 한쪽 무릎을 꿇고 앉더니 미러벨의 팔을 와락 잡았다. 미러벨은 어떻게든 팔을 빼내려 했지만, 쏘온의 힘이 너무 셌다. 쏘온은 미러벨의 반항이 재미있다는 듯이 싱글거리며 미러벨의 소매를 걷더니 칼끝으로 수갑을 톡톡 쳤다.

"이 은팔찌 말이다. 마음에 들어? 끝내주지? 내가 공을 많이 들였거든. 이걸 찼을 때는 말이야, 자리에서 일어서는 정도면 몰라도, 걸음을 떼려는 시도는 하지 않는 게 좋을 거야. 1센티만 움직여도 구토가 몰려 올라올 거거든."

쏘온은 수염이 까슬하게 자란 뺨을 긁으며 말을 이었다.

"특별히 부탁받고 만든 물건이야. 요즘은 쓸 일이 별로 없었는데, 너희 둘 다 영광인 줄 알아."

미러벨이 팔을 억지로 빼내자 쏘온은 껄껄 웃으며 귀엽다는 듯이 미러벨의 머리를 헝클었다. 미러벨이 역겹다는 듯이 머리를 세차게 흔들자, 쏘온의 웃음소리가 한층 더 커졌다. 쏘온이 자리로 돌아가 의자에 느긋하게 기대어 앉더니 잠시 미러벨과 빌리를 빤히 쳐다보았다.

"아벨라드, 저 녀석들을 어떻게 할까?"

아벨라드가 까악 하고 대답하자, 쏘온이 몸을 앞으로 숙이더니 빌리를 손가락질했다.

"이 녀석은 내게 보상을 해야 하고."

이어 쏘온은 미러벨을 가리켰다.

"여기 이 녀석은……."

쏘온이 어깨를 으쓱이더니 말을 이었다.

"기계에 넣지 뭐. 결과가 어떨지 모르지만."

쏘온이 빌리 쪽으로 눈길을 돌렸다.

"저 여자애는 너랑 같은 종류잖아. 시도해서 나쁠 건 없겠어."

미러벨은 쏘온을 똑바로 바라보며 당당하게 말했다.

"어디 해 볼 테면 해 보시지."

그러자 쏘온이 아벨라드 쪽으로 고개를 기울이며 말했다.

"어이, 아벨라드. 이 녀석 좀 봐. 눈도 깜짝 안 하네. 대단한걸."

"당신이 캐치폴 부부한테 한 짓을 나는 똑똑히 기억하고 있어."

감정이 북받치는지 빌리의 목소리가 높아졌다. 쏘온은 콧방귀를 뀌며 대꾸했다.

"왜? 그자들이 네 가족이라도 되냐?"

"닥쳐. 닥치라고!"

빌리가 고래고래 소리쳤다.

"어이, 꼬맹이. 그자들은 다 이유가 있어서 쫓겨난 거야. 종족 중에서 가장 몹쓸 부류라고. 그자들이 원해서 어둠 속을 뒤지며 살았을 것 같냐? 아니야. 그놈들은 언약을 어겼어. 인간을 사냥했지. 그래서 그 대가를 치른 거야."

"이름이 있어요."

미러벨이 말을 던지자, 쏘온이 인상을 찌푸렸다.

"뭐?"

"저 애한테는 빌리라는 이름이 있다고요."

쏘온이 싱글싱글 웃으며 대답했다.

"이런, 네 입에 채울 마법 자물쇠를 만들어 놓을 걸 그랬어."

"당신은 대체 누구예요?"

미러벨이 거침없이 묻자, 쏘온은 짐짓 당황한 표정을 지어 보였다.

"오, 이제는 날 취조하는 거냐?"

"왜 대답을 피하죠? 두렵나요?"

"내가 두려워하는 것처럼 보이냐?"

쏘온은 배를 잡고 웃어 댔다.

미러벨은 메스꺼움을 견디며 쏘온 쪽으로 천천히 다가갔다.

"간단한 질문인데 왜 대답을 못 해요?"

쏘온이 싸늘한 눈으로 미러벨을 바라보더니 자리에서 일어나 작업대로 갔다. 그러고는 플라스크 하나를 집어 들고서 빙글빙글 돌리며 대답했다.

"숲에서 너한테 뿌린 마법 약 말인데, 마음에 들던? 적절한 조합을 만들어 내기까지 몇 년이 걸렸지. 저 녀석한테도 썼어. 효과가 아주 좋거든."

이어 쏘온은 벽에 새겨진 룬 문자를 쓰다듬으며 혼자 쿡쿡 웃었다.

"난 여기서 많은 일을 한단다. 주로 놈들을 잡는 일을 하지. 내가 솜씨가 꽤 좋거든. 놈들을 잡는 일에서만큼은 말이야. 난 덫을 만들어. 근사한 걸로. 일반적인 덫이나 곰 덫처럼 허접한 것과는 비교가 안 되지."

쏘온은 코웃음을 치며 말을 이었다.

"내가 만든 덫은 진정한 장인 정신이 깃든 작품이랄까."

쏘온이 휙 돌아서더니 미러벨과 빌리의 팔목을 가리키며 덧붙였다.

"마법 수갑도 재미있지만, 너무 쉬워."

"실력이 꽤 좋은가 봐요?"

쏘온이 벽에 기대어 서더니 손톱으로 플라스크를 톡톡 치며 대답했다.

"좋은 정도가 아니라 최고지. 네 친구를 사로잡은 장치도 내가 만들었는걸."

"그 구슬말인가요?"

미러벨은 부글부글 화가 치밀었다. 쏘온은 곧바로 그 사실을 알아차리고서 즐거워했다.

"그래. 내 입으로 말하기 멋쩍지만 멋진 작품이었지. 내가 아는 한, 지금껏 나 말고 아무도 그런 걸 만든 적이 없단다."

쏘온은 미러벨을 약 올리려는 듯 일부러 심술궂은 미소를 지었다.

"피글릿은 단순한 친구가 아니에요. 가족이라고요."

미러벨의 말을 듣더니 쏘온의 얼굴이 확 어두워졌다. 쏘온은 분통을 터뜨리며 말했다.

"가족? 너는 너랑 같이 사는 자들이 가족인 것 같아? 바깥세상은 빙글빙글 돌아가는데 커다란 저택에 숨어서 꼼짝하지 않는 꼬락서니하고는. 너희들은 가족이 아니야. 역겨운 것들이 모여서 가족 같은 소리 하고 있네. 웃기지 마."

"보아하니 평생 가족도 없이 산 것 같은데, 그쪽이 할 소리는 아닌 것 같네요."

쏘온이 플라스크를 냅다 집어 던졌다. 와장창 소리와 함께 유리가 산산조각이 났지만, 미러벨은 눈도 까딱하지 않았다. 오히려 싱글싱글 웃어 보였다.

쏘온이 미러벨 앞으로 성큼성큼 다가서더니 삿대질을 하며 소리쳤다.

"네가 뭘 안다고 떠들어? 좋아, 널 기계에 넣어 주마. 애스피널 그 멍청이가 아주 좋아하겠군. 신나서 수첩에 관찰 결과를 끼적이겠지. 하지만 그 전에 널 써먹을 일이 있어."

"아, 그래요?"

미러벨은 짐짓 쾌활하게 대답했다. 이보다 더 지독한 적도 상대했었다는 걸 떠올리자 힘이 났다. 무엇보다 쏘온이 흔들리는 게 눈에 훤히 보였다. 센 척하며 허세를 부려 대지만, 쏘온은 분명히 자신에 대해 뭔가를 숨기고 있었다.

"여기 네 친구가 일을 엉망으로 만드는 바람에 새로 덫을 놓을 작정이란다. 그러니 네가 미끼가 되어 줘야겠어."

아벨라드가 까악 울며 날개를 퍼덕였다. 쏘온은 그런 아벨라

315

드를 보며 철없는 어린아이처럼 헤헤 웃었다. 미러벨이 보기에
쏘온은 스스로 평가하는 것보다 훨씬 모자란 사람 같았다.

아벨라드가 어깨에 올라앉자, 쏘온은 돌아서서 방을 나갔다.

"왜 그랬어?"

빌리가 여전히 속이 메스꺼운지 인상을 찌푸리며 말했다.

"뭘?"

"저자의 화를 돋웠잖아."

미러벨은 문을 바라보며 생각했다.

'좋았어.'

오드

"어때요, 집사님? 여기 좋지요? 조용하고 평화롭잖아요."

오드는 갯마을을 내려다보며 항구에서 들려오는 소리에 귀를 기울였다. 찰칵대는 나직한 소리가 언제 들어도 좋았다. 오드는 휘영청 밝은 달을 올려다보다가 잠시 눈을 감고서 심호흡을 했다.

"난 여기 와서 이것저것 깊이 생각해 보는 게 좋아요. 솔직히 말하자면, 이곳은 나한테 일종의 은신처예요."

오드는 인상을 찌푸리며 말을 이었다.

"나처럼 수많은 곳을 돌아다니는 사람한테 은신처가 있다니 이상하죠? 나보다 조금 더 똑똑한 사람이 예전에 나한테 그런 말을 했어요. 내가 문제를 피해 숨는다고요. 그래서 은신처가 있는 건지도 모르겠어요."

오드는 발치의 갯잔디를 손으로 쓱쓱 쓸며 중얼거렸다.

"어떻게 생각해요? 이 문제에 대해서 하고 싶은 말이 있나요?"

오드는 고개를 돌려 잔디밭에 대자로 누워 있는 윈스럽을 바라보았다. 포털을 통과해 이곳에 온 뒤로 윈스럽은 내내 그 상태였다. 30분이 지났지만 움직이지도, 정신을 차리지도 못했다.

오드는 다시 갯마을로 눈길을 돌렸다.

"내가 꼭 문제를 피해 숨는 건 아니에요. 숨는다는 건 너무 강한 표현이죠. 난 그냥 숨 쉴 수 있는 장소를 찾고 있는 것 같아요. 생각을 깊이 해 보기 위해 거리를 두고, 시간을 벌려는 거죠."

부드러운 산들바람이 오드의 머리칼을 헝클고 지나갔다. 오드는 파도가 철썩이는 소리에 귀를 기울이다가 한숨을 푹 쉬었다.

"어떤 친구가 이 장소에 대해 알려 줬어요. 일이 너무 힘들고 버거워지면 이곳에 오곤 했대요. 고맙다고 말하고 싶었는데……"

"제발. 제발 그만 좀 떠들어라."

오드는 벌떡 일어나 윈스럽에게 다가갔다.

"살아 있었군요!"

윈스럽이 몸을 일으키더니 두통이 오는지 두건 속에 감춰진 머리를 두 손으로 꽉 눌렀다.

"여기가 어디냐?"

윈스럽이 쉰 목소리로 묻자, 오드는 싱글싱글 웃었다.

"내가 좋아하는 장소 중 한 곳이에요. 이름은 몰라요. 아마 내가 수수께끼를 좋아해서 그런 것 같은데, 어쨌든 여기가 정확히 어디인지는 몰라요."

"거참 기쁜 소식이로군."

"언제인지도 모르고요."

윈스럽이 호기심이 돋는 듯 고개를 갸웃했다. 불안해진 오드는 손가락을 꼼지락거리며 대답했다.

"난 가끔……. 원칙을 아주 조금 벗어나 다른 시간대로 여행하는 걸 좋아하거든요."

한동안 둘 사이에 긴장된 침묵이 흘렀다. 오드는 자신을 뜯어보는 윈스럽의 시선이 느껴졌다.

"난 과거로 돌아갈 수 있어요. 하지만 너무 자주 가지는 않으려 해요. 한때는 과거로 돌아가서 어떤 일에 영향을 미치면 도움이 될 거라고 생각했었어요. 그런데 어떤 뚜렷한 목적을 지니고 돌아가면, 시간이 밀어내서 결국 원점으로 다시 튕겨 날아오는 것 같아요. 새총을 쏘는 것처럼요."

오드는 짐짓 우스꽝스럽게 "피융" 소리를 내더니 혼자 어색하게 웃었다.

윈스럽은 말없이 오드를 쳐다보기만 했다. 오드의 말을 못 믿어서인지, 아니면 오드의 말에 푹 빠져서인지, 혹은 양쪽 다인지, 은색 두 눈만 봐서는 알 수가 없었다.

"그러니까, 난 과거로 돌아가서 어떤 일을 관찰할 수는 있어요. 사람들을 데리고 가서 같이 관찰할 수도 있고요. 미러벨을 그 애 어머니에게 데려갔을 때는 좀 달랐어요. 왜냐하면 미러벨은 이미 어머니를 만난 적이 있었거든요. 하지만 아직 안 만난 것이기도 했기 때문에……. 음, 설명하기 어렵네요."

오드는 주위를 손짓하며 말을 이었다.

"예를 들자면 이런 거죠. 지금은 아주 특정한 시점이에요. 이제 곧 부엉이 우는 소리가 들리고……."

"횡설수설하는군."

윈스럽이 자리에서 일어서더니 옷의 먼지를 털며 언덕 아래 갯마을을 살폈다. 오드는 고개를 푹 떨구며 대답했다.

"맞아요. 그만할게요."

"어서 돌아가야 해."

"그래요."

오드는 미러벨을 남겨 두고 왔다는 죄책감에 휩싸였다.

"왜 하필 이곳으로 온 거냐?"

윈스럽이 묻자 오드는 어깨를 들썩이며 대답했다.

"본능이었던 것 같아요. 가장 먼저 생각나는 곳이었거든요."

"은신처라니."

윈스럽은 오드를 그 자리에 남겨 두고 혼자 저벅저벅 걸음을 뗐다. 오드는 머뭇거리다가 윈스럽의 뒤를 따랐다.

"룩헤이븐으로 갈 걸 그랬나 봐요."

"그럼 뭐가 나아지냐?"

오드는 기분이 조금 상했다.

"그야……."

"네 가족은 이 문제에 관한 한 아무짝에도 쓸모가 없다."

오드는 윈스럽과 나란히 보조를 맞추려 애쓰며 물었다.

"그럼 집사님 생각에는 이제 어떻게 해야 하는데요?"

"피글릿을 찾아야지."

"미러벨은요?"

"찾아봐야겠지."

오드는 슬며시 화가 치밀었다.

"'찾아봐야겠지'라고요?"

윈스럽이 대수롭지 않다는 듯 어깨를 으쓱이자, 오드는 점점 더 화가 끓어올랐다.

"그 애는 가족이에요. 내 동생이라고요."

"동생이라? 정말 기묘한 개념이로군. 가족까지는 그렇다 쳐도 동생이라니."

"그래서요?"

오드가 식식거리자, 윈스럽은 또다시 오드를 물끄러미 바라보았다. 오드는 윈스럽의 얼굴을 한 대 치고 싶은 낯선 충동을 느꼈다.

'얼굴이 있기는 하나 몰라.'

오드는 얼굴 없는 자를 때릴 궁리를 하느니 차라리 포털을 열기로 했다.

"어디를 가는거냐?"

윈스럽이 물었다.

"미러벨을 찾으려요."

"어디 있는지는 알고?"

오드는 윈스럽의 눈길을 피하며 두 주먹을 꽉 쥐었다가 스르륵 폈다.

"몰라요."

결국 오드는 현실을 인정하고서 포틸을 닫았다. 긴 침묵이 흘렀다. 오드는 파도 소리로 주의를 돌려 보려 했지만, 생각이 뒤엉켜 마음이 복잡했다.

마침내 침묵을 깨고서 윈스럽이 먼저 말을 꺼냈다.

"아까 숲에서 있었던 일 말인데, 그런 자는 나도 처음 만나 봤다. 신비한 마법을 쓰더군. 흥미로워."

윈스럽은 킁킁 공기 냄새를 맡고서 말을 이었다.

"빌리 녀석의 흔적을 찾을 수 있을 것 같군. 그 흔적을 뒤쫓아 가면 될 거다. 중간에 몇 번 멈춰 설 수도 있지만 그래 봐야 최종 목적지에 도착하기 전에 잠깐잠깐 갈림길에 서는 것뿐이지."

"최종 목적지가 어디인데요?"

"당연히 런던이지. 빌리를 쥐락펴락하는 그 부자 신사 놈을 찾아야 해. 그자를 찾으면 미러벨을 찾을 수 있다."

오드는 드디어 마음이 놓였다. 윈스럽이 '길을 멀리 돌아서 가게 되더라도 가 보기는 해야 하는 곳'이라며 어느 장소를 언급했다. 오드는 윈스럽이 알려 준 방향으로 포털을 열었다. 포털에 들어서기 직전, 윈스럽이 마지막으로 마을과 바다를 내려다보더니 한마디를 툭 던졌다.

"흥미롭군."

오드는 눈을 빙글 굴려 보였고, 그렇게 둘은 길을 떠났다.

미러벨

"미안해."

빌리가 말을 걸어왔다.

미러벨은 빌리한테 아무 관심을 보이지 않으려고 애쓰는 중이었다. 빌리를 모른 척하려고 밀려드는 욕지기와 싸우며 일부러 방 안을 돌아다니고 있었다. 머리가 깨어질 듯한 통증에 시달리지 않으려면 아주 천천히 조심스럽게 움직여야 했다. 미러벨은 쏘온의 작업대 위에 굴러다니는 각종 금속이나 나뭇조각, 시험관 등을 살펴보았다. 출입문에 너무 가까이 다가가면 온몸이 마비되는 고통을 겪게 된다는 건 이미 몸소 체험해서 잘 알고 있었다.

"미안하다고? 뭐가?"

"전부 다. 거짓말한 것도 미안하고, 피글릿을 데리고 나온 것도 미안해."

미러벨은 빌리 쪽으로 뒤돌아섰다. 화를 내고 싶었다. 하지만 막상 빌리를 보니 다시 동정심이 일었다. 빌리는 절망에 빠져 어찌할 바를 모르는 것 같았다. 미러벨은 애써 동정심을 억눌렀다.

'불쌍해하지 않겠어. 불쌍하지 않아.'

"메그를 구하려면 어쩔 수 없었어. 너도 오드가 잡혀 있다면 똑같이 했을 거야."

"그따위 변명은 듣고 싶지 않아!"

인정하기 싫지만, 빌리의 말이 옳았다. 미러벨도 오드를 위해서라면 어떤 일이든 했을 터였다.

"몇 년 전에 우연히 그 애를 발견했어. 메그는 나랑 같은 처지야. '우리' 셋 다 같지."

미러벨은 냄비를 들어 올렸다가 다시 툭 내려놓았다.

"천출이라는 거니?"

"그래."

"천출이라는 말, 정말 짜증 나."

미러벨은 툴툴거리며 작업대 서랍을 열었다. 낡아서 나무가 뒤틀린 데다 서랍 틈에 페인트가 엉겨 붙어서 여간 뻑뻑하지 않았다. 마침내 서랍을 열었더니 낡은 못 하나가 보였다. 길이가 적당히 길고, 다행히 녹이 슬어 있지 않았다. 미러벨은 못을 집어 들고서 빙그레 웃었다.

"넌 젬을 위해서도 똑같이 했을 거야."

미러벨은 못을 꽉 움켜쥔 채 뒤돌아섰다. 너무 급히 움직이는 바람에 구속 마법이 일으키는 구토가 몰려 올라왔다. 미러벨은

325

겨우겨우 말을 뱉었다.

"네가 그걸 어떻게 알아?"

빌리는 진심으로 죄책감을 느끼는 것 같았다.

"그 애에 대해 말할 때 네 태도를 봤으니까. 피글릿이 보여 준 것도 있고."

미안해하는 빌리의 표정이 다시 미러벨의 마음을 건드렸다. 빌리는 한없이 무기력해 보였다. 미러벨은 빌리가 그저 자기 동생을 지키려 한 것뿐임을 깨달았다. 그 사실만큼은 미러벨도 인정하고 이해할 수 있었다.

미러벨은 천천히 빌리 앞에 마주 앉아 한숨을 푹 쉬었다.

"젬이 그립지?"

"그래."

미러벨은 못으로 마루판을 쿡쿡 찌르며 대답했다.

"어떤 느낌인지 나도 알아."

'아니, 넌 몰라.'

그렇게 소리치고 싶었다. 하지만 말해 봐야 억지라는 걸 미러벨 스스로 알고 있었다.

"엘런비 선생님도 그립고 말이야."

미러벨은 삿대질을 하며 쏘아붙였다.

"어디라고 감히 네가 그 이름을 입에 올려?"

미러벨은 고개를 돌리고서 울음을 삼켰다. 빌리가 나직이 말했다.

"좋은 분이셨어."

"네가 어떻게 알아?"

"피글릿이 보여 줬거든."

"맙소사. 피글릿이 '전부 다' 보여 준 거야?"

긴 침묵이 흘렀다.

"미안해."

빌리가 다시 말을 꺼냈다.

"그 소리는 아까도 했어."

"용서해 달라는 게 아니야."

"걱정하지 마. 안 해 줄 거야."

"하지만 미안해. 우리 둘이 친구가 될 수 있을 줄 알았는데. 넌 날 따뜻하게 대해 줬어."

"내가 멍청했지."

빌리는 고개를 가로저었다.

"팔이나 이리 내놔!"

미러벨은 빌리의 입을 다물게 하고 싶은 마음에 버럭 소리를 질렀다. 빌리가 아무 반응도 보이지 않자, 미러벨은 빌리의 수갑 안에 손가락을 밀어 넣고서 거칠게 잡아당겼다.

정신을 차렸더니 미러벨은 바닥에 쓰러져 있었다. 관자놀이가 찌르는 듯이 아프고 구토가 몰려왔다. 고개를 돌렸더니 빌리도 똑같은 자세로 쓰러져 있었다. 미러벨은 힘겹게 입을 열었다.

"직접……, 수갑을 벗지 못하니……, 서로……, 빼 주면 어떨까 했지."

빌리는 눈을 꼭 감은 채로 고개를 천천히 가로저었다. 미러벨은 숨을 헐떡이며 중얼거렸다.

"안 되네."

잠시 후 겨우 기운을 되찾은 미러벨은 천천히 일어나 앉았다. 머릿속이 여전히 쿵쿵 울리는 것 같았다.

"다른 방법을 생각해 뒀어."

미러벨은 못으로 자신의 수갑을 톡톡 치며 말을 이었다.

"이녁 삼촌이 룬 문자를 사용하는 걸 본 적이 있어. 만약 이 수갑이 룬 문자의 힘으로 작동하는 거라면 말이야, 글자를 바꾸면 힘을 잃지 않을까?"

빌리는 미러벨의 아이디어가 그다지 내키지 않는 모양이었다. 솔직히 미러벨도 자신이 없었다. 그래도 시도해 보고 싶었다. 어떻게든 여기서 탈출해야 했다.

"네 수갑에 먼저 해 볼게. 무슨 반응이 나타난다고 해도 나빠 봐야 얼마나 나쁘겠어?"

빌리가 조심스럽게 되물었다.

"룬 문자를 긁어 없애려는 거야?"

"글자를 조금 망가뜨리는 정도로 충분할 거야."

미러벨이 손짓하자, 빌리는 순순히 팔을 내밀었다. 미러벨은 빌리의 수갑을 한 손으로 감싸고서 빌리의 눈을 똑바로 바라보았다. 다음 순간, 미러벨은 저도 모르게 속마음을 털어놓았다.

"메그를 되찾게 도와줄게. 약속해."

빌리는 차마 대답을 못 하고 고맙다는 표시로 고개만 끄덕였다. 미러벨은 그런 빌리를 짐짓 매섭게 노려보았다. 미러벨의 화가 어느 정도 누그러졌다며 빌리가 안심하기를 바라지 않았고, 자신이 여전히 빌리를 용서하지 않았다는 걸 보여 주고 싶었다.

미러벨은 못을 꽉 쥐고서 뾰족한 끝을 빌리의 수갑에 단단히 가져다 댔다. 미러벨이 힘을 주고 못을 누르기 시작하자 빌리가 다급히 외쳤다.

"잠깐만!"

빌리가 손을 내밀었다.

"내가 하는 게 나을 것 같아. 힘이 더 세잖아."

미러벨은 못을 건네고서 얼른 소매를 걷었다. 빌리가 미러벨의 수갑에 못을 가져다 대더니 미러벨과 눈을 마주치며 물었다.

"준비됐어?"

"응."

빌리가 못을 힘껏 내리눌렀다. 그 순간 미러벨은 두개골 안에서 뭔가가 산산이 쪼개지는 듯한 느낌을 받았다. 하지만 통증은 금방 사라지고, 딸깍하고 머릿속이 선명해지는 느낌이 들었다.

미러벨은 본능적으로 눈을 감았다.

잠시 후 눈을 뜬 미러벨은 수갑을 확인했다. 룬 문자 위에 삐죽삐죽한 선이 길게 그어져 있었다. 수갑에서 희미한 금빛 수증기가 솟아오르더니 공기 속에 흩어졌다. 끙 하는 신음이 들려 고개를 들어 보니 빌리가 한 손에 못을 쥔 채 바닥에 널브러져 있었다. 나머지 손으로 이마를 감싸 쥔 모습을 보니 두통이 심한 모양이었다.

순간 어떤 생각이 미러벨의 머리를 스쳤다.

이대로 빌리를 버려두고 미러벨 혼자 일어나 가 버린다면? 마법 수갑의 힘 때문에 빌리는 절대로 미러벨을 뒤쫓아 올 수 없을 터였다.

빌리는 일어나지 못하고 계속 신음을 뱉었다. 그런 빌리를 보며 미러벨은 마음이 조마조마했다.

이내 미러벨은 빌리에게 다가가 손에서 못을 빼내고서 빌리의 팔을 잡았다.

"잠깐만."

빌리가 끙끙대며 말했다.

"네가 다칠……."

"쉿."

미러벨은 있는 힘을 다해 못으로 수갑 표면을 긁었다. 기이익 하고 듣기 싫은 소음이 울리고, 빌리가 부들부들 경련을 일으키더니 이내 잠잠해졌다.

미러벨은 못을 던지고 빌리의 상태를 살폈다.

"빌리, 괜찮아? 내 말 들려?"

빌리가 두 눈에 팔뚝을 툭 얹더니 인상을 찌푸렸다.

"제길, 지독히 아프네."

"잘됐네."

미러벨의 뾰족한 말에 빌리가 다시 상처를 받는 것 같았다.

"미안."

미러벨은 머쓱하니 사과하고서 빌리가 일어나 앉을 수 있도록 도와주었다. 둘은 서둘러 수갑을 벗어 던졌다. 미러벨은 출입문을 바라보며 중얼거렸다.

"보나 마나 잠겼겠지."

"상관없어."

빌리가 문 쪽으로 성큼성큼 걸어가더니 거칠게 숨을 헐떡이기 시작했다. 이내 두 눈동자가 검게 변하고 손에서 기다란 손톱이 자라났다. 미러벨은 빌리의 변신을 감탄하며 지켜보았다.

빌리가 문고리를 잡더니 문에 어깨를 대고서 힘껏 밀었다. 대번에 문이 부서지면서 나뭇조각이 사방에 날렸다. 빌리와 미러벨은 조심스럽게 고개를 내밀고서 복도를 살폈다.

폭이 좁고 지저분한 데다 퀴퀴한 냄새가 났다. 벽은 오랫동안 페인트칠을 제대로 한 적이 없는 것 같았다. 빌리가 콧잔등을 찡

그려 가며 열심히 공기 냄새를 맡았다.

"이제 어디로 가지?"

미러벨이 소리 죽여 묻자, 빌리가 왼쪽을 가리켰다.

"저쪽이야."

미러벨이 그쪽으로 가려 하자, 빌리가 급히 붙잡더니 공기 냄새를 맡았다.

"잠깐만. 아래층에 누가 있는 것 같아."

둘은 살금살금 조심스럽게 복도를 지났다. 아래층으로 가는 나무 계단이 나오자, 빌리는 손을 들어 미러벨에게 멈추라는 신호를 보냈다. 모든 것이 멈춰 버린 듯 긴장된 시간이 느릿느릿 흘렀다. 미러벨은 갈비뼈 속에서 심장이 쿵쾅대는 소리가 밖으로 새어 나오지 않을지 걱정스러웠다. 빌리가 계단 아래 오른쪽을 가리키며 속삭였다.

"저기 분명히 누가 있어. 천천히 내 뒤를 따라와."

둘은 조심스럽게 움직였다. 소리 죽여 움직여도 발소리가 천 배는 크게 울려 퍼지는 것 같았다. 아래층까지 몇 계단 남지 않았을 때 갑자기 복도에 덩치 큰 대머리 남자가 모습을 드러냈다. 미러벨과 빌리가 남자의 눈높이보다 위에 있어서 남자는 둘을 보지 못했다. 미러벨이 빌리의 팔을 잡고 물러서자고 말하려는 순간, 남자가 눈길을 들더니 둘을 발견했다.

"야!"

남자가 한마디를 뱉자마자 빌리가 달려들었다. 남자는 빌리의 공격을 받고서 반대편 벽으로 날아가 버렸다.

"도망쳐!"

빌리가 소리쳤다.

당황한 미러벨은 순간 그 자리에 얼어붙고 말았다. 남자가 일어서더니 빌리를 향해 몸을 날렸다. 빌리는 재빨리 몸을 숙이며 남자의 손길을 피하더니 남자의 한쪽 팔을 잡고서 거칠게 잡아당겼다. 남자의 얼굴이 하얗게 질리더니 새된 비명을 지르며 털썩 주저앉았다.

미러벨이 후다닥 달려 계단 끝에 도착한 순간, 저택 안쪽에서 남자 둘이 모습을 드러냈다. 빌리가 미러벨에게 소리쳤다.

"도망치라고 했잖아! 내가 막을게! 어서 가!"

새카맣게 변한 빌리의 두 눈동자가 번들번들 빛났다. 길고 날카로워진 이를 드러내며 늑대처럼 잔인하게 웃는 모습이 이제부터 벌어질 일을 생각하며 즐기고 있는 듯했다.

미러벨은 뒤도 돌아보지 않고 달리기 시작했다. 건물 밖으로 뛰쳐나오자, 고철 덩어리와 낡은 농기계가 가득한 마당이 나왔다. 양쪽에 헛간과 변소가 마련되어 있었다. 비가 왔었는지 땅이 축축했다. 미러벨은 앞으로 달려 나가다가 진흙탕에 발이 미끄러지고 말았다. 중심을 잃으며 낡고 녹슨 쟁기에 이마를 찧기 직전, 미러벨은 아슬아슬하게 몸을 바로잡았다.

마당을 가로지르자, 거대한 나무 출입문과 벽으로 둘러싸인 근사한 정원이 나왔다. 안타깝게도 출입문에 자물쇠가 채워져 있었다. 미러벨은 자물쇠를 잡고 흔들어 보았지만, 아무 소용이 없었다. 당황한 미러벨은 주위를 두리번거리며 탈출할 방법을 찾았다.

왼쪽에 낡은 창고 같은 건물이 보였다. 미러벨은 몸을 피할 곳을 찾아 그쪽으로 달려갔다. 부디 뒷문이나 출입구 같은 것이 있기를 바라고 또 바랄 뿐이었다. 까마귀 두어 마리가 먹이를 찾아 헛간 주변을 돌아다니는 걸 보고 흠칫했지만, 다행히 쏘온이 부리는 까마귀는 아닌 듯했다.

헛간 안은 악취가 가득했다. 너무 어둡고 음침해서 바깥이 밤이 아니라 낮이라는 사실이 믿기지 않을 정도였다.

미러벨은 숨을 헐떡이며 사다리 뒤에 숨었다. 혹시 헛간 뒤편에 빠져나갈 만한 문이 있는지 살펴보았지만, 곰팡이 낀 널빤지 벽만 보일 뿐이었다. 미러벨은 나무가 삭았기를 바라며 힘껏 밀었다. 하지만 꿈쩍도 하지 않았다. 주먹으로 내리치고, 발로 차도 소용이 없었다.

문득 등 뒤에서 퍼드덕 날갯짓 소리가 들리더니 비웃는 듯한 "까악" 소리가 이어졌다.

흰가슴까마귀가 낮은 선반에 앉아 악의에 찬 눈빛으로 미러벨을 바라보고 있었다.

미러벨은 더는 참을 수가 없었다. 벽에 삽 하나가 놓여 있었다. 미러벨은 대뜸 삽을 집어 들고서 까마귀에게 달려가서 온 힘을 다해 휘둘렀다.

까마귀가 잽싸게 공격을 피하더니 미친 듯이 울어 대며 높이 날아올랐다.

"그러다 다친다."

미러벨은 소리가 난 쪽으로 돌아섰다. 쏘온이 무심한 표정으로 문턱에 기대어 서 있었다. 미러벨은 인상을 쓰며 을렀다.

"저리 비켜요."

"안 비키면 어쩔 건데?"

미러벨이 쏘온을 향해 내달렸다. 그러나 쏘온은 손쉽게 삽자루를 잡고서 미러벨의 공격을 막아 냈다. 서로 삽을 놓지 않으려고 씨름하는 동안, 쏘온이 싱글거리며 말했다.

"조그만 녀석이 투지 하나는 대단하구나."

쏘온이 힘을 확 주며 삽자루를 잡아당기자, 미러벨은 순간 어깨에서 팔이 뽑혀 나가는 것 같았다. 쏘온이 삽을 빼앗아 옆으로 던지자마자, 미러벨은 쏘온에게 거칠게 달려들었다. 작고 여린 몸으로 쏘온에게 맞서 봤자 별수가 없다는 걸 알지만 너무 화가 났다. 이 자가 저지른 모든 일에 대해 분통이 터졌다. 미러벨은 쏘온을 마구 쳤다.

쏘온이 껄껄 웃으며 미러벨을 번쩍 들어 올렸다. 미러벨이 얼굴을 치자, 쏘온도 슬슬 화가 나는 모양이었다. 그때, 미러벨의 시야 끝에 뭔가가 획 지나갔다. 미러벨은 본능적으로 손을 뻗으며 큰 소리로 도움을 요청했다.

헛간 밖에서 보았던 까마귀 두 마리가 미러벨의 부름을 받고서 안으로 날아 들어왔다. 두 까마귀는 까악 하고 소리를 지르며 쏘온을 쪼기 시작했다. 미러벨은 쏘온의 손아귀에서 벗어나려고 몸부림쳤다. 버둥거리던 미러벨의 손에 뭔가가 걸렸다. 이윽고 미러벨은 쏘온의 눈을 향해 주먹을 날렸다. 쏘온의 손아귀 힘이 풀리면서 미러벨은 아래로 툭 떨어졌다. 미러벨이 손에 잡고 있던 물건도 쏘온의 가슴팍에서 함께 떨어져 나왔다. 쏘온이 맞은 눈을 감싸며 바닥에 주저앉은 틈에 미러벨은 정원으로 잽싸게 달아났다.

두 까마귀도 미러벨의 뒤를 따랐다. 미러벨이 고맙다며 보내주자, 두 마리는 쌩하니 하늘로 날아올랐다.

문득 미러벨은 쏘온의 가슴팍에서 뜯어낸 물건을 아직도 손에 쥐고 있다는 걸 깨달았다. 무엇인지 확인한 순간, 미러벨은 그 자리에 우뚝 멈춰 서고 말았다.

낡고 해진 끈에 돌로 만든 펜던트가 달려 있었다. 미러벨은 펜던트 표면에 새겨진 상징을 곧바로 알아보았다. 검 한 자루가 태양과 초승달 사이를 가르고 있었다.

　미러벨은 그대로 뒤돌아섰다. 헛간 입구에 쏘온이 서 있었다.
감히 문턱을 넘을 엄두를 내지 못하는 것 같았다. 하늘에서 태
양이 눈부신 빛을 뿌리고 있기에.

빌리

빌리는 건물 옥상으로 도망쳤다. 두 남자가 빌리를 바짝 뒤쫓았다. 빌리의 공격을 받은 대머리 남자도 다친 팔을 붙잡고서 고통에 신음하며 비틀비틀 뒤따라왔다. 추격자들의 고함 소리가 커지자, 빌리는 지붕 장식을 잡고서 몸을 날려 손쉽게 방향을 틀었다. 앞에 높은 담이 나타났다. 빌리는 담과 추격자를 번갈아 보았다. 두 남자는 건물 옆에서 사다리를 끌어내고 있었다.

잠깐 기다려 볼까 하는 생각이 들었다. 추격자들이 사다리를 고정할 때까지 기다렸다가 때를 잘 맞춰서 사다리를 밀어 버리면 둘 다 바닥으로 추락시킬 수 있을 수 있을 것 같았다.

하지만 기다리고 있자니 가까운 곳에, 적어도 빌리한테는 문제 되지 않는 거리에 담이 자리하고 있었다. 이 정도면 빌리는 힘들이지 않고 뛰어넘을 수 있지만, 평범한 인간한테는 불가능한 일이었다.

빌리는 지붕에서 훌쩍 뛰어서 담 위에 사뿐히 내려섰다. 그런데 담이 낡다 보니 오른발이 닿은 곳의 벽돌이 바스러지면서 다리가 옆으로 쑥 미끄러졌다. 빌리는 담벼락에 왼무릎을 쾅 부딪치면서 아래로 굴러떨어졌다. 고통을 참으려고 이를 악물다가 그만 혀까지 깨물고 말았다.

이보다 더 높은 곳에서 떨어져 본 적도 있지만, 이렇게 무방비 상태로 떨어진 건 처음이었다. 빌리는 대자로 뻗은 채 눈을 깜박이며 자신을 둘러싼 푸른 나무를 올려다보고, 지저귀는 새소리를 들었다. 지금 자신이 처한 상황과 참 어울리지 않는다는 생각이 들었다. 개똥지빠귀가 재잘대는 소리, 멀리서 갈까마귀 떼가 까악 우는 소리가 들려왔다.

빌리는 천천히 일어나 무릎을 문질렀다. 여전히 시큰거렸지만, 곧 괜찮아지리란 걸 경험을 통해 알고 있었다. 담 너머에서 두 남자가 성질을 내며 투덜거리는 소리가 들렸다.

자리에서 일어난 빌리는 담을 따라 한 발로 깡충깡충 뛰다가 이내 두 발로 달리기 시작했다. 주위 냄새를 맡고서 목표물을 찾아낸 빌리는 그쪽으로 방향을 틀었다.

앞에 커다란 나무 문이 보였다. 빌리는 그 너머에 미러벨이 있다는 걸 알고 있었다. 이제 미러벨의 목소리도 들렸다. 널빤지 중 하나에 구멍이 뚫려 있었다. 빌리는 구멍을 통해 건너편 상황을 살폈다.

안쪽 정원에 선 미러벨의 모습이 보였다. 손에 뭔가가 대롱거렸다. 미러벨이 그걸 들어 올리더니 화를 내며 마구 흔들었다.

그 순간 바람의 방향이 살짝 바뀌었다. 빌리는 목덜미의 털이 곤두서는 걸 느꼈다. 쏘온의 냄새가 바람에 실려 왔다. 모습은 보이지 않지만, 그곳에 있는 게 분명했다. 미러벨이 목청 높여 외쳤다.

"설명해 봐요!"

빌리를 뒤쫓던 자들이 정원에 모습을 드러냈다. 빌리는 미러벨에게 조심하라고 외치고픈 충동을 억눌러야 했다. 두 남자가 미러벨을 붙잡으려 다가섰지만, 화가 머리끝까지 난 미러벨은 거침없이 그들의 손길을 뿌리쳤다. 빌리는 그런 미러벨이 내심 멋져 보였다. 미러벨이 앞으로 성큼성큼 걸음을 떼면서 시야에서 사라지고, 두 남자가 뒤를 따랐다. 다시 미러벨의 고함 소리가 들리더니 이윽고 미러벨이 두 남자한테 질질 끌리며 나타났다.

빌리는 미러벨이 저택 쪽으로 끌려가는 모습을 지켜보다가 쏘온이 불쑥 시야에 나타나자 흠칫했다. 그는 문에서 아주 가까운 곳에 서 있었다.

빌리는 문에 바싹 몸을 붙인 채 숨죽이며 기다렸다가 다시 살며시 담 너머 상황을 살폈다.

쏘온이 문 쪽을 쳐다보면서 목에 뭔가를 걸고 있었다. 어쩐지 모습이 묘하게 달라 보였다. 쏘온은 여전히 음침한 분노를 뿜어내고 있었다. 하지만 뭔가 다른 것, 빌리의 눈에 새롭게 보이는 것이 있었다.

흰가슴까마귀가 빌리의 시야 안으로 날아들더니 쏘온의 어깨에 내려앉았다. 마침내 쏘온이 뒤돌아서서 건물 쪽으로 걸음을 뗐다. 빌리는 긴장을 풀고서 그 자리에 앉은 채 잠시 생각을 정리했다.

분명 쏘온의 태도에 새로운 변화가 있었고, 빌리는 거기서 희망을 보았다.

빌리는 입꼬리를 올리며 씩 웃었다. 두려움이란 감정만큼은 분명히 알아보기 때문이었다.

피글릿

기차역.

사람들은 이곳을 그렇게 불렀던 것 같다.

시끌벅적, 왁자지껄. 바쁘고 소란스러운 곳. 이리저리 숨 가쁘게 돌아다니는 사람들. 칙칙폭폭 거대한 수증기 구름에 휩싸인 채 유순한 강철 용처럼 납작 앉아 있는 기차. 출발을 준비하며 펄떡이는 열기와 금속 덩어리들.

피글릿은 그 모든 것에 둘러싸인 승강장에 서 있다. 언젠가 미러벨이 읽어 준 기차역 이야기를 떠올린다.

그러고 보니 마커스 엘런비는 기차를 여러 번 탔다.

그래, 마커스는 어느 화창한 날 누군가를 만나러 기차를 타고 콘월로 간 적이 있다.

환한 빛과 행복으로 가득 찬 부드러운 기억. 마커스 엘런비의 기억. 기차에 탄 마커스. 피글릿은 유리창에 비친 마커스의 모습을 본다. 아주 젊은 날의 모습이다. 깔끔히 면도한 얼굴에 미소가 가득하다. 마커스는 누군가를 생각하고 있다.

레베카.

사랑스러운 기억. 여름 산들바람에 날리는 하얀 면 드레스. 반짝이는 바다. 그 바다처럼 파란 레베카의 눈동자. 마커스의 가슴 속에 퍼지는 느낌. 자부심. 행복. 날아갈 것만 같다. 정말로 날 수 있을 것 같다. 하늘 높이 훨훨. 레베카가 웃으면……

피글릿은 머리를 세차게 흔든다. 기억이 스르르 사라진다.

"피글릿, 집중해야죠."

피글릿은 미러벨의 말을 떠올리고서 고개를 끄덕인다. 피글릿은 집중할 작정이다.

한 여자가 한 손에는 짐가방을, 다른 한 손에는 어린아이의 손을 꼭 잡고서 피글릿의 곁을 바삐 스쳐 지나간다. 갈색 양복을 입은 남자가 인상을 찌푸리며 시계를 확인하더니 열차에 오른다.

나이 든 부부가 팔짱을 끼고서 느릿느릿 정거장을 걸어간다. 이내 하얀 증기가 두 사람의 모습을 삼켜 버린다. 젊은 부부가 네 아이를 데리고서 바삐 걸음을 놓는다. 짐꾼 한 사람이 열차 밖으로 몸을 내밀고서 뭐라고 외친다. 네 아이 중 막대 사탕을 든 조그만 사내아이가 고개를 돌린다. 피글릿을 본다. 멈춰 선다.

이제 수많은 사람이 피글릿을 둘러싸고 강물처럼 흘러간다. 아이는 여전히 피글릿을 보고 있다. 아이가 빙그레 웃더니 손을 흔든다.

수많은 사람.

피글릿은 사람들을 관찰한다. 늘 그렇듯 호기심이 간질간질 일어난다.

살짝 들여다보는 건 괜찮지 않을까? 얼른 살짝만 들여다보자.

피글릿은 눈을 감는다. 피글릿의 모습이 스르르 사라진다. 아무도 피글릿을 보지 않으니 이 정도는 손쉽다. 사람들의 바닷속에서 피글릿은 작은 알갱이가 된다. 이제 피글릿의 모습을 여간해서는 알아볼 수 없다. 피글릿은 사람들의 바다 위를 떠다니며 사람들을 내려다본다. 빙그레 웃는다.

피글릿은 아래로 쏜살같이 내려간다.

피글릿은 모든 것을 보고 듣는다.

"늦겠다, 이러다 늦겠어."

네 아이를 몰고 가는 엄마가 당황하고 초조해한다. 남편은 예전 크리켓 시합 점수를 생각하고 있다.

'1500점. 필 포르. 두 번만 더 하면……'

짐꾼은 간식 먹을 생각을 하고 있다.

'소세지, 베이컨, 계란, 육즙이 뚝뚝 흐르는……'

사람들의 생각이 소용돌이가 되고 춤이 된다. 피글릿은 그 사이를 돌아다닌다. 한 생각에서 다음 생각으로, 한 명 한 명에서 모두에게로. 사람들은 모자와 홍차와 쇼핑과 드레스와 축구와 진흙과 질푸른 밤에 내리는 비에 대해 생각한다. 증기 기관이 움직이는 방식, 막대 사탕, 나는 막대 사탕이 좋아. 신기한 아이다. 작은데 커. 우와, 빛으로 만들어진 소년 마법사가 하늘을 떠다니네.

피글릿은 하마터면 사람들 생각의 아름다움 속으로 빠져들 뻔했다. 눈부시게 화창한 날, 세상이 천둥 치는듯한 소리가 귓속에서 울리는 가운데, 힘차게 흐르는 강에서 헤엄치는 것 같았다.

"피글릿, 집중해야지요!"

피글릿은 멈춘다. 이곳에 왜 왔는지, 자신에게 어떤 약속을 했는지 기억해야 한다.

피글릿은 사람들을 남겨 두고 하늘을 날아서 기차 쪽으로 움직인다. 객차 안 좌석에 다다르자 모습을 갖춘다. 피글릿은 창밖을 바라본다.

막대 사탕을 든 소년이 승강장에서 피글릿을 바라보고 있다.

소년이 다시 피글릿에 손을 흔든다. 이번에는 피글릿도 마주 손을 흔든다.

피글릿은 고개를 돌리고 의자에 깊숙이 기대어 앉는다. 피글릿은 승강장의 한 남자가 눈을 깜박이더니 비틀거리며 가슴을 움켜쥐는 모습을 보지 못한다. 남자의 당혹한 표정을 보지 못한다. 남자의 부인이 비슷한 반응을 보이는 걸 보지 못한다. 여자가 공포에 질린 채 자신의 남편과 주변 사람들을 쳐다보는 모습을 보지 못한다. 이제 사람들의 얼굴에 서로를 인정하는 표정이 떠오른다. 그들은 이제 막 모든 것을 공유했고, 서로를 안다. 누군가 비명을 지른다. 하지만 피글릿은 듣지 못한다. 웅성웅성 사람들이 떠들기 시작하고, 낯선 불안감을 이기지 못해 서로를 비난하고, 여러 목소리가 한꺼번에 고함을 지르기 시작한다.

소동이 완전히 가라앉기까지 한참이 걸리지만, 결국 수그러든다. 사람들은 모자를 고쳐 쓰고, 짐가방을 확인하고, 서로의 눈을 피한다. 모두 아무 일도 없었던 것처럼 행동하기로 말없이 합의한다.

시간이 흐르자, 사람들이 기차에 오르기 시작한다. 하지만 아무도 피글릿 근처에 앉으려 하지 않는다. 사람들은 긴장하고, 겁에 질려 있다. 모두 승강장에서 아무 일도 없었던 척하려고 애쓴다. 하지만 몇몇은 여전히 자기들끼리 쑥덕이고 있다. 겁에 질린 얼굴이다.

호루라기 소리가 허공을 가른다. 금속이 맞부딪치는 소리가 난다. 기차가 움직이기 시작하자 피글릿의 몸이 살짝 앞으로 쏠렸다가 다시 뒤로 밀린다. 칙칙폭폭, 소리가 점점 커지고 빨라진다. 칙칙폭폭. 칙칙폭폭.

피글릿은 맞은편 빈자리를 바라보다가 눈에 이상한 느낌이 들어 인상을 찌푸린다. 잠시 피글릿은 마커스를 다시 떠올리고 있었다. 기차를 타고 콘월로 가던 먼 옛날의 마커스를.

어린 소년과 그의 가족이 자리를 찾으려고 가방과 팔다리를 허우적거리며 통로를 지나간다. 피글릿은 막대 사탕을 든 소년이 어머니에게 묻는 소리를 듣는다.

"소년 마법사가 울어요. 왜 우는 걸까요?"

미러벨

해가 져서 밖은 어둡고, 방 안은 추웠다. 미러벨은 판자를 덧대어 막은 창문 아래 앉아 무릎에 머리를 기대고 있었다. 쏘온과 맞서면서 느낀 분노가 누그러들 기미가 없었다. 아니 매 순간 더 뜨겁게 타올랐다. 마법 펜던트를 본 뒤부터 어째서인지 더 화가 났다. 또 속은 셈이었다. 꼬리에 꼬리를 물고 이어지는 거짓. 빌리가 벌인 속임수부터 온갖 일이 줄줄이 떠올랐다. 머릿속에서 생각이 뒤엉키고, 화가 치밀어 올랐다.

이넉 삼촌에게 어머니에 관해 묻던 날이 떠올랐다. 가슴속 깊이 묻어 두었던 원망이 다시 수면으로 부글부글 끓어올랐다. 이넉 삼촌을 용서했다고 생각했는데, 이토록 생생한 분노가 느껴지는 걸 보면 아닌 모양이었다. 미러벨은 오드에 대해, 나머지 가족에 대해, 그들 모두가 숨기고 있던 비밀에 대해 생각했다. 너무도 강렬한 분노에 스스로도 당혹스러웠다. 마치 분노

348

속을 표류하고 있는 것 같았다. 미러벨은 생각을 흩으려고 손바닥으로 나무 바닥을 마구 내리쳤다. 그러자 문이 열리더니 쏘온이 인상을 찌푸리며 안으로 들어섰다. 미러벨은 쓰린 손바닥을 문지르며 이글거리는 눈으로 쏘온을 노려보았다. 쏘온이 비웃음을 띤 채 입을 열자, 미러벨이 냉큼 먼저 말을 뱉었다.

"어디 출신이에요?"

쏘온이 인상을 찌푸리며 되물었다.

"뭐?"

"모르는 척 마요. 어느 가문 출신이에요? 어느 안식처에서 지낸 거예요? 룩헤이븐은 확실히 아닐 테고, 그곳 출신이라면 내가 알았을 테니까. 펨버턴인가요? 아니면 앤슬리 저택? 몬트포스나 헤스크턴일 리는 없겠군요. 당신 취향치고는 너무 화려하고 웅장한 곳이니까요."

미러벨은 도도하게 고개를 치켜들며 말을 이었다.

"당신은 인간이 아니에요. 가족의 일원이죠. 그런데 무슨 이유에서인지 인간인 척하고 있군요. 왜죠?"

"입 닥쳐."

쏘온이 으름장을 놓았다.

"안 닥치면 어쩔 건데요? 그 까마귀 친구더러 날 공격하라고 할 거예요? 당신만 그런 재주를 지닌 게 아니거든요? 나도 할 수 있어요. 마음만 먹으면 얼마든지 할 수 있다고요."

미러벨은 보란 듯이 손가락을 딱 튕겼다.

무슨 이유에서인지 쏘온이 순간 당황하는 듯 보였다. 하지만 한시도 미러벨의 얼굴에서 눈을 떼려 하지 않았다. 미러벨은 쏘온의 눈길이 부담스러워 고개를 돌렸다.

"이제부터는 시키는 대로 고분고분하게 굴도록 해."

쏘온이 말했다.

"이곳에는 무엇 때문에 왔어요?"

쏘온이 미러벨에게 손가락질을 하며 말했다.

"얌전히 굴어."

"빌리가 말한 그 남자 밑에서 일하는 거예요? 그 사람 부하예요?"

쏘온이 미러벨에게 한 걸음 성큼 다가섰다.

"난 사냥꾼이야."

쏘온의 눈빛이 사나워졌다.

"실력이 끝내주지. 난 덫을 놓고, 각종 장치를 만들고, 사냥을 한단다."

"그래서 같은 종족을 사냥해요? 돈 때문인가요? 아니면 이래라저래라 시키는 대로 움직이는 멍청한 사냥개라도 되는 거예요, 뭐예요?"

쏘온이 분통을 터뜨리며 의자를 집어 들더니 벽에 냅다 집어던졌다. 의자 한쪽 다리가 박살 나면서 의자가 도로 튕겨 나와 바닥에 떨어졌다. 쏘온은 숨을 헉헉 몰아쉬었다. 두 눈은 붉게 충혈되어 있었다. 쏘온은 거칠게 콧김을 뿜어내며 미러벨에게 다가섰다. 미러벨은 이상할 정도로 마음이 차분했다. 쏘온의 분노 밑바닥에 숨어 있는 두려움을 알아차렸기 때문이었다. 그리고 뭔가를 찾는 듯 계속 미러벨의 얼굴을 살피는 쏘온의 행동도 어딘가 이상했다.

"천출 주제에!"

쏘온은 저주하듯이 그 말을 뱉었다. 미러벨의 마음속에서 분노의 불씨가 다시 화르르 타올랐다. 미러벨은 자리에서 일어나 몸을 곧추세우며 말했다.

"그래요. 난 당당하고 떳떳한 천출이에요."

"하하!"

쏘온은 부스스한 머리를 쓸어 넘기더니 미러벨을 무시하듯 눈길을 돌렸다.

"난 내 어머니가 자랑스러워요. 비록 그분에 대해 잘 알지는 못하지만, 룩헤이븐 가문의 앨리스 부인이 내 어머니라는 사실이 난 정말로 자랑스러워요!"

그 말을 하자, 미러벨은 내면에 힘이 솟는 걸 느꼈고, 동시에 온몸에 분노가 가득 차올랐다. 그러나 그 분노는 개인적인 미움 따위가 아니라 옳은 일을 하려 애쓸 때 생기는 정당한 감정이었다. 어머니를 그런 칭호로 부른 건 처음이었고, 어머니에게 어떤 지위를 부여할 생각을 한 적도 없었다. 하지만 그게 옳은 일이라고 여겨졌다.

쏘온은 꿈쩍도 하지 않았다. 그 자리에 그대로 얼어붙어 버린 것 같았다.

"앨리스라고?"

"그래요."

미러벨은 갑자기 불안해졌다. 한결 부드러워진 쏘온의 말투가 마음에 들지 않았다.

쏘온은 여전히 미러벨을 제대로 쳐다보지 못한 채 이마를 짚으며 중얼거렸다.

"까마귀. 넌 까마귀를 소환할 수 있지."

미러벨은 입안이 바싹 말라 쉰 목소리로 힘들게 대답했다.

"그래요."

이윽고 쏘온이 무슨 말을 했다. 미러벨은 제대로 들은 게 맞는지 자신의 귀를 의심했다. 귀에 짐승이 포효하는 듯한 소리가 울리고 눈앞이 흐릿해졌다.

"뭐, 뭐라고요?"

귀에 울리는 포효 소리가 더 커졌다. 하지만 쏘온이 고개를 돌리고서 미러벨을 바라보며 한 말이 포효 소리를 뚫고 똑똑히 들렸다.

"네 엄마 눈을 쏙 빼닮았다고 했다."

미러벨은 한 대 얻어맞기라도 한 듯 뒤로 물러섰다.

"당신이 내 어머니를 어떻게 알아요?"

쏘온의 얼굴에 온갖 감정이 어렸다. 두려움, 분노, 충격, 슬픔이 한꺼번에 소용돌이쳤다.

쏘온이 미러벨에게 성큼 다가섰다.

"네 어머니는 지금 어디에 있니? 무사해? 제발 잘 지낸다고 말해 다오."

미러벨은 고개를 가로저으며 다시 한 걸음 물러섰다.

"돌아가셨어요. 날 낳다가 그만……."

쏘온의 얼굴이 일그러졌다. 쏘온은 고통에서 헤어날 방법을 찾으려는 듯 미친 듯이 주위를 두리번거렸다. 미러벨이 그 행동이 무엇을 의미하는지 너무도 잘 알았다. 슬픔의 바다에 빠져 허우적거리는 자의 모습이었다. 수수께끼 퍼즐이 탁탁 맞춰지면서 미러벨의 심장이 쿵쾅쿵쾅 빠르게 뛰기 시작했다.

"미러벨."

쏘온의 목소리가 갈라져 나왔다.

"그래, 기억나. 앨리스는 그 이름이 마음에 든다고 했어."

미러벨은 고개를 푹 숙인 채 바닥만 내려다보았다. 온몸이 부들부들 떨렸다. 미러벨은 도리질을 치며 중얼거렸다.

"아니야. 그럴 리가 없어. 아니야."

쏘온이 비틀비틀 다가서며 미러벨을 향해 두 손을 내밀었다.

'이 자가 내 아버지일 리가 없어.'

"저리 가요!"

미러벨은 바락바락 소리를 질렀다.

"저리 가란 말이야!"

쏘온이 놀라 눈을 끔벅였다.

"가까이 오지 마요!"

쏘온의 얼굴에 충격이 가득했다. 쏘온은 결국 뒤돌아서서 터덜터덜 방을 나갔다.

미러벨은 손톱이 손바닥을 파고들어 피가 나도록 두 주먹을 꽉 쥔 채 문을 하염없이 노려보았다.

빌리

빌리는 두 가지 선택의 갈림길에 서 있었다. 한참을 고민했지만, 시간이 흐를수록 하나를 고르기가 점점 더 힘들어졌다.

첫 번째는 정신을 바짝 차리고 혼자 런던으로 가서 메그를 구하는 것이었다. 빌리는 위험에 빠진 메그를 생각하면 피가 거꾸로 솟는 것 같았다. 생각이 마구 뒤엉키고 분노로 몸이 부들부들 떨렸다.

'그래, 메그를 구하자. 하지만 어떻게?'

거기서 생각이 막혔다. 냉정하게 논리적으로 따져 보면, 메그를 되찾을 수 있으리라는 보장이 없었다. 문제는 또 있었다. 이곳을 떠나 메그를 구하러 가려면, 미러벨을 홀로 남겨 두고 가야 했다. 빌리는 분노와 죄책감 사이에 갇혀 어찌할 바를 몰랐다. 메그는 소중한 동생이고, 미러벨도 빌리에게 가족이라면 가족이었다. 게다가 빌리는 미러벨을 배신했으니 갚아야 할 빚이 있었다.

정원 바깥담 아래에서 서성이던 빌리가 천천히 주먹을 움켜쥐

었다. 이윽고 빌리는 마음의 결정을 내리고서 성큼성큼 걸음을
뗐다.

미러벨

    문이 열리고, 빌리가 방 안으로 내동댕이쳐지자, 미러벨은 안도감과 절망이 뒤섞인 기묘한 감정을 느꼈다. 빌리는 비틀대다가 탁자에 쾅 부딪치고 말았다.

    "결국 잡히고 말았구나."

    빌리는 팔을 문지르며 멋쩍게 웃었다.

    "아니. 내 발로 걸어 들어왔어."

    "뭐?"

    빌리가 다가와 미러벨의 곁에 앉았다.

    "항복했다고."

    빌리가 별일 아니라는 듯이 어깨를 들썩여 보이자, 미러벨은 입을 떡 벌렸다.

    "왜?"

    빌리는 미러벨과 눈을 마주치지 않으려 시선을 이리저리 돌리며 대답했다.

    "널 여기 남겨 두고 갈 수가 없었어. 내가 저지른 짓을 생각하면 도저히 걸음이 안 떨어지더라."

빌리는 어색하고 창피한 표정을 짓고 있었다.

"게다가 이렇게 잡히면 결국 메그를 가둬 놓은 곳으로 데리고 갈 거 아냐."

"그냥 혼자 가지 그랬어. 가서 메그를 구했어야지."

빌리는 고개를 가로저었다.

"잘 안됐을 거야. 어쨌든 널 혼자 남겨 두고 갈 수가 없었어."

마음이 따뜻하고 행복해진 미러벨은 빌리를 보며 빙그레 웃었다. 하지만 빌리는 여전히 미러벨의 눈길을 피했다.

"알았어."

미러벨이 불쑥 말을 꺼내자, 빌리는 의심스러운 눈으로 미러벨을 바라보며 되물었다.

"뭘?"

"널 용서한다고."

빌리는 고맙다는 표시로 고개를 천천히 주억거렸다. 둘은 한동안 말없이 앉아 있었다.

"대충은."

미러벨이 싱글싱글 웃으며 덧붙이자, 빌리도 쑥스러워하며 씩 웃었다. 하지만 미러벨은 빌리의 두 눈에서 여전히 죄책감을 읽을 수 있었다.

"빌리, 우리는 꼭 메그를 구해 낼 거야. 내가 장담할게."

"알아."

한 시간 뒤, 문이 열리더니 미러벨을 끌고 온 남자 둘이 들어와서 미러벨과 빌리를 아래층으로 데리고 갔다. 밖은 환한 대낮이었다. 건물 밖으로 나가자, 승합차 한 대가 주차되어 있었다. 어깨에 흰가슴까마귀를 앉힌 쏘온의 모습도 보였다. 부하들은 미러벨과 빌리를 승합차 뒤쪽으로 데리고 갔다. 그중 한 명이 문을 열고서 으름장을 놓았다.

"타."

미러벨은 못 들은 척하며 쏘온을 바라보았다.

"지금 이 상황에서도 계속 그자의 부하 노릇을 할 거예요?"

쏘온은 차마 미러벨을 바라보지 못한 채 고개만 가로저었다.

"아무것도 변한 건 없어."

미러벨은 쏘온에게 성큼 다가섰다.

"모든 게 변했거든요."

미러벨은 옆에서 대화를 듣던 쏘온의 부하들 사이에 이상한 분위기가 흐르는 걸 알아차렸다. 미러벨을 빤히 바라보는 빌리의 눈길도 느껴졌다.

"마무리해야 할 일이 있어."

쏘온이 대답하자, 미러벨이 발끈해서 되물었다.

"대체 그 일이 뭔데 그래요?"

"가면 알게 될 거다."

359

쏘온이 더 주거니 받거니 할 생각이 없다는 듯 냉담한 얼굴로 차에 타라고 손짓했다. 미러벨은 쏘온의 무시하는 듯한 태도에 화가 났지만, 시키는 대로 차에 올랐다. 창문 하나 없는 승합차 안에는 매캐한 기름 냄새가 코를 찔렀다. 빌리는 승합차 옆면에 고정된 의자에 앉았지만, 미러벨은 그대로 서서 쏘온을 당돌하게 바라보았다.

"내 질문에 대답 안 했잖아요?"

문을 닫으려던 쏘온이 한숨을 푹 쉬더니 미러벨의 두 눈을 마주 바라보며 입을 열었다.

"네가 네 아비를 얼마나 많이 닮았는지 알아볼 작정이다. 넌 내가 덫을 놓는 걸 돕게 될 거야."

승합차 문이 쾅 닫히며 차 안에 짙은 어둠이 드리워졌다.

피글릿

피글릿은 이토록 많은 사람을 본 적이 없다.

세상은 소음과 빛과 사람들의 움직임으로 살아 꿈틀거린다. 피글릿은 기차에서 내려 거대한 역으로 들어서자마자 종종걸음 치는 사람들의 물결에 휩쓸린다. 하이힐 또각대는 소리, 부츠 쿵쿵대는 소리, 중절모자를 쓰고 두툼한 외투를 입은 남자들, 기다란 비옷을 입은 여자들, 반바지와 셔츠 차림의 남자아이들, 고슬고슬하게 머리를 만 여자아이들, 유모차 안에서 악을 쓰며 우는 아기들, 기차역 기둥에 기대어 성냥을 파는, 군복 차림의 외다리 노인, 줄지어 지나가고 엇갈리는 사람들, 천장에 메아리치는 발소리와 끊이지 않는 웅성거림.

잠시 피글릿은 어찌할 바를 알지 못한다.

눈을 깜박이며 위풍당당한 역 안 풍경을 바라본다. 한 장소에 수많은 생각과 꿈이 들어차 있다. 아치문을 통해 한 발만 밖으로 나서면 런던이다.

피글릿은 이제 언어를 이해한다. 그것이 사람들에게 어떤 의미인지 안다. 어떻게 그 느릿한 언어가, 사람들이 저마다의 자리에서 다양한 삶을 살도록 이끄는지 이해한다.

런던.

집.

거리.

아, 그리고 이름. 이름 역시 모든 것에 자기 자리를 만들어 준다. 피글릿이 아는 이름들……

미러벨.

마커스.

오드.

피글릿은 몸을 부르르 떤다. 집중이 흐트러지고 있다. 피글릿은 할 일이 있다는 사실을 떠올린다. 피글릿은 허둥지둥 행인을 본능적으로 피하며 역을 가로지른다. 피글릿의 관심은 단 하나뿐이다. 피글릿은 생동감 넘치는 도시의 불빛 속으로 걸어 나와 상점과 주택을 지나고 빌리 덕분에 알게 된 거리를 걷는다. 빌리 덕분에 이름을 알게 된 장소를 걸어 지나간다.

빌리 덕분에 이제 피글릿한테는 한 단어만이 중요할 뿐이다.

피글릿은 그 단어를 생각하고 또 생각한다.

메그.

6장
벌시파이어

미러벨

"런던에 왔어."

빌리가 고개를 들며 말했다.

"어떻게 알아?"

미러벨이 되물었다.

"냄새가 나."

갑자기 승합차가 옆으로 기우는 바람에 미러벨은 몸이 앞으로 확 쏠렸다. 빌리는 미러벨이 날아가지 않도록 얼른 팔을 붙잡았다. 그러고는 자신도 중심을 잃지 않으려고 버둥거리며 미러벨을 다시 자리에 앉혀 주었다. 미러벨은 빌리가 다시 자신과 눈을 마주치지 않으려 한다는 사실을 알아차렸다. 그런데 이번에는 어쩐지 느낌이 달랐다. 뭔가 할 말이 있는데 미러벨의 기분을 상하게 할까 봐 차마 꺼내지 못하는 듯했다.

빌리는 승합차 벽에 등을 기대고 앉은 채 어쩔 줄 모르겠다는 듯이 계속 손을 비비적거렸다.

"왜 그래?"

미러벨이 묻자, 빌리는 시치미를 뗐다.

"내가 뭘?"

"하고 싶은 말이 있는 거 같은데?"

빌리가 용기를 그러모으려는 듯 머뭇머뭇 입을 뗐다.

"아까 쏘온이 네 아버지에 대해 뭐라고 했잖아. 그게 무슨 소리야?"

이번에는 미러벨이 빌리의 눈길을 피했다.

"그 이야기는 하고 싶지 않아."

"어쩐지 꼭……."

미러벨이 도리질을 치자, 빌리는 알겠다는 듯이 고개를 끄덕이며 입을 다물었다.

잠시 후 승합차가 멈춰 섰다. 빌리가 벌떡 자리에서 일어서더니 뒷문을 초조하게 노려보았다. 미러벨은 빌리에게 긴장 풀라는 손짓을 했다.

마침내 문이 열리고, 쏘온이 나타났다. 어깨에 아벨라드가 올라앉아 있었다.

"내려."

미러벨과 빌리가 내려선 곳은 고딕 양식으로 지어진 어느 저택의 안뜰이었다. 풀 한 포기 없이 정리된 돌바닥과 사방을 에워싼 벽 때문에 보기만 해도 숨이 턱 막혔다.

쏘온이 두 부하에게 나직한 소리로 지시를 내리자, 두 사람이 고개를 끄덕이더니 승합차 안으로 들어갔다. 이어 쏘온은 미러벨과 빌리 쪽으로 손가락을 딱 튕기더니 자기 앞을 가리켰다.

"내가 볼 수 있는 자리로 와."

미러벨과 빌리는 시키는 대로 움직였다. 미러벨은 쏘온과 눈을 마주치려 했지만, 쏘온은 차마 미러벨을 똑바로 바라보지 못하는 것 같았다.

쏘온이 한쪽을 손짓하며 말했다.

"저 문으로 들어가."

"왜요?"

빌리가 되묻자, 쏘온이 빈정거리며 대답했다.

"동생 만나고 싶다며?"

그러자 미러벨이 한마디를 던졌다.

"당연하죠. 정상적인 사람이라면 누구나 가족과 함께 있고 싶어 하는 법이잖아요."

짧은 순간, 쏘온의 턱이 파르르 떨렸다. 쏘온은 한층 날카로운 목소리로 말했다.

"잔말 말고 어서 들어가기나 해."

미러벨과 빌리는 떡갈나무로 만든 이중문을 지나 긴 복도로 들어섰다. 한때 밝은 노란색이었을 듯한 벽은 색이 바래서 우중충해 보였다. 어둡고 근엄한 표정을 짓고 있는 귀족들의 초상화가 복도를 따라 줄줄이 걸려 있었다.

문득 미러벨은 쏘온한테 지분대고 싶은 충동이 들었다.

"마음만 먹으면 도망칠 수 있는 거 알죠?"

"괜한 소리 마."

쏘온은 미러벨이 부담스러운지 부산스레 앞서 걸어갔다. 미러벨과 빌리는 당황해하는 쏘온의 반응을 보며 재미있다는 눈길을 주고받았다.

"빨랑빨랑 움직여!"

쏘온의 고함 소리가 복도에 메아리쳤다.

앞장서서 걷던 쏘온은 복도 끝에 다다르자 오른쪽으로 방향을 틀었다. 앞에 육중한 이중문이 나왔다. 쏘온은 문을 밀어 열고서 미러벨과 빌리에게 먼저 들어가라고 손짓했다. 세 사람이 들어선 곳은 서재인데 규모가 꽤 컸다. 검은색 나무로 만든 책장이 늘어서 있고, 천장과 바닥은 회색으로 칠해져 있었다. 양쪽 벽에 초록색 전등갓을 씌운 전구들이 켜져 있어서 어둡지는 않았다. 출입문 맞은편 벽에는 바닥에서부터 천장까지 이어지는 철창이 나 있고, 한쪽에 기다란 떡갈나무 탁자 하나와 가죽 의자 여섯 개가 마련되어 있었다.

"여기서 기다려."

쏘온이 뒤돌아서 나가려다가 멈칫하더니 미러벨에게 말했다.

"나중에, 일이 다 끝나면 이야기 나눠 보도록 하자."

"내가 이야기 나누고 싶을지 어떨지 어떻게 알아요?"

쏘온은 난감한 표정을 지었다.

"어디 조용한 곳에 가든지."

"난 피글릿 없이는 아무 데도 안 갈 거예요. 가족을 두고는 어디에도 가지 않을 거예요. 누구하고는 다르죠."

쏘온은 분노로 얼굴을 일그러뜨리며 차갑게 말했다.

"여기 꼼짝 말고 있어."

미러벨은 비웃음을 띠며 대꾸했다.

"왜요? 이번에는 마법 수갑을 채우지 않을 거예요?"

"너희 둘 다 달아날 수 없는 이유가 분명히 있으니까."

"내 이유는 뭔데요?"

미러벨이 묻자, 쏘온은 대답 없이 미러벨을 빤히 바라보았다. 그러더니 아벨라드 쪽으로 고개를 돌렸다.

"잘 감시해."

아벨라드가 책장으로 날아가더니 자리를 잡고 앉았다. 불빛에 까만 두 눈이 번들번들 빛났다.

이윽고 쏘온이 서재 문을 쾅 닫고서 떠났다.

"방금 그게 다 무슨 소리야?"

빌리가 당황한 얼굴로 미러벨에게 물었다.

"아무것도 아니야."

미러벨은 짐짓 주변 환경을 살피는 척했다. 쏘온의 얼굴이 자꾸 눈앞에 아른거렸다. 쏘온이 너무나 밉지만, 그가 저지른 짓이

미울 뿐 마음 한편으로는 쏘온에게 강렬히 끌렸다. 미러벨은 쏘온과 말다툼을 하면서도 자기도 모르게 그의 외모를 뜯어보며 닮은 점을 찾았고, 동시에 부디 닮은 점이 없기를 바랐다.

빌리는 곧장 창문으로 가서 창살을 잡아당겨 보았다.

"이쪽으로 빠져나가기는 어렵겠어."

아벨라드가 빌리를 놀리듯 목구멍 깊은 곳에서 낮게 떨리는 소리를 냈다.

빌리는 뒤돌아서서 서재 안을 살피기 시작했다. 미러벨은 상대가 마음속 생각을 감추려고 딴청을 피울 때 그 속내를 어김없이 알아보았다. 빌리는 쏘온이 했던 말에 대해 다시 물어보려고 적당한 때를 기다리고 있었다. 미러벨은 먼저 질문을 던져서 빌리의 관심을 다른 쪽으로 돌리기로 마음먹었다.

"메그가 여기 있을까?"

"응. 이 집이 기억나."

"피글릿을 데려오면 곧바로 메그를 만나게 해 주겠다고 약속했다는 거지?"

빌리가 고개를 끄덕였다.

"넌 그 말을 믿었고?"

미러벨의 목소리에 뾰족한 가시가 돋쳐 있었다. 빌리의 당황하고 상처받은 표정을 마주하자, 미러벨은 조금 미안한 마음이 들었다. 그러나 사과할 틈도 없이 문이 열리더니 처음 보는 남자

둘과 쏘온이 걸어 들어왔다.

낯선 두 남자 중 반달 모양 안경을 쓴 쪽은 깡마른 체격에 하얀 실험복을 입었고, 다른 한쪽은 근사한 양복 차림에 지팡이를 짚고 있었다.

쏘온이 양복 차림의 중년 신사에게 의자를 가져다주었다. 남자가 자리를 잡고 앉아 지팡이에 두 손을 포개더니 그 위에 턱을 괴고서 빙그레 웃었다.

"빌리, 다시 만나니 반갑구나."

이어 남자가 미러벨에게 눈길을 돌렸다.

"나는 로버트 코트니라고 한다. 넌 누구니?"

미러벨은 두렵지 않다는 걸 보여 주기 위해 한 걸음 앞으로 성큼 나섰다.

"난 미러벨이에요. 룩헤이븐 가문 출신이죠. 룩헤이븐 가문의 일원인 앨리스 부인의 딸이고요."

미러벨은 쏘온을 흘끗 쳐다보았다. 쏘온은 애써 미러벨의 눈길을 피하려 했다. 그러자 실험복을 입은 남자가 말했다.

"저 애는 쏘온 씨를 그다지 좋아하지 않나 봅니다. 왜 그런지 궁금하군요."

쏘온은 대답 없이 주먹을 움켜쥔 채 바닥만 노려보았다.

코트니가 지팡이로 실험복 입은 남자를 가리키며 말했다.

"이쪽은 애스피널 박사님이시다. 새로운 과학 분야의 선구자시지. 형이상학적 기계 역학이라고 부르는 분야인데, 영혼, 정신, 삶 그 자체를 연구하신단다."

미러벨은 애스피널 박사를 노려보았다. 영 마음에 들지 않는 인간이었다. 미러벨은 애스피널의 두 눈에 위험한, 거의 굶주린 듯한 빛이 번득이는 걸 보았다.

"이봐, 꼬마 아가씨. 룩헤이븐 출신이라고 했나?"

애스피널이 물었다.

"내 이름은 미러벨이에요. 어머니께서 지어 주신 이름이죠."

애스피널이 씩 웃었다.

"오, 그래? 아버지는 이름 짓는 문제에 대해 별말이 없었나 보지?"

순간 미러벨은 저도 모르게 쏘온을 쳐다보았다. 쏘온은 미러벨과 눈이 마주치자 얼른 눈길을 돌렸다. 미러벨은 자기 행동을 감추려고 괜히 방안을 휘휘 둘러보았다. 그러나 이미 엎질러진 물이었다.

애스피널이 손으로 입을 틀어막더니 미러벨과 쏘온을 번갈아 보며 키득키득 웃기 시작했다.

"이런 맙소사!"

코트니가 인상을 찌푸리며 애스피널을 올려다보았다.

"뭡니까?"

애스피널은 코트니의 질문을 무시한 채 쏘온을 바라보며 씩 웃었다.

"저 여자애는 반은 인간이고, 반은 가문의 피가 섞인 천출이라면서요. 오, 쏘온 씨. 당신에 대한 소문을 들은 적이 있답니다. 이제 보니 뜬소문이 아니라 사실인 것 같군요."

쏘온은 묵묵히 바닥만 내려다보았다. 미러벨은 그런 쏘온이 한편으로는 안쓰럽게 여겨졌다. 두 주먹을 꽉 쥔 쏘온을 보고 있으니 온갖 감정이 뒤섞여 머리가 찌릿찌릿 아팠다.

애스피널 박사가 흥분해서 떠들었다.

"저 애가 딸이라는 이야기를 왜 안 했습니까?"

옆에서 빌리가 헉하고 숨 들이마시는 소리가 들렸다. 미러벨의 얼굴에 해명이 쓰여 있기라도 한 듯 빌리가 빤히 쳐다보는 시선이 느껴졌다. 미러벨은 아무 말도 할 수가 없었다.

애스피널이 푸핫 하고 웃음을 터뜨리더니 안주머니에 손을 넣었다.

"이건 중요한 발견인데요. 기록해 둬야겠어요. 이 내용으로 논문을 쓸……."

쏘온이 애스피널의 옷깃을 잡고서 번쩍 들어 올려 벽으로 밀어붙이더니 팔뚝으로 목을 내리눌렀다. 애스피널이 캑캑거리며 포크에 찔린 장어처럼 꿈틀거렸다.

"쏘온 씨."

코트니가 점잖게 말렸지만, 쏘온은 애스피널의 목을 더욱 거

세게 압박했다. 애스피널의 얼굴이 시뻘겋게 변했다. 미러벨은 쏘온에게 계속하라며 부추기고 싶은 자신을 깨닫고서 깜짝 놀랐다.

"쏘온 씨! 그만하시오!"

코트니가 목청을 높였다.

쏘온이 천천히 팔을 풀자, 애스피널이 바닥에 털썩 주저앉았다. 애스피널은 목을 붙잡고서 숨을 헐떡이면서도 계속 키득키득 웃었다.

"정말……. 정말 놀라워."

애스피널이 비틀비틀 일어서더니 머리를 쓸어 넘기며 쏘온을 노려보았다. 쏘온도 분이 가라앉지 않는지 씩씩대며 애스피널을 쏘아보았다.

"쏘온 씨, 사실입니까?"

코트니가 물었다.

"뭐가 말입니까?"

쏘온이 애스피널에게서 눈길을 떼지 않은 채 되물었다. 코트니는 지팡이로 미러벨을 가리키며 다시 물었다.

"저 애가 쏘온 씨 딸이 맞습니까?"

쏘온은 미러벨 쪽은 쳐다보지 않으려 하면서 머뭇머뭇 대답했다.

"그런 것 같습니다."

미러벨은 순간 머리가 어질했다. 모두의 눈길이 자신에게 쏟아지는 게 느껴졌다. 충격을 받아 멍해진 빌리의 얼굴이 눈에 들어왔다.

코트니는 몹시 당황한 것 같았다.

"이거 곤란하군요."

애스피널이 한 손으로 목을 쓰다듬으며 코트니 곁으로 갔다.

"어떤 면에서 말입니까?"

코트니는 꺼림칙한 얼굴로 대답했다.

"도덕적인 면에서 문제가 있지 않습니까?"

애스피널은 어처구니가 없다는 표정을 지었다.

"도덕이요? 하!"

"박사님, 우리가 왜 이 일을 하는지 의도를 생각해 보세요."

애스피널이 코트니 쪽으로 몸을 숙이더니 주먹을 꽉 쥐어 보였다.

"우리가 무엇을 이루고자 하는지 아시지 않습니까? 저 여자아이는 쓸모가 있어요. 저 애를 이용하면 그 괴물을 데려올 수 있어요. 그 괴물과 마음이 통하거든요. 제가 들은 이야기가 있습니다. 말리스를 물리친 주인공이 바로 저 아이예요."

애스피널이 일어서더니 쏘온을 바라보았다.

"물론 아버지가 반대하면 하는 수 없지요."

쏘온은 고릴라처럼 어깨를 늘어뜨린 채 옆으로 돌아서서 대화에 끼려 하지 않았다. 코트니는 초조한지 두 손으로 지팡이를 빙빙 돌리며 말했다.

"일을 마치면 딸을 돌려보내 드리리다. 괴물을 손에 넣고 나면 저 애는 필요하지 않아요."

이어 코트니는 애스피널을 바라보며 물었다.

"남자애는 어떻게 할 겁니까?"

애스피널이 어깨를 들썩이며 대답했다.

"뭐, 저 애도 가도 되겠지요. 모든 게 다 끝나면 말입니다."

"대체 뭐가 언제 끝난다는 거예요?"

미러벨이 매섭게 쏘아붙이자, 코트니와 애스피널이 놀라서 미러벨을 쳐다보았다. 코트니가 대답하려는 찰나, 빌리가 대화에 끼어들었다.

"내 동생은 어디에 있어요? 지금 당장 만나게 해 주세요."

"네 여동생은 안전하게 잘 있다."

코트니는 대답하면서도 생각은 다른 곳에 가 있는지 자꾸 지팡이를 만지작거렸다.

"임무를 마치면 동생과 만나게 될 거야."

"그럼 그때는 떠나도 되는 거죠?"

빌리가 묻자, 코트니는 지나치게 열심히 고개를 끄덕여 보였다. 미러벨은 코트니의 반응을 지켜보았다. 코트니는 입술을 잘근잘근 깨물고 손으로 턱을 북북 문질러 댔다. 문득 미러벨은 애스피널의 눈길을 느끼고서 고개를 돌렸다. 애스피널은 미러벨을 빤히 바라보며 혼자만의 농담을 즐기기라도 하듯 히죽히죽 웃고 있었다. 미러벨과 눈이 마주치자, 애스피널이 입을 열었다.

"난 과학자라서 호기심이 많거든. 사물을 관찰하고, 문제를 파악하는 걸 즐기지. 원인과 결과 사이의 상관관계를 찾는 게 좋아."

애스피널은 코트니에게 고개를 숙이며 말을 이었다.

"코트니 씨, 허락하신다면 이 아가씨한테 옛날이야기를 하나 들려주고 싶습니다만."

코트니가 고개를 끄덕였다.

"짧게 끝내세요."

애스피널이 자세를 쭉 펴더니 싱글거리며 이야기를 시작했다.

"옛날에 한 남자가 살았단다. 이름은 중요하지 않아. 자기네 끼리 무슨 가문이네 가족이네 하는 종족의 일원이었다는 것만 알아 두면 돼."

아벨라드가 까악 하고 울더니 날개를 퍼드덕거렸다. 미러벨은 살며시 쏘온의 반응을 확인했다. 쏘온은 고개를 숙인 채 바닥만 내려다보고 있었다.

"그자는 비범한 기술을 지니고 있었어. 강하고, 날렵하고, 교활한 데다가, 사람에 따라 마법이라고 부를 만한 재능도 있었지. 누군가를 추적하고, 신기한 기계를 만들고, 그 모든 일을 은밀하게 해내는 면에서 남다른 능력을 지닌 자였어. 하지만 소위 가족이란 자들은 그 재능을 대수롭지 않게 여겼지. 우리 이야기의 주인공도 적당히 자기 하고 싶은 걸 하면서 살았고 말이야. 그러다가 어느 날 그자가 속한 종족은 인간과 '언약'이라고 부르는 협정을 맺는단다. 서로를 해치지 않기로 합의한 거야."

애스피널은 고개를 절레절레 흔들더니 미러벨을 바라보며 낄낄 웃었다. 미러벨은 애스피널의 웃음소리가 역겨워서 인상을 찌푸렸다.

"그런데 말이다, 양쪽 다 통제할 수 없는 본능이 튀어나오는 문제를 고려하지 않은 거야. 괴물의 본성은 거스를 수 없는 법이거든."

미러벨은 싸늘하게 대꾸했다.

"괴물. 당신들은 우리를 그렇게 부르죠. 하지만 우리는 그보다 더 가치 있는 존재예요."

"박사님, 무슨 말을 하려는 겁니까?"

코트니가 짜증을 냈지만, 애스피널은 모른 척 이야기를 계속했다.

"그러니까, 가문의 일원 중에 본능을 버리지 못한 자들이 있었단다. 그들은 바깥세상의 인간을 계속 사냥했어. 그토록 신성한 약속을 어겼으니 결국 쫓겨날 수밖에. 어이 꼬맹이, 그런 추방자들에 대해 네가 좀 잘 알지, 안 그래?"

애스피널은 빌리를 보며 히죽 웃자, 빌리는 이글거리는 눈으로 애스피널을 노려보았다.

"캐치폴 부부는 당신한테 그런 끔찍한 짓을 당할 만한 일을 하지 않았어요."

애스피널은 어깨를 들썩이며 대답했다.

"추방됐잖아. 짐승처럼 고기를 찾아 헤매는 보잘것없는 자들이 었지. 어떤 취급을 받아도 싸."

분노한 빌리가 몸을 부들부들 떨기 시작했다. 당장이라도 애스피널에게 달려들 기세였다. 미러벨은 얼른 빌리의 팔을 살며시 잡고서 고개를 흔들며 하지 말라는 신호를 보냈다.

"결국 언약을 어기고 인간을 잡아먹은 자는 사냥해서 잡아들여야 한다는 결정이 내려졌지. 그런데 사냥을 하려면 사냥꾼이 필요하잖아. 거기서 우리 이야기의 주인공과 그의 재능이 등장한단다. 드디어 능력을 발휘할 수 있게 된 거야."

애스피널은 쏘온을 바라보며 물었다.

"쏘온 씨, 내가 정확하게 전했습니까? '당신' 이야기에 혹시 덧붙이고 싶은 말이라도 있나요?"

쏘온은 두 주먹을 꽉 쥔 채 이를 악물고 있었다. 미러벨은 그런 쏘온이 한편으로는 안쓰러웠다.

"쏘온 씨, 당신이 추방자들을 어떤 식으로 심판했는지는 묻지 않겠습니다. 가족이라는 비밀스러운 집단에서 당신의 위치가 어땠는지 아는 것만으로도 충분해요. 당신은 동족을 사냥했어요. 이를 부끄럽게 여긴 가족들은 당신의 존재를 인정하지 않았고요."

애스피널은 대놓고 역겹다는 티를 내자, 미러벨은 불쑥 화가 치밀어 올랐다.

"난 내게 주어진 임무를 수행했을 뿐이야! 시키는 대로 했을 뿐이라고!"

쏘온이 바락바락 소리를 질렀다. 애스피널은 일부러 나긋나긋하게 되물었다.

"그래요? 그들이 당신한테 무엇을 시켰는데요? 그 임무라는 게 어떤 일이었나요? 사랑하는 가족은 당신에게 어떻게 보답했지요?"

쏘온은 기가 꺾인 듯했다. 무안해하는 것 같기도 했다. 애스피널은 다시 쏘온과 미러벨을 번갈아 보더니 씩 웃었다.

"아하, 동족한테 소외당했다는 사실을 딸이 알기를 바라지 않나 보군요."

코트니가 짜증을 내며 한숨을 쉬었다.

"이러다 밤새우겠어요."

"거의 끝나 갑니다."

애스피널이 입술을 싹싹 핥으며 말을 이었다.

"쏘온 씨는 추방자들을 담당했지요. 그러다 보니 인간 세상으로 나오는 일이 잦았고, 여기서 앨리스라는 여인을 만나게 됩니다. 쏘온 씨는 예전에도 가문의 일원이 인간과 짝을 맺은 역사가 있다는 걸 알고 있었어요. 간혹 그들 사이에서 아이가 태어나는 일도 있었지요."

애스피널은 안타깝다는 표정으로 고개를 절레절레 흔들었다.

"천출이라 불리는 그 아이들은, 언약을 어기고 인간을 사냥한 자보다 더 혐오스러운 존재 취급을 받았어요. 버림받은 자들 사이에서조차 버림받은 존재였죠."

애스피널은 미러벨과 빌리를 바라보며 요란하게 한숨을 내쉬었다.

"참 불쌍한 신세라 하지 않을 수 없지요."

한동안 방 안에 정적이 흘렀다. 미러벨이 정적을 깨고 한 걸음 앞으로 성큼 나섰다.

"그렇게 아는 게 많으면 내 어머니 얘기도 좀 해 보시죠?"

애스피널이 우쭐한 눈빛으로 미러벨을 내려다보았다.

"아, 그 이야기를 해 줄 수 있는 사람은 한 명뿐이란다. 안타깝지만 내 전문 지식은 여기까지야."

미러벨은 눈길을 돌리고서 아버지를 바라보았다. 기분이 너무 이상했다. 아버지라는 낱말이 너무 낯설고 뭔가 잘못된 것처럼 느껴졌다. 그토록 역겨운 상대와 한 가족이라니, 어떻게 그런 일이 가능한지 알 수가 없었다. 쏘온은 끝까지 미러벨과 눈을 마주치려 하지 않았다.

"어머니는 혼자서 안식처를 찾아 룩헤이븐으로 왔어요. 왜 그 랬죠? 그때 어디에 있었어요?"

쏘온은 서글프게 고개를 가로저을 뿐이었다.

갑자기 탕, 탕 하고 날카로운 소음이 울려 퍼졌다. 코트니가 지팡이로 땅을 내려치고 있었다.

"그만! 우리는 해야 할 일이 있잖소!"

애스피널이 냉큼 대답했다.

"예, 알겠습니다."

미러벨은 애스피널과 코트니를 이글거리는 눈으로 노려보았 다. 그 어느 때보다 까마귀 떼가 함께 있었으면 하는 아쉬움이 들었다.

애스피널이 어깨 너머로 쏘온을 보며 말했다.

"덫과 계략의 달인, 그리고 미끼로 쓸 수 있는 그의 딸이 여기 함께 있다니, 이 얼마나 기가 막힌 상황입니까?"

그 순간, 난데없이 빌리가 푸핫 하고 웃음을 터뜨리더니 배를 부여잡고 들이웃었다. 빌리의 갑작스러운 반응에 미러벨과 쏘온 까지 놀랐다.

"뭐 재미있는 일이라도 있나?"

빌리가 웃음을 멈추더니 어처구니없다는 듯 고개를 절레절레 흔들며 대답했다.

"미끼는 필요 없을 거예요."

애스피널이 당황해서 물었다.

"어째서지?"

빌리가 미러벨을 바라보며 빙그레 웃었다. 미러벨은 어떤 예감
에 가슴이 뛰기 시작했다.

빌리

애스피널이 쏘온에 대해 길게 떠들어 대는 동안, 빌리는 퍼뜩 어떤 느낌을 받았다. 공포와 기쁨이 뒤섞인 기묘한 느낌이었다. 말로 분명히 설명할 수는 없지만, 무언가가 이쪽으로 오고 있다는 느낌이 갑자기 들더니, 잊고 있던 이미지와 감정이 머릿속을 휙휙 스쳐 지나갔다.

메그의 얼굴. 미러벨의 얼굴.

빌리는 어떻게든 차분한 모습을 유지하려 했다. 아직 방 안의 누구도 알아차리지 못한 것 같았다. 머릿속에 피글릿과 맞섰던 일이 자꾸만 떠올랐다.

아니, 맞선 게 아니라 하나가 되었다고 말하는 게 맞을 듯했다. 그렇다, 런던 인근 마을에서 피글릿과 하나가 되어 서로의 기억과 생각과 감정을 나누었던 일이 자꾸 생각났다.

눈물로 얼룩진 메그의 얼굴과 미러벨의 얼굴이 다시 보였다. 뭔가 해일처럼 거대한 것, 강력하고 거친 것이 곧 여기에 다다르리라는 예감이 들었다.

이윽고 빌리는 그것이 무슨 의미인지 이해했다.

애스피널이 빌리 쪽으로 성큼성큼 다가오다가 빌리의 눈길을 마주하고서 뭔가를 느꼈는지 우뚝 멈춰 섰다. 코트니가 의자에서 엉거주춤 일어섰다. 쏘온은 무슨 일인가 싶은지 인상을 찌푸리며 빌리를 노려보았다. 이제 미러벨도 갑자기 달라진 분위기를 알아차린 듯했다.

빌리는 공기의 흐름이 달라진 것을 느꼈다. 이 미묘한 진동이 의미하는 바는 오직 하나뿐이었다. 멀리서 누군가가 공포에 질려 비명을 질렀다.

빌리는 미러벨을 돌아보며 빙그레 웃었다.

"피글릿이 왔어."

피글릿

피글릿은 저택을 바라본다.

건물 안에서 움직임이 느껴진다. 공기에 실려 오는 익숙한 향기, 소리, 심장 박동을 느낄 수 있다.

미러벨의 존재를 느낀 순간, 피글릿은 기쁨으로 가슴이 터질 것 같다.

피글릿은 으스스한 분위기를 풍기는 문으로 걸어간다. 한 남자가 인상을 찌푸리며 피글릿 쪽으로 걸어온다. 욕심 많고 힘깨나 쓰게 생긴 인상이다. 남자가 피글릿을 붙잡으려 손을 뻗는다.

피글릿은 스르르 흩어져 남자의 몸을 통과한다. 남자의 몸을 지나는 잠깐 사이, 음침한 회색 오두막이 흘낏 보인다. 누군가 고래고래 소리를 지른다. 구석에서 개가 사납게 으르렁거린다. 한 소년이 울고 있다. 바깥에는 비가 쏟아진다. 금 간 유리창, 지저분하고 거미줄 가득한 집 안.

피글릿은 저택으로 들어간다.

바깥에서는 남자가 계속 비명을 지르고 있다. 코끼리가 각다

귀 한 마리를 신경 쓰지 않
듯 피글릿은 그자에게 어떤
관심도 기울이지 않는다. 피글릿은
냄새를 맡는다. 어디로 가야할지 정확
히 알고 있다. 피글릿은 복도를 미끄러
져 나아가 모퉁이를 돈다. 앞에 지저
분하고 누르스름한 문이 나타난다.
피글릿은 딱딱하게 굳기 시작한다.
바위처럼 단단해진다. 날카로운 발톱
이 자라나고 덩치가 거대해진다. 피글릿은 문
고리를 잡고서 뜯어내어 버린다. 부서진 문고
리를 바닥에 툭 던진다. 문이 휙 열린다.

피글릿은 조심스럽게 어린 남자아이의 모습으로 다시 탈바꿈
한다.

이윽고 피글릿은 방 안으로 걸어 들어간다.

어둡고 텅 빈 구석에서 뭔가가 꿈틀한다. 작고 초라하다.

피글릿은 그쪽으로 다가간다.

구질구질한 금발이 보인다. 반짝이는 파란 눈동자.

메그가 피글릿을 올려다본다.

피글릿은 메그를 향해 빙그레 웃는다.

메그가 일어서자, 피글릿은 고개를 끄덕인다. 메그가 다가와서

피글릿의 손을 잡더니 방긋 웃는다.

둘은 손을 마주 잡고 복도로 나간다.

피글릿은 이상하게 마음이 평온하다. 빌리의 생각을 처음 보았을 때가 떠오른다. 빌리가 머릿속으로 그려 보았던 메그의 납치 과정, 곁에 없는 메그를 생각할 때마다 마음을 넘어 온몸을 태울 듯했던 고통. 피글릿은 빌리가 얼마나 괴로웠는지, 메그에 대한 책임감으로 얼마나 마음이 무거웠는지 안다.

그리고 이글거리는 분노.

빌리의 분노를 피글릿도 고스란히 느꼈다. 소중한 존재가 위협 받을 때 어떤 기분인지 피글릿도 알게 되었다. 미러벨을 빼앗긴다면 똑같은 고통을 느낄 것 같다. 그런 무시무시한 일이 일어날 뻔 했던 때가 떠오른다. 끔찍한 것이 룩헤이븐 가문을 위협했던 때. 피글릿이 일을 바로잡을 수 있도록 도왔던 때. 피글릿은 다시 한 번 일을 바로잡고 싶었다. 직접 그 결정을 내리고 싶었다.

피글릿은 메그를 바라보며 자신의 목적이 거의 달성되었다고 느낀다.

그런데⋯⋯.

한가지가 더 있다.

피글릿이 알아야 하는 일이 하나 더 느껴졌다. 퍼즐의 빈 부분 처럼 빠진 것이 있다.

피글릿은 메그와 함께 걸으며 머릿속으로 이미지들을 휘리릭

넘겨 본다. 빌리, 캐치폴 부부, 하얀 실험복을 입은 남자, 지팡이를 짚은 남자. 윙윙 소음을 뿜어내는 무시무시한 기계. 검게 변하는 초록색 수증기, 깨진 유리 조각.

피글릿은 뭔가 다른 것을 느낀다. 무언가가 피글릿의 마음을 붙잡고서 아직 임무가 끝나지 않았다고 속삭인다.

오른쪽에 문이 있다. 검고 반질반질 윤이 난다.

피글릿은 호기심을 느낀다. 피글릿은 늘 호기심을 느낀다. 이문과, 문 뒤에서 전해지는 미묘한 진동이 어느 때보다 피글릿의 호기심을 자극한다.

피글릿은 문을 열고 메그와 함께 방 안으로 들어간다.

방 안의 광경이 보인다. 메그가 피글릿의 손을 꼭 잡는다.

이제 피글릿은 모든 것을 이해한다.

미러벨

미러벨은 숨이 턱 막히는 것 같았다. 쏘온이 외투 안주머니에 손을 넣더니 빌리가 피글릿을 사로잡을 때 썼던 것과 똑같이 생긴 장치를 꺼내 들었다. 쏘온은 잽싸게 문을 열고서 외투 자락과 긴 머리칼을 휘날리며 밖으로 달려 나갔다.

미러벨은 코트니가 휘두르는 지팡이를 피하며 망설임 없이 쏘온을 뒤쫓았다. 순간 미러벨의 눈앞에 허연 것이 번득였다. 애스피널이 손톱처럼 길고 앙상한 손가락을 뻗으며 미러벨에게 달려들었다. 빌리가 곁에 있어서 얼마나 다행인지 몰랐다. 빌리는 단숨에 애스피널을 옆으로 날려 버렸다. 등 뒤에서 애스피널의 비명이 들렸지만, 미러벨은 뒤돌아보지 않았다. 피글릿이 먼저였다.

뒤에서 소동이 일어나고 고함 소리가 들렸다. 하지만 미러벨과 빌리는 신경 쓰지 않고 쏘온을 뒤쫓는 데만 집중했다. 모퉁이를 돌자, 복도 중간에 쏘온이 서 있고, 멀찍이 떨어진 곳에 두 형체가 보였다.

한 명은 어린 여자아이, 다른 한 명은 피글릿이었다.

"메그!"

빌리가 소리치더니 여자아이를 향해 쏜살같이 달려갔다.

미러벨은 빌리를 소리쳐 부르며 말리려 했다. 쏘온이 구슬을 들어 올리는 것을 보았기 때문이었다. 애스피널이 미러벨을 밀치고 지나가자, 뒤에서 탁, 탁 지팡이 짚는 소리가 들려왔다.

구슬이 열리고, 금빛 광선이 뿜어져 나왔다. 처음 피글릿을 가두었던 신비한 빛과 똑같았다.

빌리가 몸을 날리더니 쏘온의 손에서 장치를 낚아챘다.

미러벨이 조심하라고 소리쳤지만, 빌리는 누구의 말이 귀에 들릴 상태가 아니었다. 금빛 광선은 상대가 적이라는 걸 알아차린 살아 있는 생명체처럼 더 강렬한 빛을 뿜어냈다.

빌리는 구슬과 씨름하기라도 하듯 사납게 으르렁댔다. 빛이 저항하듯 새된 비명을 질렀고, 빌리는 구슬 뚜껑을 쾅 닫아 버렸다.

빌리

귀가 먹먹했다. 모든 것이 멀리서 울리는 종소리처럼 아득하게 들렸다.

구슬 파편을 뒤집어쓴 채 바닥에 쓰러져 있던 빌리는 천천히 몸을 일으켰다. 마법이 깨어지면서 산산이 부서진 구슬 조각이 바람 빠지는 듯한 소리를 내며 파르르 떨렸다. 찢어지는 비명이 아득히 들렸다. 빌리는 머리를 흔들며 정신을 차리려고 애썼다.

갑자기 세상이 활기를 되찾았다.

미러벨은 벽에 기대어 선 채 멍하니 눈을 껌벅이고 있었다. 빌리는 다급히 미러벨의 이름을 소리쳐 불렀다. 미러벨이 괜찮다는 표시로 고개를 천천히 끄덕이는 걸 보고서야 빌리는 겨우 마음이 놓였다. 미러벨한테서 몇 걸음 정도 떨어진 곳에 코트니를 부축하고 있는 애스피널이 보였다.

'메그!'

빌리는 서둘러 메그를 찾았다. 하지만 기묘한 황금빛 안개가 복도 끝을 가리고 있었다.

쏘온이 벽을 짚고 일어서려 애쓰는 모습이 빌리의 눈에 들어왔다.

놀랍게도 쏘온의 얼굴에 두려움이 가득했다.

이윽고 안개가 걷히면서 메그의 모습이 보였다. 메그는 매 순간 깜박이며 끊임없이 변하는 어떤 거대한 형체 뒤에 안전하게 서 있었다. 안도감이 빌리의 온몸을 감쌌다. 피글릿이 변신해서 메그를 폭발로부터 지켜 준 게 분명했다. 이제 피글릿은 또 다른 무언가로 변하고 있었다. 인간의 형태인 것 같았다. 다음 순간 빌리는 눈을 휘둥그레 떴다. 피글릿이 있던 자리에 쏘온이 서 있었다. 쏘온이 맞은 편에 선 자신을 향해 고래고래 소리 지르는 광경을 보고 있으니 현실이 아니라 꿈을 꾸는 것 같았다. 이윽고 쏘온의 모습이 녹아내리더니 피글릿이 여자로 변했다. 창백한 얼굴에 검은 머리카락을 지닌 여자였다.

"안 돼!"

쏘온이 절규했다.

은은하게 반짝이는 여자의 모습을 보더니 미러벨이 탄식을 뱉었다. 미러벨의 어머니인 모양이었다. 하지만 그 모습도 순식간에 사라지고, 이제 피글릿은 미러벨로 변해 있었다.

"뭘 하려는 걸까?"

미러벨이 빌리 곁으로 기어 오면서 나직이 물었다.

빌리는 모르겠다는 뜻으로 고개를 가로저었다. 너무 놀라서 말이 나오지 않았다.

이윽고 피글릿이 다시 어린 소년의 모습으로 변했다.

복도에 섬뜩한 침묵이 내려앉았다. 빌리는 퍼뜩 정신을 차리고서 메그 곁으로 다가가려 했다. 그러자 미러벨이 빌리의 팔을 잡고서 말렸다.

"안 돼!"

건장한 남자 셋이 복도로 달려왔다. 셋 다 총을 들고 있었다.

"왜 이렇게 늦었어!"

코트니가 버럭 고함을 질렀다.

"저 애들을 잡아!"

코트니의 부하 중 하나가 메그의 어깨를 붙잡자, 빌리는 곧장 앞으로 달려 나가려 했다. 하지만 미러벨이 빌리를 잡고 놓아주지 않았다.

"안 돼, 빌리! 저들은 총을 가지고 있어!"

코트니의 부하들이 총을 들고 피글릿 뒤에 자리를 잡았다.

피글릿이 쏘온을 향해 걸음을 내딛자, 부하들은 재빠르게 총을 겨눴다.

"피글릿!"

미러벨이 공포에 질려 소리를 질렀다.

"쏘지 마."

코트니가 급히 명령을 내렸다.

396

피글릿이 쏘온에게 성큼 다가섰다. 방실방실 웃으며 두 팔을 앞으로 내미는 피글릿의 행동이 무슨 뜻인지 몰라서 쏘온은 몹시 혼란스러운 모양이었다.

"오, 안 돼! 안 돼!"

무슨 상황인지 깨달은 미러벨이 절망적으로 외쳤다.

빌리는 피글릿이 이미 마음을 정했다는 걸 깨닫고서 한숨을 쉬었다.

"자신을 내어주려는 거야."

미러벨

하늘이 잿빛으로 물들면서 비가 부슬부슬 내리기 시작했다. 미러벨은 함께 잡힌 인질들과 함께 저택 안뜰을 터덜터덜 가로질렀다.

피글릿이 스스로 잡히다니, 자기 눈으로 직접 목격했지만, 미러벨은 여전히 그 사실이 믿어지지 않았다. 피글릿의 행동을 이해할 수가 없었다. 최소한 싸우려고 시도는 해 보리라 기대했기 때문이었다.

미러벨은 옆에서 나란히 걷고 있는 빌리와 메그를 흘끗 보았다. 빌리는 메그의 어깨를 다정하게 감싸 안고 있었다. 비록 상황은 절망적이지만, 미러벨은 드디어 남매가 다시 만나게 되어 진심으로 기뻤다. 미러벨 일행 양옆에는 코트니의 부하들이 배치되어 있었다. 일행 앞에는 피글릿이 마치 길 안내라도 하듯 앞장서서 걸었고, 뒤에는 쏘온, 애스피널, 코트니가 따라왔다. 아벨라드는 쏘온의 왼쪽 어깨에 올라앉아 있었다.

"우리를 풀어 준다고 약속했는데."

빌리가 속삭이자, 미러벨은 짜증이 왈칵 치밀어 올랐다.

"넌 그 말을 곧이곧대로 믿었니?"

빌리는 미안한 얼굴로 대답했다.

"애스피널 박사가 다 끝나면 보내 준다고 했어."

미러벨은 그 점이 가장 걱정이었다. 도대체 무슨 일을 끝내고 난 뒤라는 걸까?

빌리가 고개를 돌리자, 미러벨은 곁눈질로 빌리를 슬쩍 보았다. 빌리는 불안한 마음에 모든 것이 잘 마무리되리라고 누구보다 자기 자신을 설득하고 싶었던 것이리라. 메그의 어깨를 꼭 붙잡고서 절대 놓지 않으려는 빌리의 태도를 보며, 미러벨은 매몰차게 쏘아붙인 자신이 미안해졌다.

미러벨 일행은 돌로 지은 기다란 창고 앞에 이르렀다. 이곳 역시 창문에 판자가 덧대어져 있었다. 예전에는 아마도 마차를 보관했던 장소 같았다.

부하 중 한 명이 양쪽으로 열리는 문을 열고서 미러벨 일행을 안으로 몰아넣었다. 벽이 하얗게 칠해진 널찍한 공간이 나왔다. 축축한 흙냄새가 가득한 건물 한가운데에 황동으로 만든 듯한 기계가 놓여 있었다. 기계에서 윙윙하고 낮은 진동음이 울려 퍼졌다. 미러벨은 그 소리를 듣는 순간, 어째서인지 소름이 쫙 끼쳤다. 온갖 다이얼로 뒤덮인 기계 옆면에는 유리관이 주르륵 붙어 있고, 앞에는 관찰용 창문이 달려 있었다. 무엇보다 미러벨의 눈길을 끈 것은, 기계 표면에 다양한 간격을 두고 새겨진 기호와 상징이었다. 피글릿이 기계를 보더니 호기심이 돋는지 고개를 갸웃했다.

"빌리, 저게 뭐야?"

미러벨이 묻자, 애스피널이 싱글거리며 대신 대답했다.

"오, 저건 '벌시파이어'야. 내 평생을 바친 작품이지. 코트니 씨가 자금을 대 주신 덕분에 이 작품을 만들 수 있었단다."

빌리가 미러벨에게 나직이 설명했다.

"저 기계는 사람들한테서 생명을 뽑아내고서 먼지로 만들어 버려. 캐치폴 부부도 저 기계에 당했어."

빌리가 원망이 가득한 눈으로 노려보자 애스피널이 비웃음을 띠며 말했다.

"거참 무식한 녀석이로군. 벌시파이어는 그보다 훨씬 많은 일을 할 수 있어."

창고에 들어온 모두가 기계 앞에 일렬로 섰다. 부하 중 하나가 의자를 가져오자, 코트니는 힘겹게 의자에 앉았다. 얼굴이 부쩍 핼쑥해졌고, 이마에 식은땀이 송골송골 맺혀 있었다. 하지만 그의 두 눈은 뜨거운 희망으로 활활 타오르고 있었다. 코트니한테서 전에는 볼 수 없었던 절박함이 느껴졌다. 쏘온은 코트니 옆에 서서 기계에 시선을 고정하고 있었다. 마치 미러벨의 존재를 모른 척하면 미러벨이 그냥 사라져 버릴 거라고 믿는 것 같았다.

애스피널이 기계 앞에 서더니 허리에 손을 턱 얹고서 반짝이는 기계 표면을 쓱 훑어보았다. 자식을 자랑스러워하는 아버지를 보는 듯했다. 애스피널이 뒤돌아서더니 기쁨이 넘치는 얼굴로 기계를 손짓했다.

"이건 세상에 하나밖에 없는 기계랍니다. 실험 대상한테서 생명력을 추출해 내지요."

미러벨이 발끈해서 쏘아붙였다.

"실험 대상? 생명력? 근사하게 말하지만, 결국 사람들을 죽인다는 거잖아요."

"오, 얘야. 정확히 따지자면 우리는 '사람'을 상대하는 게 아니란다. '괴물'한테서 필요한 걸 뽑아낼 뿐이야."

"남의 생명력이 왜 필요한데요? 그걸로 뭘 하려는 거죠?"

애스피널은 옳다구나 싶은지 신이 나서 떠들기 시작했다.

"벌시파이어는 영원히 사는 존재로부터 생명력을 뽑아내어 흡수할 수 있는 형태로 바꿔 준단다. 그걸 마시는 사람은 누구든 장수를 누릴 수 있지."

미러벨은 코트니에게 눈길을 돌렸다. 의자 끝에 걸터앉은 코트니의 얼굴에 불안과 희망이 뒤섞여 있었다. 미러벨은 코트니의 구부정한 자세, 뒤틀린 다리, 창백하기 짝이 없는 얼굴을 바라보았다. 그밖에 또 어떤 병을 앓고 있을까 하는 생각이 든 순간, 깨달음이 번쩍하고 미러벨의 머릿속을 스쳐 지나갔다. 미러벨은 코트니에게 한 걸음 성큼 다가섰다. 코트니의 부하가 어깨를 붙잡자, 미러벨이 그자의 손을 세차게 뿌리쳤다. 코트니가 부하에게 괜찮으니 가만두라는 신호를 보냈다.

"오래 살고 싶어요? 그래서 저자에게 이 기계를 만들라고 한 거예요?"

미러벨이 다그쳐 물었다. 코트니는 고통스러운 듯 얼굴을 일그러뜨린 채 아무 대답도 하지 못했다.

"자기 목숨을 늘리려고 다른 사람의 생명을 빼앗겠다는 건가요?"

코트니는 미러벨의 눈길을 피해 고개를 돌리며 중얼거렸다.

"미안하다. 아마 넌 이해 못 할 거야."

미러벨은 곧장 쏘온에게 분통을 터뜨렸다.

"어떻게 이런 일을 도울 수 있어요? 부끄러운 줄 아세요."

쏘온의 어깨 위에서 아벨라드가 끼악끼악 울었다. 쏘온은 뺨을 한 대 맞은 듯 아무말도 못하고 눈만 끔벅거렸다.

이어 미러벨은 애스피널을 쏘아보며 물었다.

"피글릿을 이용하고 싶어서 안달하는데 무엇 때문이죠?"

애스피널이 손을 싹싹 비비며 대답했다.

"네 친구는 아주 남다른 특성이 있거든. 아주 강력한 에너지와 생명력을 지녔지."

그러자 빌리가 고개를 갸웃하며 물었다.

"당신이 그걸 어떻게 알아요?"

애스피널은 그 질문에 허를 찔린 듯했다. 미러벨은 아주 잠깐이지만 가면 속에 감춰진 애스피널의 본모습을 똑똑히 보았다.

애스피널은 어깨를 쫙 펴고서 대답했다.

"난 과학자야. 현실 세계의 본성을 연구하지."

미러벨은 대뜸 기계 앞으로 저벅저벅 걸어갔다. 코트니의 부하가 막으려고 하자, 애스피널이 손짓으로 내버려 두라는 신호를 보냈다.

미러벨이 기계를 가리키며 입을 열었다.

"과학자라면서 왜 룬 문자 마법을 쓰는 거죠?"

이번에도 미러벨은 애스피널의 눈동자가 흔들리는 걸 놓치지 않았다.

"허튼소리는 이제 그만."

조급해진 코트니가 짜증을 냈다.

"시간이 없어요."

애스피널이 냉큼 고개를 숙이며 대답했다.

"네, 분부 받들겠습니다."

미러벨은 굽실거리는 애스피널의 태도를 보며 뭔가 앞뒤가 맞지 않는다는 생각이 들었다. 인간 과학자가 룬 문자 마법을 쓴다는 사실 역시 이치에 맞지 않았다.

피글릿이 한 걸음 앞으로 나서자, 미러벨은 본능적으로 손을 뻗었다. 하지만 코트니의 부하가 미러벨의 팔을 붙잡고 놓아주지 않았다.

"피글릿! 안 돼요!"

피글릿이 고개를 돌리더니 미러벨을 바라보았다. 피글릿은 부드럽고, 어찌 보면 무심한 듯한 얼굴을 하고 있었다. 마치 아무도 알지 못하는 사실을 혼자만 알고 있는 사람의 표정을 보는 듯했다. 그러나 피글릿의 표정을 곧이곧대로 받아들일 수는 없었다. 예전에 이넉 삼촌이 했던 말, 피글릿이 나이는 많지만 여러 면에서 어린아이나 다름없다는 이야기를 미러벨은 똑똑히 기억하고 있었다.

애스피널이 고갯짓하자, 코트니의 부하 중 하나가 앞으로 나서더니 밸브를 돌려서 기계 옆에 달린 뚜껑을 열었다. 코트니의 부하가 피글릿을 향해 돌아서자, 애스피널이 날카롭게 외쳤다.

"잠깐만!"

한순간, 정말로 짧은 순간이지만, 미러벨의 마음에 희망이 솟구쳤다. 미러벨은 피글릿이 뿔과 날개가 달리고 불길을 뿜어내는 모습으로 변신하기를 바랐다. 피글릿이 이 악당들을 짓밟고 코를 납작하게 해 주기를 바랐다. 미러벨은 피글릿의 분노가 생생히 느껴지는 것 같았다. 악당들의 놀란 얼굴을 보며 마음껏 고소해할 작정이었다.

애스피널이 굶주린 듯한 표정으로 피글릿을 바라보며 말했다.

"옳지, 옳지."

강아지한테 문턱을 넘어오도록 살살 꼬드기는 듯한 말투였다.

미러벨은 고개를 흔들며 하지 말라는 신호를 보냈다.

"피글릿?"

피글릿이 미러벨을 올려다보았다. 피글릿의 얼굴에 서글픈 미소가 서서히 번졌다.

이윽고 피글릿이 기계 안으로 걸어 들어갔다.

피글릿

피글릿은 기계 안에 들어선다.

이게 가장 쉬운 방법이라고 피글릿은 이미 결론을 내렸다. 아무 쓸모 없는 싸움을 굳이 할 필요가 없었다. 몸부림칠 이유가 없었다. 미러벨과 다른 이들이 해를 입을 수도 있었다. 무엇보다 피글릿은 호기심이 돋는다. 이제부터 어떤 일이 일어날지 알고 싶다. 메그와 빌리가 다시 만났다. 그래서 피글릿은 행복하다. 메그가 갇힌 뒤 빌리가 느꼈던 분노와 절망은 피글릿의 마음과 빌리의 마음이 이어지면서 피글릿의 일부가 되었다. 피글릿은 그 감정에 자극받았고, 메그를 구하면 빌리의 고통을 덜어 줄 수 있다는 걸 깨달았다. 빌리를 행복하게 해 주고 싶었다. 피글릿은 빌리의 삶을 들여다보고서 빌리한테도 행복을 느낄 기회가 주어져야 한다고 여겼다.

뒤에서 기계 뚜껑이 철그렁하고 닫혔다. 피글릿은 고개를 끄덕인다. 이제 그런 소리에 익숙하다.

창문 너머로 애스피널이라는 자가 조작 버튼을 누르는 모습이 보인다. 미러벨은 자신의 팔을 붙잡은 자에게 소리를 지르며 발버둥을 친다. 빌리는 얼굴이 하얗게 질린 채 메그를 부둥켜안고 있다.

애스피널이 핸들을 아래로 잡아당긴다. 애스피널의 얼굴은 섬뜩한 흥분으로 가득 차 있다.

기계 내부의 공기가 다양한 색깔과 소리를 띠며 요동친다. 피글릿은 따끔따끔한 느낌을 받는다. 무언가가 분리되는 듯한 느낌이 든다.

피글릿은 미러벨을 바라본다. 미러벨의 얼굴을 본다. 다른 시절의 미러벨의 얼굴을 기억해 보려 한다.

행복했던 시절…….

기억이 나지 않는다…….

소리가 들린다. 무언가 차갑고 어두운 것이 밀려드는 느낌이 난다.

마커스?

이런 느낌이었나요? 이게…….

피글릿은 분리 과정이 점점 빨라지는 것을 느낀다. 어둠이 피글릿을 감싼다.

모든 것에서 분리된다. 세상의 공기로부터 분리된다. 모든 인연으로부터 분리된다.

피글릿은 기억한다……. 기억한다…….

마커스의 얼굴…… 미라벨의 얼굴…… 웃는 얼굴…….

저택…… 방…… 안개 속에서 사라지는…….

이게…… 바로…… 그때…….

피글릿은……

피글릿은 두렵다.

……피글릿……

피글릿은

7장
어떤 결말

미러벨

미러벨은 두 손으로 눈을 가린 채 털썩 주저앉았다. 숨을 헉 헉 몰아쉬었지만, 피글릿이 사라지는 모습을 머릿속에서 지울 수가 없었다. 자신의 일부가 뜯겨 나간 것 같았다.

고통으로 가득 찬 정적이 흘렀다. 기계에서 틱, 틱 하고 엔진이 식을 때 나는 소리만 낮게 들릴 뿐이었다.

미러벨은 고개를 돌리려 하지 않고 바닥만 내려다보았다.

뚜벅뚜벅하는 애스피널의 발소리, 기이익 하고 손잡이를 돌리는 것 같은 소리가 들리더니 딸깍, 기계에서 무언가를 떼어 내는 소리가 들렸다. 이어서 애스피널의 만족스러운 듯한 탄성이 들렸다.

"오오, 마침내."

자리에서 휘청하며 일어서는 코트니의 모습이 미러벨의 시야 끝에 들어왔다. 코트니가 절뚝거리며 애스피널에게 다가가자, 미러벨은 마지못해 고개를 들고서 애스피널을 쳐다보았다.

자칭 앞서가는 과학자 애스피널은 기다란 유리관을 들고 있

413

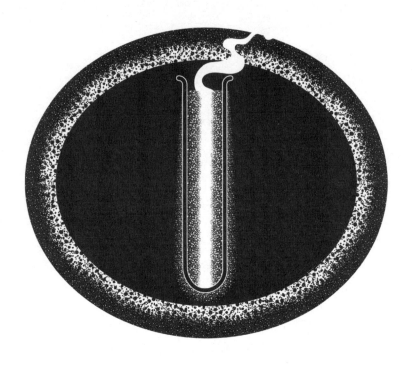

었다. 유리관 안에 든 황금빛 수증기가 소용돌이치면서 사방을
환하게 비추었다.

'피글릿.'

미러벨은 속이 메스꺼워 토할 것 같았다. 쏘온을 흘끗 쳐다보
니 두 눈에 슬픔과 후회가 가득했다. 그런 쏘온의 모습을 보니
미러벨은 더 화가 솟구쳤다. 빌리가 다가와서 미러벨의 팔을 살
며시 잡았다.

"죽었어."

미러벨은 흐느껴 울기 시작했다.

"피글릿이 죽었어."

옆에서 애스피널이 코트니를 바라보며 물었다.

"보세요. 어떻습니까?"

"아름답군요. 정말로 아름다워요."

코트니는 바들바들 떨고 있었다. 코트니의 얼굴에 다시금 애처로운 희망이 어렸다. 미러벨은 그 모습에 치가 떨렸다.

"효과가 있을 것 같습니까?"

코트니가 새된 목소리로 물었다. 애스피널은 자신만만하게 고개를 끄덕였다.

"네. 있을 겁니다."

코트니의 두 눈에 눈물이 고였다. 애스피널은 코트니의 어깨를 툭툭 두드려 주더니 갑자기 지팡이를 확 걷어차고서 코트니를 바닥으로 떠밀었다.

갑작스러운 상황에 미러벨과 나머지 사람들은 모두 어리둥절했다. 쏘온이 다가서자, 애스피널이 멈추라는 손짓을 했다.

"쏘온 씨, 가만히 있는 게 좋을 거요. 날 건드리면 내 부하들이 가만있지 않을 겁니다."

옆에 있던 세 부하가 모두 총을 들어 올렸다.

"당신의 부하라고?"

코트니가 일어서려고 버둥거리며 소리쳤다.

"그래요, 코트니 씨. 당신의 돈도 매력적이지만 난 저들에게 그이상을 주기로 약속했거든요."

애스피널은 유리관을 아기 다루듯 가슴팍에 끌어안고서 싱글 거렸다.

"여러분 모두 아주 쓸모 있었어요. 정말 고맙게 생각합니다. 감사의 표시로 모두에게 정당한 보상을 해 드리는 게 마땅하겠지요."

애스피널이 부하들에게 고개를 돌리더니 미러벨을 가리켰다.

"이 계집애부터 시작해서 싹 다 기계에 처넣어."

"안 돼!"

고막이 얼얼할 정도로 큰 고함 소리가 울려 퍼졌다. 모두 깜짝 놀라 소리가 난 쪽으로 고개를 돌렸다. 쏘온이 이글거리는 눈으로 주먹을 불끈 쥔 채 애스피널에게 성큼성큼 다가서고 있었다.

애스피널이 껄껄 웃으며 말했다.

"아이고, 쏘온 씨. 갑작스레 아버지 노릇을 하시려고요? 그러기에는 좀 늦지 않았나요?"

애스피널이 고개를 까딱하자, 부하 둘이 대뜸 나서더니 개머리판으로 쏘온을 거침없이 내리쳤다. 쏘온이 무자비하게 두들겨 맞자, 아벨라드가 깍깍 대며 날아올라 미친 듯이 날개를 퍼드덕 거렸다. 쏘온은 두 손으로 머리를 감싼 채 버티려 했지만, 무차별 공격을 막기에는 역부족이었다. 쏘온이 겨우 일어서서 반격 하려는 순간, 나머지 부하까지 공격에 뛰어들었다.

"그만! 때리지 말아요!"

미러벨이 악을 썼다. 혹시 쏘온이 잘못될까 봐 두려웠고, 그런 걱정을 하는 자신이 당혹스러웠다.

"부하들한테 물러서라고 해요."

미러벨이 위협하듯 말하자, 애스피널이 업신여기는 눈으로 미러벨을 잠시 내려다보더니 소리쳤다.

"그만. 그 정도면 교훈을 얻었겠지."

애스피널의 부하들이 뒤로 물러났다. 쏘온은 덜덜 떨리는 두 손으로 머리를 감싼 채 웅크리고 앉아 있었다. 미러벨은 곁으로 가서 상태를 살피고 싶은 충동을 억지로 참았다. 쏘온이 고개를 든 순간, 미러벨과 눈이 마주쳤다.

코트니가 비틀비틀 일어서며 목멘 소리로 애걸했다.

"약속했잖소. 내게 준다고 했잖아요."

애스피널이 어이없다는 표정을 짓더니 뭔가 말하려고 입을 열었다. 하지만 말을 제대로 꺼내지 못한 채 인상을 찌푸렸다.

빌리가 미러벨의 팔을 꽉 쥐었다. 동시에 미러벨은 혀끝에 비릿한 금속성 맛을 느꼈다. 다음 순간, 미러벨과 애스피널 사이에 포털이 열렸다. 윈스럽이 밖으로 걸어 나오고, 이어 그의 동행이 모습을 드러냈다.

"안녕."

오드가 인사를 건넸다.

잠시, 정말 아주 잠깐, 모든 것이 멈춰 서는 것 같았다. 오드는 곧장 애스피널에게 눈길을 돌리더니 황금빛을 뿜어내는 유리관을 보고서 인상을 찌푸렸다. 미러벨의 표정을 흘긋 보는 것만으로 오드는 모든 상황을 이해하는 눈치였다. 총 세 자루가 자신을 겨냥하고 있다는 사실도 한몫한 듯했다. 오드는 우스꽝스러울 만큼 사뿐사뿐 뒷걸음쳐서 포털로 들어가더니 윈스럽만 덩그러니 남겨 놓고서 사라져 버렸다.

이제 모든 이의 눈길이 윈스럽을 향했다. 윈스럽이 상황을 둘러보는지 두건의 어둠 속에서 두 눈동자가 은색으로 차갑게 빛났다.

세 부하 중 한 명이 총을 조준하자, 윈스럽은 거침없이 손을 펼쳐 은색 불길을 날려 보냈다. 불길에 맞은 부하는 그대로 나동그라졌다.

총성이 울리기 시작하면서 모두가 창고 곳곳으로 흩어졌다.

"이쪽으로!"

미러벨은 빌리와 메그를 기계 뒤쪽으로 데리고 갔다. 코트니가 당황한 듯 제자리에서 맴돌다가 땅에 털썩 쓰러졌다. 빌리가 달려가서 코트니의 팔을 잡더니 미러벨과 메그 곁으로 끌고 왔다. 코트니는 빌리의 도움을 받고서 기계 옆 벽에 기대어 앉았다. 은색 불길은 허공을 가로지르며 벽을 그을고 총알이 핑핑 날아다녔다. 총알 한 발이 기계에 맞고 도로 튕겨 나오면서 빌리의 머리 위를 아슬아슬하게 스쳐 지나갔다.

그때 허공에서 뭔가가 무서운 속도로 미러벨의 발치에 내려섰다. 아벨라드가 미러벨을 올려다보며 깍깍 거렸다. 미러벨은 놀라서 아무런 반응도 할 수가 없었다.

"저길 봐!"

빌리가 소리쳤다.

몇 걸음 앞에 새로운 포털이 열리더니 오드가 걸어 나왔다. 오드는 두 손으로 무릎을 짚고서 가쁜 숨을 몰아쉬더니 미러벨에게 포털을 가리키며 말했다.

"내 말은 안 들어도 네 말은 들을 거야."

그 순간, 또 다른 총알이 기계를 맞히고 튕겨 나가는 바람에 미러벨 일행은 화들짝 놀랐다. 은빛 불길이 번쩍하고 지나가더니 남자의 비명이 들렸다.

"도와 달라고 부탁했어!"

오드가 소리치고는 두 손으로 머리를 감싸고서 허리를 숙였다. 총알 한 발이 오드 뒤의 벽에 박히면서 하얀 석회 부스러기가 우수수 쏟아졌다.

아벨라드가 푸드덕 날아오르더니 포털 입구 앞을 오가며 미친 듯이 울었다.

미러벨은 퍼뜩 한 가지 사실을 알아차렸다. 예사롭지 않은 아벨라드의 울음소리가 어쩐지 익숙했다. 미러벨은 포털에 정신을 집중했다. 무엇을 해야 할지 본능적으로 알 수 있었다. 벌써 온

419

몸에 느낌이 전해져 왔다.

이윽고 미러벨은 온 마음으로 그들을 불렀다.

포털에서 우레 치는 듯한 소리가 울려 퍼지더니 까마귀 수백 마리가 우르르 쏟아져 나왔다.

까마귀 떼는 창고 안을 회오리쳐 돌더니 검은 화살처럼 애스피널과 그의 부하들을 공격하기 시작했다.

미러벨은 자리에서 일어나 기계 옆으로 살며시 고개를 내밀고서 상황을 살폈다. 까마귀 떼의 무차별 공격을 받고서 악당들은 반쯤 정신이 나가 있었다. 까마귀 숫자가 너무 많아서 마치 창고 안에 검은 먹구름이 윙윙 회오리치는 것 같았다.

애스피널의 부하 중 하나가 한쪽 팔에 붙은 은빛 불길을 두드려 끄면서 문으로 허둥지둥 달아났다. 나머지 둘은 벌써 빠져나갔지만, 까마귀 떼가 맹렬히 뒤를 쫓고 있었다. 창고 한쪽에 몸을 숙인 채 손으로 반대 팔을 감싸고 있는 윈스럽이 보였다.

이어서 미러벨은 까마귀 틈 사이로 애스피널의 하얗게 질린 얼굴을 보았다. 애스피널은 두려움에 질려 눈을 부릅뜬 채 한 손에는 유리관을 잡고서 나머지 한 손으로 까마귀 떼를 쫓으려고 기를 쓰고 있었다. 애스피널이 비틀거리며 문으로 다가서자 미러벨은 정신을 집중했다. 검은 폭풍에서 까마귀 한 무리가 떨어져 나오더니 곧장 애스피널에게 날아갔다. 놀란 애스피널은 서둘러 뒤로 물러섰다.

한편 쏘온은 까마귀 떼가 아예 존재하지 않는 듯, 검은 소용돌이 속을 아무렇지 않게 성큼성큼 움직였다. 이글거리는 두 눈은 오직 애스피널만을 노려보고 있었다. 순식간에 애스피널에게 접근한 쏘온은 그자의 어깨를 부여잡고 뒤로 돌려세웠다. 쏘온과 눈이 마주치자, 애스피널이 짐승처럼 으르렁거렸다. 순식간에 애스피널의 눈동자가 새카매지더니 얼굴이 괴물처럼 변했다.

미러벨은 상상도 하지 못한 광경 앞에 정신이 멍해졌다. 쏘온도 놀랐는지 멈칫하자, 애스피널이 기회를 놓치지 않고 쏘온의 배를 걷어찼다. 쏘온은 나동그라진 채 그대로 바닥을 쭉 미끄러져 갔다. 인간의 힘으로는 불가능한 일이었다.

애스피널이 그 틈에 창고 바깥으로 도망치자, 미러벨은 얼른 뒤를 쫓았다.

하늘에 먹구름이 가득했다. 안뜰에 회오리바람이 몰아쳐서 미러벨은 몸을 제대로 가누기가 힘들었다. 애스피널은 벌써 저택 건물에 가까이 다가가 있었다. 탈출 경로를 미리 계획해 둔 모양이었다. 미러벨은 있는 힘껏 달음박질쳤다. 하지만 애스피널의 속도가 믿을 수 없을 만큼 빨라서 따라잡기는 역부족이었다. 이대로 놓치고 말겠다고 생각한 순간, 안뜰에 쩌렁쩌렁한 고함 소리가 울려 퍼졌다.

"멈춰라!"

미러벨은 살을 에는 듯이 차가운 불꽃이 탁한 대기를 가르며 다가오는 걸 느꼈다. 은빛 불길이 뜰을 가로지르더니 애스피널 앞에서 방향을 획 꺾으며 길을 막았다. 이윽고 불길은 말굽 모양으로 애스피널을 에워쌌다. 미러벨의 곁에 어느새 윈스럽과 오드가 다가와 있었다. 윈스럽이 한 손으로 다친 팔을 감싼 채 고개를 들더니 냄새를 킁킁 맡으며 중얼거렸다.

"예상했던 대로야."

오드와 미러벨은 이건 또 무슨 소리냐는 눈빛을 주고받았다. 윈스럽이 애스피널에게 말했다.

"그동안 네 정체를 잘도 숨기고 있었군."

미러벨은 고개를 돌리고서 애스피널을 바라보았다. 애스피널은 한 손에 유리관을 단단히 움켜쥔 채 사납게 으르렁거렸다. 이윽고 애스피널의 눈동자가 다시 검게 변하더니 모습이 바뀌기 시작했다. 이제 미러벨은 윈스럽의 말뜻을 이해할 수 있었다.

"빌리와 나랑 똑같은 존재였어. 당신도 천출이로군요."

한때 애스피널이라 불리던 괴물이 이제 모두 앞에 자신의 본모습을 완전히 드러냈다. 길고 굽은 손톱은 나이가 들어 누렇게 변하고 갈라져 있었다. 비쩍 마른 얼굴은 핼쑥하기 짝이 없고, 날카로운 이빨은 군데군데가 빠졌으며, 길고 가는 머리칼은 하얗게 세어 있었다. 미러벨은 애스피널이 늙고 병들어 죽을 날이

머지않았다는 걸 알아차렸다.

"몇 살이에요?"

미러벨이 애스피널에게 다가서며 물었다. 몸을 얼려 버릴 듯 차갑게 이글거리는 불길은 아랑곳하지 않았다.

애스피널은 대답 대신 콧방귀를 뀌었다. 미러벨은 이제 그런 그가 작고 애처롭게만 보일 뿐이었다.

"살 만큼 살았지."

애스피널이 처량하게 대답했다.

"죽어 가고 있는 거예요?"

미러벨이 묻자, 애스피널은 흠칫하더니 어깨를 축 늘어뜨렸다. 미러벨은 풀죽은 애스피널의 모습을 보니 내심 기분이 좋았다. 주먹을 한 방 먹인 기분이었다. 문득 뒤에서 인기척이 느껴졌다. 고개를 돌려 보니 몇 걸음 떨어진 곳에 코트니가 서 있었다.

"약속했잖소. 약속했잖아요."

코트니의 애걸에 애스피널은 콧방귀를 뀌며 역겹다는 듯 고개를 돌렸다. 그러고는 새카만 두 눈으로 미러벨을 쏘아보았다.

"죽냐고? 아니. 난 못 죽어. 안 죽어!"

악을 쓰는 애스피널의 목소리에서 두려움이 느껴졌다.

"당신이 살려고 코트니 씨를 이용해 그 기계를 만든 거로군요."

"저자는 멍청이야. 이 안에 얼마나 어마어마한 잠재력이 담겨 있는지 짐작도 못 하는 주제에."

"우리는 천출이에요. 언젠가는 죽죠. 그 사실을 받아들여요. 나는 받아들였어요."

'우리. 우리라……'

미러벨은 그 말을 하면서도, 그 말을 쓰기가 어쩐지 역겨웠다. 자신과 이 흉측한 괴물에게 공통점이 있을지도 모른다는 생각에 마음이 불편했다.

애스피널이 푸핫 하고 웃음을 터뜨렸다.

"불쌍한 아이 같으니라고, 참으로 어리석고도 불쌍하구나. 몰라도 너무 몰라."

"말해 봐요."

미러벨이 말했다.

"말하라니, 뭘 말이냐?"

애스피널이 미심쩍은 눈초리로 미러벨을 바라보았다.

"어땠어요?"

애스피널은 얼굴을 씰룩거리며 비웃으려 했다. 하지만 미러벨은 그자의 눈 속에서 다른 것을 보았다.

"쭉 홀로 지낸 거예요?"

애스피널은 뭔가 고민하는 듯하더니 퉁명스럽게 대답했다.

"당연하지. 추방자. 볼썽사나운 괴물. 그들은 우리를 그렇게밖에 여기지 않아."

'우리.'

애스피널은 분명히 일부러 그 말을 쓰고 있었다. 자신과 미러벨이 같은 부류라고 설득하려는 것 같았다. 미러벨은 애스피널이 가증스러우면서도 묘하게 불쌍했다. 그러나 가엾게 보인다고 해서 그가 저지른 잔혹한 일들이 사라지는 것은 아니었다. 애스피널은 죗값을 받아야 마땅했다. 동정심이 다시 분노로 변했다. 미러벨은 하늘을 올려다 보았다. 까마귀 떼가 다시 모여들고 있었다. 애스피널이 미러벨의 행동을 보더니 재빨리 유리관을 머리 위로 들어 올렸다.

"안 돼!"

코트니가 새된 비명을 질렀다.

애스피널은 거침없이 유리관을 바닥에 던졌다. 산산이 부서진 유리 조각 사이에서 황금빛 수증기가 솟아올랐다. 애스피널은 얼른 고개를 들이대고서 수증기를 깊이 들이마셨다.

미러벨은 눈앞에 벌어지는 광경을 차마 눈 뜨고 똑바로 볼 수가 없었다. 그나마 남은 피글릿의 흔적을, 이 악당이 자기 욕심을 채우기 위해 들이마시고 있었다. 그 순간, 몇 년 전 벌어진 비슷한 사건이 미러벨의 머릿속을 스치고 지나갔다. 말리스의 두 눈, 울부짖는 입이 선명히 떠올랐다.

애스피널은 코와 입을 통해 수증기를 남김없이 빨아들였다. 애스피널의 몸이 부들부들 떨리더니 뒤로 쓰러질 듯이 휘청거렸다. 이윽고 애스피널이 몸을 다시 가누더니 눈을 번쩍 뜨고서 씩 웃었다. 미러벨은 애스피널의 눈에서부터 변화를 읽을 수 있었다. 눈빛이 한층 또렷했다. 피부의 반점이 사라지면서 매끈해졌고, 이빨은 하얗게, 발톱은 날카롭고 반질반질하게 변했다.

애스피널이 자신의 손을 보며 탄성을 터뜨렸다.

"오호! 훌륭해!"

코트니는 자리에 풀썩 주저앉아 꺼이꺼이 울기 시작했다.

"그놈한테서 떨어져!"

뒤에서 누군가가 소리쳤다. 미러벨은 소리 난 쪽을 쳐다보고서 인상을 찌푸렸다. 쏘온이 창고에서 절뚝거리며 걸어 나오고 있었다. 쏘온은 다리에 힘이 빠지는지 한쪽 무릎을 꿇으며 주저앉아 가슴을 부여잡았다. 애스피널의 공격 때문에 아직도 숨 쉬기가 힘든 모양이었다. 쏘온은 미러벨을 향해 손을 휘저으며 겨우 한마디를 뱉었다.

"떨어져!"

미러벨은 고개를 가로저으며 애스피널을 똑바로 마주 보았다.

애스피널이 싱글싱글 웃었다.

"건강이 최고조로 회복되었어. 정말 놀랍군."

미러벨은 주먹을 꽉 움켜쥐었다. 까마귀 떼가 미러벨의 지시를 기다리며 하늘을 맴돌고 있었다. 하지만 미러벨은 어째서인지 손을 들 수가 없었다. 이 자에 대해 더 알고 싶었다. 미러벨은 애스피널에게 한 걸음 다가섰다.

"죽는 게 두려웠던 거로군요. 그 때문이에요? 그래서 이 모든 일을 벌인 거예요?"

애스피널은 사납게 으르렁거렸다. 그러나 얼굴에 부끄러운 표정이 스쳐 지나갔다.

"이해할 수 있어요. 나도 죽음을 둘러싼 공포가 어떤 것인지 보았으니까요. 죽음을 마주하는 게 어떤 사람한테는 아주 두려운 일이라는 걸 알아요. 심지어 영원히 죽지 않는 자한테조차 죽음은 두려운 일이에요. 곁에서 친구들의 죽음을 하나하나 지켜봐야 하니까요."

애스피널은 머뭇머뭇 고개를 주억거렸다.

"외모는 어려 보이는데 생각이 깊군."

"난 천출이에요. 보기보다 나이가 많아요. 그리고 앞으로 늙어갈 거예요. 아마 언젠가는 죽겠죠. 하지만 난 당신과 달라요. 난 죽음이 두렵지 않아요."

애스피널은 짐짓 손끝을 살피며 대답했다.

"오, 우리 천출의 삶이 어떤 것인지 너는 몰라도 너무 몰라."

"'우리'라고 하지 말아요."

미러벨이 발끈하자, 애스피널이 씩 웃었다.

"왜?"

미러벨은 대답할 틈이 없었다. 애스피널이 갑자기 몸을 꿈틀하더니 허리를 숙이며 신음을 뱉었다.

"윽! 그건……. 으윽."

애스피널의 몸이 다시 뒤로 꺾였다. 팔다리를 뜻대로 통제하지 못하는 듯했다. 이제 애스피널은 온몸을 부들부들 떨기 시작했다. 콰직하고 뼈가 부서지는 소리가 들렸다.

이윽고 살갗에서 스며 나오기라도 하듯, 애스피널의 몸에서 황금빛 안개가 피어올랐다. 애스피널은 급격히 늙기 시작했다. 몸이 이리저리 비틀리고 혹이 울퉁불퉁 튀어나왔다. 머리카락이 다시 하얗게 세고, 얼굴에 전보다 더 깊은 주름이 패었다. 애스피널은 가쁜 숨을 몰아쉬기 시작했다.

"내, 내가 왜 이러지?"

황금빛 수증기가 허공으로 솟아오르며 점점 진해졌다. 이내 수증기는 미러벨 쪽으로 움직이며 점점 더 단단한 형체를 이루었다. 팔다리 같은 모양에 이어 얼굴이 나타났다. 미러벨은 그 얼굴을 곧바로 알아보았다.

"피글릿!"

다음 순간, 피글릿이 미러벨 앞에 서 있었다. 천진난만해 보이는 두 눈, 사려 깊어 보이는 태도가 예전 그대로였다. 미러벨은 피글릿을 와락 끌어안고서 뜨거운 눈물을 쏟았다. 피글릿은 어떤 반응을 보여야 할지 모르는 듯 미러벨에게 어색하게 팔을 둘렀다.

미러벨은 피글릿의 어깨 너머로 날카로운 손톱을 펼친 채 다가오는 애스피널을 보았다. 애스피널은 비틀비틀 걸으며 새된 소리를 질렀다.

"저건 내 거야! 빼앗아 가게 둘 줄 아냐? 절대 못 내준다!"

미러벨은 나머지 사람들 쪽으로 눈길을 돌렸다. 코트니는 여전히 바닥에 주저앉아 부들부들 떨며 울고 있었다. 쏘온은 힘겹게 일어나 미러벨 곁으로 달려오려 하고 있고, 윈스럽은 바닥에 쓰러진 채 다친 팔을 감싸 쥐고 고통을 참느라 가쁜 숨을 몰아쉬고 있었다.

그사이 바싹 다가온 애스피널이 미러벨과 피글릿에게 손톱을 휘두를 태세를 갖추었다. 미러벨은 애스피널의 눈 속에서 공포와 혼돈을 보았다.

갑자기 애스피널의 뒤에서 검은 소용돌이가 일기 시작했다. 미러벨은 피글릿을 꽉 끌어안고서 눈을 질끈 감은 채 다가올 공격을 기다렸다. 다음 순간, 미러벨의 뒤에서 빌리가 바람처럼 몸을 날렸다.

빌리에게 부딪힌 애스피널은 비명을 지르며 뒤쪽에 열린 포털 안으로 빨려 들어갔다. 순식간에 포털이 닫혔다.

빌리는 털썩 주저앉아 몸을 웅크린 채 숨을 헐떡였다. 걱정스레 빌리의 상태를 살피는 오드에게 미러벨이 물었다.

"그자를 어디로 보냈어?"

애스피널은 주먹으로 벌시파이어의 누꺼운 유리를 마구 내리쳤다. 목소리는 들릴 듯 말 듯 했지만, 분노로 일그러진 얼굴은 분명히 볼 수 있었다.

"저자를 어떻게 하지?"

오드가 중얼거리자, 쏘온이 씩 웃으며 대답했다.

"그냥 저 안에 내버려 둬."

"언제까지요?"

"썩어 없어질 때까지."

쏘온의 말을 듣더니 미러벨의 얼굴이 굳었다.

"그러면 우리나 저자나 똑같이 나쁜 거잖아요. 자신이 벌인 일의 대가를 치러야겠지만 이런 식은 아니에요."

쏘온은 내키지 않는 모양이었다. 한편, 창고 서까래에는 까마귀 떼가 내려앉아서 상황을 무심한 눈으로 잠잠히 지켜보고, 피글릿은 이야기 나누는 사람들을 희미하게 호기심 어린 표정으로 관찰했다.

"저자는 위험해."

윈스럽의 말에 빌리가 고개를 끄덕였다.

"동감이에요."

미러벨은 벌시파이어의 유리창 앞으로 다가서서 애스피널을 바라보았다.

"두려워하고 있어요."

비참한 얼굴로 자리에 앉아 있던 코트니가 지팡이를 힘없이 흔들며 말했다.

"마음대로 하시구려. 저자는 날 배신했어요."

"당신만 배신당한 게 아니거든요."

미러벨은 메그와 손을 꼭 맞잡은 빌리를 짐짓 바라보며 말을 덧붙였다.

"쉽지 않지만, 배신한 상대를 용서할 수도 있어요."

빌리는 고개를 살짝 끄덕이며 고맙다는 인사를 했다. 그러자 오드가 툴툴거렸다.

"글쎄, 난 모르겠어. 어디 마땅히 가둬 둘 곳이 있는 것도 아니 잖아."

윈스럽이 유리창 쪽으로 고개를 기울이며 물었다.

"뭐라고 떠들어 대고 있냐?"

빌리가 메그를 가까이 끌어안으며 대답했다.

"우리를 위협하고 있어요. 미러벨부터 시작해서 모조리 이 기계에 넣어 버리겠다고요."

쏘온이 대뜸 앞으로 튀어 나가더니 조작 핸들을 내렸다. 미러벨이 달려가 쏘온의 팔을 잡았지만 이미 때는 늦었다. 벌시파이어 안에서 온갖 빛깔이 번개처럼 번쩍이기 시작하더니 기계 전체가 웅웅거리며 떨리기 시작했다. 애스피널이 도망쳐 보려고 유리에 마구 몸을 던졌다. 쏘온은 그런 애스피널을 매섭게 쏘아보며 계속 핸들을 눌렀다. 미러벨이 아무리 애를 써도 소용이 없었다.

"그만! 그만해요!"

미러벨은 쏘온의 손가락을 잡아당기고 손을 마구 때렸다.

그러나 돌이킬 방법이 없었다. 애스피널은 이미 먼지로 변하고 있었다. 애스피널은 바스러지는 자신의 손가락을 공포에 질린 채 지켜보았다. 이윽고 애스피널이 고개를 들고서 새카만 두 눈으로 미러벨을 바라보았다. 얼굴 아래쪽이 모래 언덕에서 굴러 내리는 모래 덩어리처럼 흩날려 사라졌다. 미러벨에 자비를 구하는 두 눈은 공포로 가득 차 있었다.

이윽고 기계 안에는 먼지만이 흩날릴 뿐 아무런 형체도 남지 않았다. 쏘온이 핸들을 다시 위로 올리자, 벌시파이어가 요동을 치며 멈춰 섰다. 창고 안에 침묵이 내려앉았다.

피글릿

피글릿은 그간 벌어진 일을 곰곰이 생각해 본다. 기계 안에 들어선 순간, 분리되는 듯한 느낌, 두려움이 기억난다. 또한 그것만이 앞으로 나아갈 수 있는 유일한 길이며, 일을 바로잡을 수 있는 유일한 방법이라는 걸 본능적으로 깨달았던 기억도 있다. 고통은 없었다. 그저 놓아주는 느낌만 있었을 뿐이다. 그러고는 한동안 어둠만이 가득했다.

피글릿은 편안한 침묵 속을 떠다녔다.

이윽고 한 조각, 한 조각씩 세상이 돌아왔다.

이전의 모든 순간, 특히 기계에 발을 들이던 순간이 피글릿을 이곳으로 이끌었다.

피글릿은 미러벨이 쏘온을 몇 번이나 치는 모습을 지켜본다. 쏘온의 얼굴에 슬픔과 죄책감이 가득하다. 쏘온은 무기력하게 서서 쏟아지는 공격을 고스란히 맞고 있다. 방어하려는 의지가 없다. 피글릿은 이유를 알지 못한다. 하지만 미러벨의 마음은 조금 이해한다. 미러벨은 애스피널이라 불리던 자가 저지른 일에 대해서는 분노하지만, 그래도 그자가 불쌍하다고 여긴다. 애스피널의 마음에 들어가 본 피글릿은 그를 불쌍히 여길 만하다고 생각한다. 잔혹한 자였지만, 그 역시 갈 길을 잃은 불쌍하고 외로운 존재였다.

피글릿은 그런 여러 감정을 온전히 이해하게 되었다.

이제 피글릿은 할 일을 해야 한다. 게다가 궁금하기도 하다.

피글릿은 숨을 들이쉰다.

내쉰다.

흩어진다.

피글릿은 먼저 코트니의 마음에 들어간다. 코트니가 문제를 풀 열쇠이다. 피글릿은 한 인생의 조각조각을 본다. 한때 강하고 자신감 넘쳤던 남자가 상실을 겪으며 비열해졌다. 큰 저택, 자동차, 화려한 샹들리에. 코트니는 당당하게 웃고 있다.

그러던 어느 깊은 밤, 번쩍이는 불꽃이 어둠을 가르고 하늘이 뒤흔들린다. 찢어지는 공습 경보소리.

코트니의 얼굴이 슬픔과 고통으로 일그러진다.

땅속으로 들어가는 관. 광택이 흐르는 마호가니 나무관을 반짝반짝 비추는 햇살. 무덤 옆에 선 코트니. 이제 그에게 남은 건 단 하나……

피글릿은 쏘온의 마음으로 옮겨 간다. 또 다른 길 잃은 영혼이 자기혐오로 가득 차 있다. 피글릿은 황량한 풍경 속에서 터덜터덜 헤매어 다니는 쏘온을 본다. 그의 세상은 우울하고 고뇌에 가득 차 있다. 그러다 갑자기 그 세상 속에 빛이 들어온다. 온기와 희망, 눈부신 미소 그리고……

앨리스…….

쏘온의 세상이 눈부시게 밝아지고, 쏘온은 하늘을 나는 것 같다. 그는 이제 안다. 행복이 무엇인지.

진정한 행복이란 어떤 것인지.

그러나 어둠이 돌아온다. 피글릿은 지하실에서 작업 도구를 살피는 쏘온을 본다. 룬 문자로 뒤덮인 무기와 덫. 쏘온은 괴물 사냥꾼이다. 동족들은 그를 두려워한다. 그래서 쏘온은 자신이 가장 끔찍한 괴물이라고 믿는다. 곧 아이가 태어나지만, 그에게 행복을 누릴 자격 따위는 없다고 여긴다. 그가 아이의 삶에 어떤 유익을 가져다줄 수 있을지 의문스럽다. 쏘온은 화를 낸다. 자신을 증오한다. 좋은 남편과 아버지가 되지 못할까 봐 두렵다.

그래서 쏘온은 도망친다.

오드는 두렵다. 미러벨도 두렵다. 빌리가 무엇을 두려워하는지 피글릿은 이미 알고 있다.

두려움. 모두가 그것을 공유한다. 소중한 누군가를 잃는다는 두려움. 그 때문에 사람들은 숨고, 배신하고, 비난하고, 자신을 상처 입힌다. 그중에서도 특히 한 사람은 두려움 때문에 자신의 존재 전체를 오직 한 가지 일에 바치게 된다.

피글릿은 그들을 떠난다. 자신에게 돌아온다.

충격을 받은 듯한 쏘온은 쓰러지지 않으려고 기계 옆에 기대어 섰다. 미러벨은 새로운 깨달음이 담긴 눈빛으로 쏘온을 바라본다. 오드는 얼떨떨한 얼굴을 하고 섰다.

이어서 모두의 눈길이 코트니를 향한다. 그의 표정을 보니 어디론가 도망쳐 숨고 싶은 듯하다. 그러나 이제는 숨을 곳이 없다.

피글릿은 문간에 서서 모두를 기다린다. 이제 모두에게 보여 줄 시간이다.

그 방으로 갈 시간이 왔다.

미러벨

미러벨은 침대에 누워 잠든 소년을 잠잠히 지켜보았다. 숨을 쉴 때마다 소년의 가슴이 달싹였다. 오드, 빌리, 윈스럽, 메그, 쏘온도 말없이 문간에 서서 소년을 바라보았다.

작은 체구에 비해 침대가 턱없이 커 보였다. 전등 하나만 켜져 있었지만, 광대뼈가 도드라질 정도로 파리한 얼굴과 앙상한 몸을 분명히 볼 수 있었다.

코트니가 침대 옆에 서서 떨리는 손으로 아이의 머리를 쓰다듬었다.

"대공습 때 아이 엄마가 세상을 떠난 뒤 내게 남은 건 매슈뿐입니다. 이제 겨우 열두 살이에요. 내게는 이 아이가 모든······."

코트니는 북받치는 울음을 삼켰다.

미러벨은 이제 모든 것을 이해할 수 있었다.

"치료할 방법이 없는 건가요?"

미러벨의 물음에 코트니가 고개를 끄덕였다.

"피글릿의 생명력으로 이 아이를 살릴 수 있을 거라 생각한

437

거군요."

코트니는 도전적인 눈빛으로 미러벨 일행을 바라보았다.

"날 미워해도 좋습니다. 아들을 위해 난 뭐든 해야 했어요."

미러벨은 담담하게 대답했다.

"나는 당신을 미워하지 않아요."

코트니는 눈가를 훔치며 중얼거렸다.

"하나도 도움이 안 되는 일이었어."

그때 피글릿이 침대 곁으로 타박타박 걸음을 뗐다. 오드는 당황한 표정으로 미러벨을 쳐다보았다. 코트니가 깜짝 놀라서 물었다.

"뭐, 뭐 하는 거야?"

피글릿은 소년의 손을 잡고서 눈을 감았다. 생각을 집중하려는지 피글릿의 인상이 찌푸려졌다. 피글릿의 몸이 천천히 흔들리기 시작했다. 한순간 피글릿은 앞으로 쓰러질 것처럼 보였다. 미러벨은 당장 피글릿에게 달려가고 싶은 충동을 꾹 억눌렀다.

"뭘 하려는 걸까요?"

코트니가 미러벨 일행에게 애처롭게 물었다.

아무도 대답하지 않았다. 모두가 온 신경을 집중한 채 피글릿만 쳐다보고 있었다. 미러벨은 자신의 눈에 보이는 것을 일행도 보고 있는지 궁금했다. 피글릿의 살갗 아래에서 은은한 황금색 빛이 퍼져 나오더니 매슈의 손을 지나 팔을 타고 올랐다. 신기한 빛은 잠시 반짝이다가 이내 사라졌다.

피글릿이 매슈의 손을 놓더니 눈을 뜨고서 한숨을 폭 쉬었다.

미러벨은 매슈의 안색이 달라졌다는 걸 알아차렸다. 매슈가 눈을 뜨고서 잠시 정신을 차리려 애쓰더니 아버지를 보며 빙그레 웃었다.

코트니는 얼른 아들의 곁으로 달려가 손을 꼭 잡았다. 그러더니 기쁨의 눈물을 쏟으며 아들을 와락 끌어안았다.

미러벨이 담담하게 말했다.

"이제 떠날 때가 된 것 같아요."

오드가 저택 안뜰에 포털을 열었다. 세차게 휘몰아치던 바람이 이제는 잔잔했다. 미러벨은 일행한테서 몇 걸음 떨어진 곳에

서서 쏘온을 올려다보고 있었다. 처음 만났을 때의 분노와 미움은 모두 사라지고 없었다. 피글릿 덕분에 이제 아버지의 본모습이 좀 더 선명하게 보이는 것 같았다. 아버지는 상처투성이였고, 자기혐오에 시달리는 사람이었다. 그럼에도 불구하고 그의 마음속에는 선한 면이 남아 있었다. 쏘온의 어깨에 걸터앉은 아벨라드는 괜히 고개를 이리저리 돌리며 두 사람의 대화를 듣지 않는 척했다.

"우리랑 같이 가요."

쏘온은 고개를 가로저으며 중얼거렸다.

"옳지 않아. 내가 한 짓을 생각하면 그럴 수 없지."

"원하면 얼마든지 와도 돼요. 그래도 된다는 거 알잖아요. 사람들한테는 내가 설명할게요. 피글릿한테 설명해 달라고 할 수도 있고요. 모든 걸 이해하고 나면 다른 사람들도 기꺼이 가족으로 받아들일 거예요. 난 확신해요."

쏘온이 짐짓 인상을 찌푸리자, 미러벨이 다시 설득에 나섰다.

"난 알아요. 피글릿 덕분에 이제 모든 걸 알아요. 추방된 것도 아니고, 함께 살았다면 분명 좋은……."

미러벨은 망설이다가 결심한 듯 말을 뱉었다.

"아니, 이제부터라도 될 수 있을 거예요. 좋은 아버지가요."

쏘온은 차마 미러벨을 똑바로 바라보지 못했다.

"아직은 때가 아니야."

쏘온이 목멘 소리로 대답하자, 미러벨이 고개를 끄덕였다.

"아직 준비되지 않았다는 거죠? 이해해요. 피글릿이 그것도 보여 줬어요. 참고로 알려 드리면 우리 룩헤이븐에서는 누구도 돌려보내지 않아요. 절대로. '그분'은 알고 있었어요. 그래서 그곳을 찾아간 거예요."

쏘온이 떠나려는 듯 걸음을 뗐다.

"만나 봤어요."

쏘온은 그 자리에 얼어붙은 채 놀란 눈을 껌벅이며 미러벨을 바라보았다.

"어, 어떻게?"

"그건 중요하지 않아요. 하지만 정말로 만났어요. 그리고……. 그리고 그분은……."

미러벨은 눈물을 삼켰다.

"참 아름다운 사람이었지."

쏘온이 대신 말을 맺었다. 처음으로 쏘온의 눈에 드리운 어둠이 걷히더니 희미한 미소가 떠올랐다.

"같이 안 간대?"

미러벨이 다가가자 빌리가 물었다. 빌리는 구부정하게 걸어가는 쏘온을 바라보았다. 쏘온의 어깨에 올라앉은 아벨라드가 마치 작별 인사라도 하듯 날개를 퍼드덕거렸다.

441

미러벨은 고개를 가로저으며 대답했다.

"아직은 때가 아니래."

오드가 투덜거렸다.

"섭섭하군. 아주 재치 넘치는 길동무가 되어 줄 분인데 말이야."

미러벨이 눈을 흘기자, 오드는 능청스럽게 반성하는 표정을 지었다.

이어서 미러벨은 윈스럽 쪽으로 돌아섰다. 윈스럽은 여전히 팔의 상처를 꽉 감싸고 있었다.

"많이 다쳤어요?"

윈스럽은 고개를 세차게 저었다.

"살짝 긁힌 정도야. 하루도 안 돼서 다 나을 거다."

"윈스럽 집사님, 고마워요. 도와주셔서 정말로 감사드려요."

윈스럽은 정중하게 고개를 끄덕여 답인사를 했다. 미러벨은 다음으로 빌리를 바라보았다.

"준비됐어?"

빌리는 메그의 어깨에 한 손을 얹은 채 주춤 뒤로 물러섰다.

"뭐가 준비됐냐는 거야?"

"집에 가야지."

빌리

빌리는 모두와 함께 포털에 들어서면서 앞으로 어떤 일이 벌어질지 몰라 두려웠다. 목덜미의 털이 빳빳이 서고, 앞으로 끌려나가는 듯한 느낌이 들었다. 빌리는 메그의 손을 꽉 잡고서 걱정 말라는 표정을 지으려 했다. 그러나 메그는 이미 행복하게 웃고 있었다.

빌리가 눈길을 다시 들었을 때, 일행은 벌써 룩헤이븐 저택 현관에 도착해 있었다. 빌리는 잠시 현기증이 일었다. 이윽고 누군가의 목소리가 들렸다.

"돌아왔네."

기디언이 갑자기 모습을 드러내더니 뾰족한 이를 드러내며 활짝 웃었다.

"말썽깨나 일으켰는데 다 용서받았나 봐? 그렇지 않으면 미러벨이 데려오지 않았겠지. 하긴 미러벨은 기준이 아주 낮아. 누구라도 받아 주지. 심지어 나 같은 녀석도."

기디언은 메그 앞에 한쪽 무릎을 꿇고 앉으며 말을 이었다.

"이쪽은 누구야?"

"내 동생 메그야."

빌리가 대답했다. 빌리는 너무 갑작스레 도착한 데다 기디언이 상냥한 태도를 보이자 얼떨떨하기만 했다.

기디언은 먼저 손을 내밀며 메그와 악수를 했다.

"메그, 만나서 반가워. 진심으로 환영해. 이곳은 룩헤이븐 가족이 사는 곳이야. 난 말썽꾸러기라고 알려진 편인데, 세상에 말썽꾸러기도 있어야 하는 법 아니겠어? 뭐, 나는 그렇게 생각해. 다른 사람들이 하는 말은 귀담아듣지 마."

그 말을 하고서 기디언이 휙 사라졌다. 메그는 손뼉을 치며 까르르 웃었다.

현관 어둠 속에서 이넉이 모습을 드러내자, 빌리는 바짝 긴장했다. 일리이자도 이넉과 함께였다. 오드가 나직이 속삭였다.

"으, 저 매서운 눈빛 좀 봐. 삼촌은 늘 저렇게 도끼눈을 하고 있다니까."

미러벨이 이넉에게 다가서며 말했다.

"삼촌, 우리가 해냈어요. 피글릿을 구했어요."

이넉의 얼굴이 환해지는가 싶더니 이내 이넉은 미러벨을 향해 인상을 찌푸렸다.

"허락 없이 마음대로 떠나다니. 넌 너 자신과 다른 사람들을 모두 위험에 빠트린 거야."

444

그러자 윈스럽이 말했다.

"맞습니다. 성급한 결정이었지요. 그러나 결과가 보여 주듯이 옳은 결정이었어요. 저 아이는 칭찬을 받아 마땅하다고 봅니다."

그 자리에 있던 모두가 놀라서 윈스럽을 빤히 쳐다보았다.

마침내 침묵을 깨고 일라이자가 말을 꺼냈다.

"집사님, 참으로 너그러우시군요."

윈스럽은 이번에도 정중하게 고개를 끄덕이며 답인사를 했다.

이넉이 빌리를 가리키며 말했다.

"일이 바로잡혔다 하더라도 저 애는 죗값을 받아야 해."

빌리는 미러벨이 손을 마주 잡자 깜짝 놀랐다.

"아니요, 삼촌. 우리는 빌리를 집으로 데려온 거예요. 여기가 빌리와 메그 남매가 있어야 할 곳이에요."

이넉은 당황하고, 일라이자는 기뻐하는 듯했다. 그림자 속에서 하나둘 사람들이 쏟아져 나왔다. 빌리는 디블스 쌍둥이에 이어 벽에서 데이지와 도티가 모습을 드러내자 도망가고 싶은 충동을 꾹 억눌러야 했다. 메그는 후다닥 빌리의 등 뒤에 숨어서 눈을 휘둥그레 뜨고 주위를 둘러보았다.

으허그 삼촌이 새된 목소리가 들렸다.

"이봐, 시그프리드, 무슨 일이 벌어지고 있는 거야?"

이넉이 미러벨에게 말했다.

"저 애는 우리한테서 피글릿을 빼앗아 갔어. 그런데 너는 저 애가 아무런 대가를 치르지 않고 그냥 이곳에 돌아올 수 있다고 여기는 거냐?"

"네, 삼촌. 난 그렇게 생각해요. 빌리는 그럴 자격이 있어요."

이녁이 탐탁하지 않은 눈으로 미러벨을 바라보았다.

"나로서는 이해하기 어려운 얘기로구나. 왜 그렇게 생각하는지 이유를 말해 보렴."

"네, 삼촌. 설명드릴게요."

미러벨이 고개를 돌리며 소리쳤다.

"피글릿!"

피글릿이 앞으로 자박자박 걸어 나오더니 두 손을 들고서 눈을 감았다. 소년의 형체가 사라지면서 피글릿은 소용돌이치는 황금색 빛기둥으로 변했다. 처음에는 두어 명이 무슨 짓이냐는 듯 짜증스런 비명을 터뜨렸다. 그러나 황금색 빛줄기가 얼굴에 드리우자 모두가 달뜬 표정을 지었다.

"피글릿이 설명해 줄 거예요."

미러벨의 말이 떨어지자, 피글릿은 밀려드는 파도처럼 이녁과 일라이자부터 현관에 모여든 구경꾼 무리를 감싸 안았다. 순식간에 그들은 모든 것을 이해했다.

미러벨이 빌리 쪽으로 돌아서더니 방긋 웃었다. 이어진 미러벨의 말을 들은 순간, 빌리는 심장이 터져 버릴 것 같았다.

"어서 와, 빌리 캐치폴. 이제부터 여기가 네가 살 집이야."

미러벨

　미러벨은 엘런비 선생님네를 마지막으로 방문했던 날을 결코 잊을 수가 없었다. 하지만 이번은 처음부터 뭔가 예사롭지 않았다. 오드가 먼저 엘런비 선생님네에 가자고, 그것도 이런 대낮에 움직이자고 제안했으니 미러벨로서는 놀랄 수밖에 없었다. 평소에도 수다스러운 오드지만 오늘은 유난히 말이 많았다. 오드가 바짝 긴장하고 있다는 신호였다. 미러벨은 참을성 있게 오드의 말에 귀를 기울이고, 때맞춰 고개를 끄덕여 주었다. 시간이 흐르자, 미러벨은 오드가 내내 오른손을 옷 주머니에 넣고 있다는 사실을 알아차렸다. 미러벨의 어깨에 올라앉은 루키우스마저 이상할 정도로 얌전했다.

　"호주머니 안에 뭐가 들었어?"

　"아니. 뭐, 별것 아냐."

　대답만 그럴 뿐 오드는 이내 그 '별것 아닌' 것을 다시 만지작거리며 안절부절못했다.

　현관 앞에 도착하자 오드도 미러벨도 차마 문을 두드리지 못

하고 서로를 힐긋거렸다. 지금 서로가 어떤 기분인지도, 둘 다 지난번 방문의 끔찍했던 기억을 떠올리고 있다는 것도 너무 잘 알았다. 돌아올 수 없는 다리를 건너는 것 같아 마음이 무거웠다. 결국 오드가 나서서 문을 탕탕 두드렸다.

대본포트 선생님이 문을 열더니 둘을 보고서 얼굴이 환해졌다. 미러벨은 대본포트 선생님을 따라 서재로 가면서 그가 오드를 대할 때와 달리 미러벨과 눈이 마주치면 바짝 긴장한다는 걸 알아차렸다. 자신이 대본포트 선생님을 얼마나 쌀쌀맞게 대했는지를 돌이켜보면 나무랄 수도 없는 일이었다.

대본포트 선생님과 오드는 예전에 엘런비 선생님이 이런 말을 했었다는 이야기를 주거니 받거니 하며 밝게 웃었다. 미러벨은 그런 대본포트 선생님 앞으로 성큼 다가섰다.

"폴."

대본포트 선생님은 미러벨이 친근하게 자신의 이름을 부르자 깜짝 놀라는 듯했다. 이어서 미러벨이 담배 파이프를 내밀자 그는 정말로 충격을 받는 것 같았다.

"이건 당신 거예요."

대본포트 선생님은 고개를 가로저었다.

"아니, 아닙니다. 삼촌은 당신이 간직하길 원하실……."

"받아 주세요. 이건 이 집에, 당신과 함께 있어야 해요."

대본포트 선생님은 담배 파이프를 받아들고서 고맙다는 표시

448

로 빙그레 웃었다. 셋이 함께 이야기를 나누고 웃는 동안 대븐포트 선생님이 자연스럽게 담배 파이프에 불을 붙이자 미러벨은 내심 기뻤다.

오드, 루키우스와 함께 그 집을 나설 때 미러벨은 마음이 놀라우리만치 홀가분했다. 따로 이야기를 나누지 않았지만, 미러벨도 오드도 포털을 이용하지 않고 저택까지 걸어가자는 데 뜻이 통했다. 미러벨은 걷는 쪽이 훨씬 좋았다. 누군가를 방문할 때는 걸어가는 쪽이 훨씬 정중하고 자연스러운 것 같았다. 룩헤이븐 저택까지 절반쯤 길을 걷고 나자 오드는 아예 말이 없어졌다. 오드가 무언가에 몰두하고 있다는 신호였다.

미러벨은 한숨을 푹 쉬며 말했다.

"그냥 가."

"뭐?"

"그 표정이 무슨 뜻인지 알아. 그러니까 그냥 가라고."

"난 네가 무슨 말을 하는 건지 모르겠는데."

순간 오드의 얼굴에 죄책감 어린 표정이 떠올랐다.

"음, 내가 처리해야 할 일이 하나 있긴 하거든. 꽤 오랫동안 미뤄 왔던 일이야."

오드의 등 뒤에 포털이 열렸다. 그러나 오드는 선뜻 움직이려 하지 않았다.

"오드?"

"있잖아, 어떤 중요한 일을 해야 하는데, 그 일을 하기가 좀 어려워. 하지만 그 일을 하게 될 거라는 걸 알아. 반드시 하겠다고 스스로에게 약속했으니까. 이게 그런 일이랄까?"

미러벨은 오드의 양어깨를 잡고서 포털 쪽으로 돌려세웠다.

"어서 가."

오드는 땅이 꺼져라 한숨을 쉬고서 포털 안으로 들어섰다. 순식간에 포털도 오드도 사라져 버렸다.

미러벨은 등 뒤에 돌풍이 일며 하늘이 약간 어두워진 것을 느꼈다. 루키우스가 날개를 퍼덕거리더니 항의하듯 까악 하고 울었다.

"삼촌, 갑작스레 여기까지 어쩐 일이세요?"

미러벨이 뒤돌아서며 물었다. 이넉 삼촌은 재킷 안주머니에서 편지봉투 하나를 꺼내더니 미러벨에게 건넸다.

미러벨은 젬의 글씨체를 곧바로 알아보고서 가슴이 콩닥콩닥 뛰었다.

"방금 도착했단다. 네가 한시라도 빨리 읽고 싶어 할 것 같아서 가져왔다. 오래 기다렸잖니."

"삼촌, 고마워요."

미러벨은 당장 뜯어 보고 싶은 마음을 억누르려고 갖은 애를 썼다.

이넉 삼촌은 고개를 끄덕이더니 흠흠하고 목을 가다듬었다.

"잘 적응하는 것 같더구나."

"빌리와 메그요? 네."

이녁 삼촌은 짐짓 옷깃의 먼지를 터는 척하며 말했다.

"처음에는 그 아이에게 몹시 화가 났지만, 이제는 그 아이가
왜 그래야 했는지 이해한단다."

"피글릿 덕분이에요."

미러벨은 어색해하는 삼촌의 반응에 웃음이 났다. 이녁 삼촌
은 감정 표현을 잘하지 못하는 편이었다.

"그래. 피글릿이 모두에게 아주 많은 사실을 보여 주었지."

이녁 삼촌의 목소리에 어쩐지 후회가 담겨 있는 것 같았다. 이
녁 삼촌은 슬픈 눈빛으로 먼 곳을 응시했다. 그렇게 두 사람은
한동안 말없이 서 있었다.

"네 아버지를 보았단다."

이녁 삼촌이 미러벨을 보지 않은 채 말을 꺼냈다.

"아, 그래요?"

미러벨은 최대한 아무렇지 않은 척하려 했다.

"그래. 피글릿에게 다시 한번 고맙게 여기고 있다."

이녁 삼촌이 인상을 찌푸리며 말을 이었다.

"길을 잃은 듯, 어딘가 외로워 보였어. 내 생각에, 네 아버지는
죄책감을 느끼는 게 아닌가 싶어. 너를 보호하기 위해 할 수 있
는 모든 것을 다하지 못했다는 죄책감 말이다. 그 점에서 네 아

버지와 나는 꽤 공통점이 있는 것 같아."

미러벨은 빙그레 웃으며 대답했다.

"삼촌, 그런 생각 마세요. 삼촌은 자신에게 좀 가혹한 편이에요. 아버지도 그렇고요."

"만약 네 아버지가 이곳에 온다면, 우리 룩헤이븐은 그분을 기쁘게 받아들일 거다. 빌리와 메그한테 그랬던 것처럼. 젬과 톰이 환영받았던 것처럼 말이다."

"삼촌, 고마워요. 정말 너그러우세요."

이녁 삼촌은 펜던트 위에 손을 얹고서 살짝 고개를 숙여 인사하더니 날개를 펴고서 하늘로 날아올랐다. 미러벨은 손차양으로 눈부신 태양 빛을 가리고서 이녁 삼촌이 하늘 높이 날아오르는 모습을 지켜보았다.

"루키우스, 우리도 집에 가자."

루키우스가 까악 울자, 미러벨은 편지봉투를 내려다보았다. 그러고는 집에 도착할 때까지 절대로 편지를 열어 보지 않겠다고 엄숙하게 맹세했다.

물론 그 맹세를 깨기까지는 그리 오랜 시간이 걸리지 않았다.

오드

오드는 갯마을이 내려다보이는 언덕 위를 서성였다. 여느 때처럼 달빛이 수면에 반사되어 윤슬이 반짝반짝 빛났다. 너무 자주 봐서 이제는 잔물결 하나하나에 이름을 붙일 수 있을 것 같았다. 따뜻한 산들바람에 예의 그 찰캉거리는 소리가 실려 왔다. 이번에도 어김없이 똑같은 순간에 똑같은 부엉이가 울었다.

"그래. 좋아."

오드는 혼자 툴툴거리며 용기를 내려고 애를 썼다. 호주머니 속 물건을 다시 한번 쥐어 본 순간, 결심이 섰다. 오드는 어깨를 쭉 펴고 서서 밤공기를 들이마시고, 달이 구름 뒤로 숨는 광경을 잠잠히 지켜보았다. 오드는 가고자 하는 목적지, 이 언덕에서 그리 멀지 않은 곳에 있는 어느 거리에 정신을 집중하고서 포털을 열었다.

오드가 도착한 곳은 마을 한가운데에 자리한 어느 집 지붕이었다. 오드는 지붕 끝에 걸터앉아서 부두로 휙 뛰어내리기라도 할 듯이 다리를 대롱거렸다. 초조했다. 지난번 이곳에 왔을 때 윈스럽에게 자신의 은신처에 대해 모든 것을 털어놓을 뻔한 일이 떠올랐다.

마을은 조용했다. 인적이 없었다. 술집은 문을 닫았고, 모두가 침대에 누워 잠들어 있었다.

거의 모두가.

자갈길을 내려오는 발소리가 들리더니 이윽고 길모퉁이에서 한 청년이 모습을 드러냈다.

청년은 오드가 앉은 곳 바로 아래에서 멈춰 섰다. 오드가 바로 이 순간에 맞춰 바로 이 자리에 올 때마다 늘 그랬던 것처럼. 청년은 재킷 안을 더듬으며 혼잣말을 중얼거렸다. 모든 것이 똑같았다. 변한 것은 아무것도 없었고, 앞으로도 변하지 않을 터였다.

지금까지는.

오드는 목을 가다듬고서 말을 꺼냈다.

"안녕하세요."

청년이 고개를 들더니 놀란 표정을 지었다. 하지만 화들짝했다기보다는 의외라는 반응이었다.

"안녕하세요. 좀 희한한 곳에 앉아 있네요."

"맞아요. 하지만 오늘 밤 같은 때에는 놀랄 정도로 편안하답니다."

청년이 오드의 모습을 자세히 보려고 실눈을 떴다. 오드는 자신의 모습이 그늘에 가려 있고, 달이 구름 뒤에 숨어 있는 동안 계속 그러리라는 걸 잘 알고 있었다. 앞으로 정확히 5분이 주어져 있었다. 이미 여러 차례 와서 시간을 재고 확인했다.

청년은 맞는 말이라는 듯 고개를 끄덕였다.

"그럴지도 모르죠. 꽤 근사한 밤이잖아요."

"정처 없이 거니는 걸 좋아하나 봐요?"

청년은 다시 재킷 안을 뒤적이며 대답했다.

"예, 맞아요."

오드가 다시 말했다.

"나도 정처 없이 돌아다니는 걸 아주 좋아하는 편이에요."

청년이 재킷에서 담배 파이프를 꺼내더니 오드 쪽을 가리키며 물었다.

"이 집 저 집 지붕에 올라가는 걸 좋아하나 봅니다?"

"오늘 밤은 이 집 지붕이 마음에 드네요."

잠시 둘 다 말이 없었다. 하지만 둘 사이에 놀라울 만큼 따뜻하고 다정한 분위기가 흘렀다. 청년이 오드 쪽으로 담배 파이프를 들어 보이며 말을 꺼냈다.

"생각하는 데 도움이 된답니다."

"돌아다니는 거 말이죠?"

"예."

"나도 그래요. 당신은 무슨 생각을 하고 있었어요?"

청년이 인상을 찌푸렸다.

"흠. 인생에 대해서요. 결말 같은 거요."

오드는 북받치는 감정을 억눌렀다.

"그렇군요. 실례가 아니라면 왜 그런 생각을 하게 되었는지 물어봐도 될까요?"

청년이 입을 꾹 다물고서 미간을 찌푸렸다. 어떻게 설명하면 좋을지 고민하는 듯했다.

"누군가를 잃었어요. 그녀가 죽었어요. 나는……. 음, 할 수 있는 일이 없었어요. 나도, 나 아닌 다른 누구도 할 수 있는 게 없었죠."

청년이 이마를 벅벅 문질렀다.

"마음 아프네요."

오드가 말하자, 청년은 괜찮다는 듯이 손사래를 쳤다. 오드가 다시 말했다.

"아니에요. 진심으로 그렇게 생각해요. 내 오랜 친구가 그런 말을 한 적이 있어요. 영원하지 않기에 소중한 거라고요. 위로가 될지 모르겠네요. 틀린 말일 수도 있고요."

"친구분이 아주 현명하신 것 같네요."

"그래요. 그랬죠."

청년이 인상을 찌푸리며 물었다.

"혹시 우리 아는 사이인가요?"

'예.'

오드는 속으로 대답했다.

'예. 당신은 나를 알아요. 당신은 나의 가장 오래고, 소중한 친구랍니다. 당신이 너무나 그리워요. 그래서 내 마음이 아파요.'

오드는 갑자기 말을 이을 수가 없었다. 결국 어깨를 으쓱여 보이고서 어둠 속을 가만히 바라보기만 했다.

"내려올래요?"

청년이 물었다.

"아뇨. 여기가 좋아요."

"같이 걷지 않을래요?"

"다음에요."

청년은 오드의 대답에 어리둥절한 것 같았다.

오드는 크게 숨을 내쉬고서 말했다.

"그밖에 생각하고 있던 다른 일은 없어요?"

"사실 하나 있답니다. 진로 문제를 생각하고 있었어요."

"의술을 배워 보세요. 잘할 것 같은데."

청년이 이번에는 정말 화들짝 놀라는 것 같았다.

"어떻게 그렇게 딱 맞힐 수 있죠? 마침 그 생각을 하던 참이랍니다."

오드는 손사래를 쳤다.

"그냥 의사처럼 보여서 말해 본 거예요. 그리고……. 사람들한테 잘할 것 같아서요."

오드는 스스로도 무슨 말을 하나 싶어 인상을 찌푸렸다.

청년은 오드의 말을 곰곰이 생각해 보더니 칭찬으로 받아들이기로 하는 것 같았다.

오드는 호주머니에 손을 넣으며 말을 이었다.

"당신에게 줄 게 있어요. 선물이에요."

청년은 오드가 던진 담뱃갑을 낚아챘다. 그러고는 무엇인지 살펴보더니 손을 흔들며 고맙다는 인사를 했다.

"정말 친절하시군요."

"다 떨어진 거 알아요."

청년이 담뱃갑을 열고 파이프에 담배를 채웠다. 오드는 청년이 파이프에 불을 붙이는 모습을 지켜보았다. 담뱃불이 청년의 얼굴을 비추고 안경알에 반사되어 빛났다. 청년이 밤의 어둠 속으로 성냥을 던졌다. 강렬한 주황색 불빛이 확 타오르더니 이내 사라졌다.

"이제 가 봐야겠습니다."

청년이 거수경례를 붙이며 말을 이었다.

"이야기 나눠서 정말 좋았어요. 선물도 정말 고마워요."

"천만에요."

오드는 자리에서 일어서서 청년이 깊은 밤 속으로 걸어 들어가는 모습을 지켜보았다. 청년의 모습이 사라지자, 오드는 나직이 중얼거렸다.

"잘 가, 마커스. 안녕, 친구야."

피글릿

    깊고 깊은 저택 지하의 짙은 어둠 속에서 피글릿은 생각한다.

    그동안 보고 느낀 것에 대해 생각한다. 주위 사람들, 피글릿이 가족이라 부르는 사람들의 이미지와 감정.

    가족. 참으로 작은 단어지만 또한 참으로 크다. 피글릿은 이제 언어에 대해 이해하기 시작한 것 같다. 언어의 중요성. 언어의 힘.

    피글릿은 두려움에 대해서 생각한다. 친구를 잃는 오드의 두려움. 동생을 잃을 뻔한 빌리의 두려움. 피글릿은 그 두려움을 모조리 느끼고, 온전히 안다. 이제 그 두려움은 피글릿의 일부이다. 두려움을 안다는 사실은 이상하게도 만족감을 준다. 왜냐하면, 두려움이 존재하더라도 그에 맞설 수 있는, 두려움만큼이나 강력한 것이 있기 때문이다.

    가족.

    피글릿은 엘런비 선생님이 그립다. 하지만 그 그리움에도 기묘한 행복감이 어려 있다. 엘런비 선생님은 피글릿의 친구였으니까. 피글릿은 엘런비 선생님과 함께 같은 세상에 살았고, 그의 생각과 꿈을 공유했다는 사실에 감사한다.

이제 피글릿은 자신의 방 너머를 본다.

저택 바깥, 검은 그림자가 밤하늘을 맴돌고 있다. 검은 그림자는 목적지를 찾는다. 찾아낸다. 그곳을 집중해서 바라본다.

미러벨은 자신의 방에서 빙그레 웃으며 편지를 쓰고 있다. 그러다 문득 무언가를 느낀 듯 고개를 들더니 인상을 찌푸리며 펜을 내려놓는다. 피글릿은 미러벨이 방에서 나가 복도를 걷는 모습을 본다. 잃어버린 것을 찾듯이 저택 곳곳을 돌아다닌다.

저택 안은 부자연스러울 정도로 조용하다. 마치 지금 이 순간은 미러벨이 혼자 있어야 한다는 걸 아는 것 같다.

피글릿은 빙그레 웃는다. 이제 무슨 일이 벌어질지 피글릿은 알고 있다.

미러벨은 달빛 기둥 속에 서 있다. 한순간, 달 앞을 뭔가가 스쳐 지나가면서 달빛이 깜박인다.

미러벨은 밤하늘을 올려다본다. 심장이 두근거린다.

피글릿은 기쁘다. 미러벨이 이미 알고 있다는 사실을 느낄 수 있다. 마음속 깊은 곳에서 미러벨은 이미 알고 있었다.

흰가슴까마귀가 오고 있다.

끝

옮긴이의 말

독자 여러분께서는 읽을 때마다 새로이 반하게 되는 이야기를 만나신 적이 있나요? 번역가는 한 이야기를 몇 번이고 반복해서 마주하게 되는데요, 문장을 하나하나 곱씹어 읽다 보면 독자로서의 재미는 사라지고 현미경을 들여다보는 연구자 같은 태도를 지니게 되기도 한답니다. 그런데 「룩헤이븐」 시리즈는 읽을 때마다 반하고 또 반하지 않을 수 없었어요. 벅차오르는 감동 때문에 책을 덮고 나면 한동안은 잠잠히 앉아 "후우" 하고 심호흡을 해야 할 정도였지요.

죽음이나 혐오, 상실처럼 인간의 삶에서 떼어 낼 수 없는 부정적 개념을 이토록 아름답게 그려낸 작가의 역량에 찬사를 보내고, 이 책을 번역 출판하기로 하신 비룡소 출판사, 꼼꼼하게 원고를 다듬어 준 편집부에 깊은 감사의 마음을 전합니다.

부디 많은 독자가 「룩헤이븐」 시리즈를 만나기를 간절히 바랍니다. 피글릿의 표현을 빌리자면 '인간의 느릿한 언어'로 우리가 서로를 이해하고, 용서하고, 나아가 저마다의 성장을 이루기를 바라며.

2025년 정월에 김경희 올림

룩 헤이븐 *2 저택의 침입자*

1판 1쇄 찍음 **2025년 2월 5일**
1판 1쇄 펴냄 **2025년 2월 15일**

지은이 파드레이그 케니 **그린이** 에드워드 베티슨 **옮긴이** 김경희
펴낸이 박상희 **편집주간** 박지은 **편집** 이재원 **디자인** 정다울, 이슬기 **펴낸곳** (주)비룡소
출판등록 1994.3.17. (제16-849호) **주소** (06027) 서울시 강남구 도산대로1길 62 강남출판문화센터 4층
전화 02)515-2000 **팩스** 02)515-2007 **홈페이지** www.bir.co.kr
제품명 어린이용 반양장 도서 **제조자명** (주)비룡소 **제조국명** 대한민국 **사용연령** 3세 이상

ISBN 978-89-491-4172-5 74800 / 978-89-491-7000-8(세트)